Wikingerglut

Samara Fraser

Wikingerglut

Erotischer Roman

Plaisir d'Amour Verlag

Samara Fraser

Wikingerglut

Erotischer Roman

www.plaisirdamourbooks.com
info@plaisirdamourbooks.com
Plaisir d'Amour Verlag
Postfach 11 68
D-64684 Lautertal
Coverfoto: © Sabine Schönberger (www.sabine-schoenberger.de)
ISBN: 978-3-938281-33-8

Prolog

Spätsommer 908 n. Chr.

Die rot-weiß gestreiften Segel bewegten sich durch den dichten Nebel auf ihn zu. Aufgeregt reckte der elfjährige Galdur den Hals – sein Vater war zurück. Was für Neuigkeiten würde er bringen? Hatte er Mutter gefunden? War sie gar tot?

Das Drachenboot kam näher. Sein Drachenkopf war abgenommen worden, um die Landgeister des heimatlichen Fjords nicht zu erschrecken.

Leif, der dreizehnjährige Bruder von Galdur, war ebenso aufgeregt wie sein jüngerer Bruder. Er war sehr wütend darüber gewesen, dass sein Vater, der Jarl Erik Olafsson, ihn nicht mitgenommen hatte. Immerhin war es üblich, dass junge Männer in seinem Alter bereits an den Kriegszügen teilnahmen.

Das Boot landete, und die Bewohner von Kalhar, die sich im Hafen versammelt hatten, hielten vor Spannung den Atem an. Alle Blicke waren auf das Drachenboot gerichtet. Als der Jarl mit seiner Frau Arienne von Bord ging, jubelte die Menge – doch der Jubel verstummte jäh, als der Zustand der Gattin sichtbar wurde.

Galdurs Herz machte einen Sprung, als er seine Mutter sah, wie sie am Arm ihres Gatten auf ihn und Leif zuwankte. Kaltes Entsetzen und Wut breiteten sich in seinem Herzen aus, als er seine Mutter näher betrachtete. Ihr Gesicht war stark geschwollen und dunkel angelaufen, ihr schönes schwarzes Haar, das ihr einst bis zu den Hüften reichte, abgeschnitten und stand ihr wirr vom Kopf weg. Doch ihre Augen – ihre Augen waren das Erschreckendste für Galdur. Sie sah mit ihren braunen Augen mitten durch ihn hindurch, kein Zeichen des Erkennens oder gar der Freude des Wiedersehens. Sie blickten stumpf und waren ohne Glanz.

An seiner Seite zog sein Bruder Leif scharf die Luft ein – auch er war von dem Anblick seiner Mutter entsetzt. Seine Hände waren zu Fäusten geballt.

Erik Olafssons Gesicht hingegen war eine unbewegliche Maske, doch in seinen Augen standen Zorn und Trauer geschrieben. Er führte seine geschundene Frau am Arm. Sein mit Blut bespritztes Kettenhemd erzählte vom Kampf, den er geführt hatte, um seine von Iren entführte Gattin zu befreien.

Als Arienne neben dem Jarl kraftlos zusammenbrach, drehte Galdur sich panisch um und rannte kopflos davon.

Beinahe fünf Monate war es nun her, dass Erik seine Frau aus den Händen ihrer Entführer gerettet und heimgebracht hatte. Die anfängliche Freude über die Rettung Ariennes war schnell verflogen, denn die einst fröhliche und aktive Frau hatte sich verändert. Sie saß stundenlang in ihrem Lehnstuhl am Feuer in der Halle und starrte blicklos vor sich hin. Sie schien nichts und niemanden wahrzunehmen. Ihr strahlendes Lächeln, das sonst Jung und Alt bezaubert hatte, war nicht mehr zurückgekehrt, und das Funkeln in ihren Augen war erloschen. Nunmehr blickten ihre Augen stumpf, und es brach Galdur schier das Herz, seine Mutter so zu sehen.

Auch der Jarl war still geworden. Die Veränderung seiner Frau betrübte ihn, und ihre Panik, wenn er sie berühren wollte, verletzte ihn tief. Er war ratlos und – zum ersten Mal in seinem Leben – machtlos.

Niemand kannte das genaue Ausmaß der Misshandlungen, die Arienne hatte erleiden müssen. Sie hatte sich geschworen, niemals darüber zu reden, welches Martyrium sie in der Gefangenschaft durchlebt hatte. Die zahlreichen Vergewaltigungen – oft mehrmals am Tag – die Schläge und Demütigungen, das alles wollte sie vergessen – und darüber zu reden würde bedeuten, sich wieder daran erinnern zu müssen. Lieber flüchtete sie in eine Art Traumwelt, in der sie schon zu Zeiten ihrer Gefangenschaft Zuflucht gesucht hatte. Doch diese Traumwelt begann nun zu bröckeln. Jeder Tag, an dem ihre beiden halbwüchsigen Söhne versuchten sie aufzumuntern, jeder zaghafte Versuch ihres Gatten sie zu berühren, machte ihr das Abtauchen in ihre Welt schwerer.

Galdur betrachtete verstohlen seine Mutter, die wie immer in ihrem Stuhl saß. Was mochte wohl in ihr vorgehen? Würde sie je wieder so werden wie früher? Er vermisste ihr Lachen und ihre Wärme, wie sie ihm zärtlich über den Kopf strich oder ihm die Legenden der Götter erzählte. Er wünschte, er hätte bei ihrer Befreiung dabei sein und ein paar von den Bastarden töten können. Man erzählte sich, sein Großvater wäre ein Berserker gewesen, und das Blut des Berserkers war es, welches nun in dem jungen Galdur zu kochen begann.

Sein Leben war aus den Fugen geraten – nichts war mehr, wie es sein sollte. Es war still geworden im Hause des Jarls – beängstigend still. Er wünschte, seine Mutter würde weinen, toben und um sich schlagen – zeigen, dass sie noch lebte. Womöglich wäre das auch genau das, was ihr helfen könnte. Doch sie blieb still!

Plötzlich ging eine Veränderung mit Arienne vor. Ihr Gesicht bekam einen entschlossenen Ausdruck, und ihre Finger krallten sich in die Lehnen ihres Stuhls, bis die Knöchel weiß hervortraten. Wie aus heiterem Himmel sprang sie auf und blickte sich um.

Galdur starrte sie mit offenem Mund an. Der Jarl hielt mit dem Schärfen seiner Messer inne, und die kleine Inga verkroch sich ängstlich hinter ihres Vaters Stuhl.

„Ich werde in das kleine Haus ziehen – Inga nehme ich mit!", verkündete Arienne mit ungewohnt fester Stimme.

Galdur wurde blass, sein Herz flatterte aufgeregt, der kleinen Inga entfuhr ein hoher, durchdringender Schrei, und Erik sprang polternd auf.

„Beinahe ein halbes Jahr warte ich darauf, dass du den Mund aufmachst, Weib – und nun stehst du plötzlich auf und verkündest einfach, dass du gehst und Inga mitnehmen willst! Das ist Loki, der aus dir spricht!", brüllte er aufgebracht.

Die Augen des Jarls sprühten Funken. Er zitterte vor Erregung.

Sein lauter Zornesausbruch hatte die kleine Inga wieder zum Verstummen gebracht, und sie schaute nun mit großen Augen ungläubig zwischen ihren Eltern hin und her.

„Ich gehe!", sagte Arienne erneut und verließ die Halle, um in ihr Gemach zu eilen.

In die Hosen ihres Gatten gekleidet kam sie wenig später heraus, stürmte an ihrer fassungslosen Familie vorbei ins Freie, die Tür heftig hinter sich zuschlagend. Entsetzt starrten Galdur und Erik ihr hinterher. Die Tür öffnete sich erneut, und Leif stürmte herein.

„Was hat das zu bedeuten, dass Mutter in deinen Hosen an mir vorbeiläuft?", fragte er seinen Vater.

„Du weißt, was das bedeutet", sagte der Jarl mit gebrochener Stimme. „Sie lässt sich von mir scheiden."

Galdur lief es kalt den Rücken hinunter, als sein Vater aussprach, was er natürlich schon gewusst hatte, aber nicht wahrhaben wollte. Seine Mutter würde gehen und die vierjährige Inga mitnehmen. Traditionsgemäß würden er und sein Bruder beim Vater bleiben, denn nur so konnte gewährleistet werden, dass richtige Männer aus ihnen wurden. Seine anfängliche Ohnmacht verwandelte sich in rasenden Zorn. Er sprang auf und floh aus dem Haus.

Er rannte! – Er rannte und rannte, bis er sich an seinem Lieblingsplatz ins feuchte Gras fallen ließ, und Tränen heiß über sein Gesicht liefen. Energisch wischte er sie fort. Männer weinten nicht! Auch dann nicht, wenn sie erst elf Sommer zählten. Hastig sprang er auf die Beine.

Laut schrie der Junge seinen Zorn heraus. Sein Schrei hallte von den Bergen wider. Er nahm sein Messer und schnitt sich quer über den Brustkorb, Blut durchtränkte seine feine Tunika, doch der einzige Schmerz, den er wahrnahm, war der in seinem Herzen. Er ballte seine Hände zu Fäusten und wandte sein Gesicht dem Himmel zu, als er schrie: „Odin! Sieh auf mich und wisse: Ich werde die Iren jagen. Ich werde sie töten. Ihr Blut wird die Erde rot färben. – Oodiiiin! – Gib mir Rache!“

1

Der Abschied

Sommer 920 n. Chr.

Maline war den Tränen nah. Heute würde sie mit Viktor, ihrem Verlobten, abreisen, um im Haus seines Vaters zu heiraten. Sie waren schon seit Kindesbeinen an einander versprochen worden, und vor drei Wochen war Viktor gekommen, um sich mit ihr offiziell zu verloben. Er war praktisch ein Fremder für sie, da sie ihn das letzte Mal als Neunjährige gesehen hatte. Da Malines Mutter schwer erkrankt war, konnte ihre Familie nicht mit zur Hochzeit fahren, deshalb hatte man die Verlobung umso mehr gefeiert. Viktor gab sich höflich und bemühte sich, Maline in Gespräche zu verwickeln, doch sie konnte sich nicht für ihn erwärmen. Ein paar Mal hatte er sie bei Spaziergängen geküsst und versucht, seine Zunge zwischen ihre Lippen zu zwängen, was bei Maline aber Ekel und Widerwillen ausgelöst hatte.

Ihre Dienerin Lina war gerade dabei die Reisekisten zu packen. Sie würde ihre Herrin in den Norden Irlands begleiten, um ihr auch dort zu dienen.

„Wünscht Ihr das gelbe Kleid mit der Stickerei auch mitzunehmen? Es ist am Oberteil zu eng geworden, aber ich könnte es vielleicht noch umändern“, fragte die Bedienstete.

„Nein, Lina, das ist nicht nötig, lassen wir es hier. Ich werde meinen zukünftigen Gatten bitten, mir ein paar neue Kleider machen lassen zu dürfen“, sagte Maline und seufzte schwer.

„Freut Ihr Euch denn gar nicht, dass Ihr bald Euren eigenen Hausstand habt? Ihr werdet Kinder bekommen und Feste organisieren. Ach, ich würde gerne mit Euch tauschen. Euer Zukünftiger sieht doch sehr gut aus und er ist jung und vermögend. Eure Freundin musste einen Mann heiraten, der fast doppelt so alt ist wie sie. Ihr könnt Euch wirklich glücklich schätzen“, begeisterte sich die Dienerin.

„Sicher hast du recht, aber ich verlasse heute mein Heim und meine Familie, um in der Fremde mit einem Mann zu leben, den ich kaum kenne und den ich nicht liebe. Ich mag ihn nicht einmal. Seine Nähe widert mich an", erwiderte Maline und schüttelte sich unwillkürlich.

Es klopfte an der Tür, und Malines älterer Bruder Liam kam ins Zimmer. Er war groß und schlank, sein rotes Haar trug er kurz geschnitten, seine grünen Augen blickten Maline besorgt an.

„Wie weit seid ihr? Alle warten schon darauf, euch zum Anleger zu bringen. Dein Gatte möchte unbedingt rechtzeitig aufbrechen."

„Noch ist er nicht mein Gatte!", warf Maline erbost ein.

„Nein, aber er wird es bald sein. Du solltest versuchen, dich mit dem Gedanken anzufreunden", riet Liam seiner Schwester. „Die meisten Ehen fangen so an – und einige werden durchaus glücklich."

Maline schnaubte missmutig. Eine glückliche Ehe? Mit Viktor? Das erschien ihr mehr als unwahrscheinlich.

„Sieh nur Mutter und Vater. Sie lieben sich noch immer. Vielleicht wirst du Viktor auch lieben lernen – mit der Zeit", versuchte Liam einzulenken.

„Das ist etwas anderes. Vater hat Mutter schon immer geliebt!"

„Ja, aber Mutter ihn nicht", erwiderte Liam.

„Vater ist ein Mensch, den man lieben muss. Viktor dagegen ist ... nun ja, fade, langweilig und eingebildet!"

Liam seufzte.

„Ich versteh dich ja, aber du musst nun mal eben heiraten. Du bist im richtigen Alter. Liebesehen gibt es nicht, glaub mir", sagte er, trat an seine Schwester heran und zog sie seufzend in seine Arme.

„Ich will doch auch, dass du glücklich bist, aber was du dir in deinem hübschen Köpfchen erträumst, ist reine Fantasie. Sei froh, dass du nicht so einen alten Mann heiraten musst wie deine Freundin Marie."

„Du bist heute schon der Zweite, der mir das sagt. Lina sprach gerade eben genau das gleiche", resignierte Maline.

„Siehst du? Da ist was Wahres dran. Und nun Kopf hoch. Ich will ein Lächeln sehen", sagte Liam aufmunternd und schaute sie liebevoll an.

Maline brachte ein gequältes Lächeln zustande, und Liam gab ihr einen zärtlichen Kuss auf die Nasenspitze.

„Also gut! Gehen wir zur Schlachtbank, ich ergebe mich in mein Schicksal!", meinte Maline schließlich niedergeschlagen.

Die Geschwister und Lina begaben sich nach draußen. Zwei Diener holten die schweren Reisekisten aus dem Zimmer und hievten sie auf einen Karren, vor dem zwei Ochsen gespannt waren.

Maline drückte ihren Bruder und schniefte. Mit Tränen in den Augen sah sie ihn an.

„Leb wohl, Bruder. Ich werde dich schrecklich vermissen."

Auch Peter, Malines Vater, nahm seine Tochter lange in den Arm. Es fiel ihm sichtbar schwer, sie gehen zu lassen. Seine warmen Augen schimmerten verdächtig.

„Wir kommen, sobald es deiner Mutter wieder besser geht", versprach er mit belegter Stimme.

„Ich fahre nicht gern, wenn es Mutter so schlecht geht. Ich wollte mich von ihr verabschieden, aber sie hat mich gar nicht wahrgenommen. Was ist, wenn sie ...?" Malines Stimme stockte. Sie wollte gar nicht dran denken, dass ihre Mutter vielleicht sterben könnte.

„Sie wird wieder gesund. Sie will schließlich noch ihre Enkelkinder kennenlernen. Mach dir keine Sorgen. Und nun geh zu deinem Gatten, er wartet schon."

Aufmunternd schob Peter seine Tochter in Viktors Richtung. Ihm fiel es wahrlich nicht leicht, sie gehen zu lassen, aber es musste sein. Sie war erwachsen und musste eine eigene Familie gründen.

Maline gab ihrem Vater einen Kuss auf die Wange und wandte sich schweren Herzens ab. Viktor half ihr auf ihr Pferd und stieg auf seinen Wallach, dann setzte sich der kleine Trupp in Bewegung. Maline drehte sich noch einmal um und winkte den Zurückbleibenden mit Wehmut im Herzen.

Ihre Kindheit, ihr Leben, alles, was sie liebte, zog mit erschreckender Endgültigkeit an ihr vorüber. Der Stall, in dem ihr Lieblingspferd Flower mit ihrem Fohlen stand, die kleine Kapelle, der Teich, die Häuser der Pächter und der Platz, an dem ihr Vater ihr das Fischen beigebracht hatte. Sie hörte ihre Dienerin Lina leise seufzen und lauschte Viktor, der ihr mit seiner hellen Stimme, die sich manchmal überschlug, von den Ländereien seiner Familie vorschwärmte.

Viel zu schnell erreichten sie den Anleger und betraten das Schiff ihres Vaters, dann wurde das Gepäck verladen, und die Leinen losgemacht.

Während das Schiff allmählich an Fahrt aufnahm und die Küste, die ihre Heimat war, sich langsam entfernte, wurde Maline schwer ums Herz. Sie hatte immer gewusst, dass dieser Tag kommen würde, an dem sie das Haus ihrer Kindheit verlassen musste, doch sie hatte immer gehofft, dass es anders kommen möge.

Galdur stand an Deck seines Drachenbootes und schaute auf das Festland. Er hatte es geschafft, denn der Mann, der für das Unglück seiner Mutter verantwortlich war, war tot. Lange hatte er gebraucht, um die nötigen Informationen über das Versteck des Feiglings zu bekommen, der seit zwölf Jahren vor Erik Olafsson, Galdurs Vater, auf der Flucht war. Da Galdur viel als Händler unterwegs war, kannte er die Sprache der Iren gut, so hatte er schließlich erfahren, dass sich der alte Mann in einem Kloster aufhielt. Das Kloster gab es nun nicht mehr, keiner der Mönche hatte das Massaker überlebt. Galdur hätte nun Befriedigung verspüren müssen, aber dem war nicht so. Sein Hass auf die Iren brannte noch immer in seinem Herzen. Alte Männer abzuschlachten war wenig erbaulich, zumal diese elenden Mönche noch nicht einmal versucht hatten, sich zu verteidigen. Sie hatten doch tatsächlich gesungen! Bei Odin! So etwas hatte er noch nie erlebt. An Beute hatte das Kloster auch nicht viel hergegeben – entweder waren sie schon einmal beraubt worden, oder es stimmte nicht, dass diese Klöster voller Schätze steckten, wie man sich erzählte.

„Wir könnten noch einen Überfall an der Küste machen“, schlug Olaf vor, der neben Galdur stand.

Olaf war Galdurs Freund seit Kindestagen und immer dabei, wenn er in See stach, um neue Abenteuer zu erleben.

„Hm. Hier sieht es nicht sehr vielversprechend aus. Lass uns noch ein wenig weiterfahren, vielleicht ergibt sich noch eine bessere Gelegenheit“, sinnierte Galdur.

„Wie du meinst. Halten wir Ausschau. Die Männer waren lange unterwegs und würden ungern mit leeren Händen zu ihren Familien zurückkehren“, gab Olaf zu bedenken.

„Wir werden noch Beute machen. Ich spüre, dass noch heute ein Kampf auf uns wartet“, sagte Galdur und blickte mit zusammengekniffenen Augen auf den Küstenstreifen vor ihnen.

Auch Maline stand an Deck und schaute auf das entfernte Festland. Noch heute sollten sie ihr Ziel erreichen, und schon in zwei Tagen würde ihre Hochzeit stattfinden. Der Gedanke, mit Viktor das Bett teilen zu müssen, erfüllte sie mit quälendem Unbehagen. Wie sollte sie sich an diese Ehe gewöhnen, wenn schon die leiseste Berührung von ihm ihr zuwider war? Ihn jemals zu lieben war undenkbar, aber ertragen musste sie ihn wohl oder übel.

„Wikinger!“, ertönte ein aufgeregter Schrei über das Deck.

Maline blickte sich angstvoll um und sah eines der gefürchteten Drachenboote direkt auf sie zukommen. Das behäbige Handelsschiff ihres Vaters würde dem schneidigen Schiff der Wikinger nicht entkommen können.

„Oh, Mylady, was sollen wir jetzt tun? Wir werden abgeschlachtet werden wie Vieh!“, schrie Lina entsetzt.

Maline zitterte voller Grauen. Das Schicksal an Viktors Seite erschien ihr auf einmal gar nicht so übel, wenn man es mit der Aussicht verglich, von Barbaren geschändet und ermordet zu werden.

Viktor war neben sie getreten und schaute mit einem unguten Gefühl auf das Wikingerboot, das immer näher kam. Die rot-weißen Segel des Drachenbootes blähten sich stolz im Wind, der Bug war mit schrecklichen Drachenköpfen und anderen grausigen Ungeheuern verziert. Gleichmäßig tauchten die Ruder in das Wasser und ließen die Distanz immer kleiner werden.

„Viktor, werden sie uns einholen?“, fragte Maline bange.

„Ich fürchte, ja!“, antwortete Viktor sorgenvoll.

„Wir sind verloren! Diese Kerle sind wie tollwütige Tiere“, schrie Lina hysterisch.

„Wir haben gute Männer an Bord. Vielleicht können wir sie abwehren“, sagte Viktor, doch seine Zuversicht war nur äußerlich, innerlich verspürte er eine aufkeimende Angst.

Galdur blickte gebannt auf das Schiff vor ihnen. Wie es aussah, würden seine Männer doch noch zu einer ansehnlichen Beute kommen. Er freute sich auf den bevorstehenden Kampf, denn dies hier war etwas anderes, als ein Kloster voller singender Greise anzugreifen. Sein Schwert würde Angst und Entsetzen verbreiten, und sollte es Odin gefallen, würde er mit dem Schwert in der Hand sterben, um in den ewigen Hallen an Odins Tafel zu sitzen. Er war ein Krieger! Ein Wikinger, der Schrecken der Meere!

2
Der Überfall

Der Kampfeslärm war ohrenbetäubend.

Maline stand am Heck des Schiffes, Viktor mit dem Schwert in der Hand vor ihr und schaute ängstlich auf das Kampfgeschehen. Die Wikinger waren mit einem schrecklichen Kriegsgebrüll über das Schiff hergefallen, und sofort war ein blutiger Kampf auf Leben und Tod entstanden, der Maline das blanke Entsetzen in die Augen trieb. Die furchterregenden Wikinger waren wilde, muskelbepackte Burschen von riesenhaftem Wuchs, die kein Erbarmen kannten. Schon oft hatte Maline von den fürchterlichen Gräueltaten der grausamen Nordmänner gehört, wie sie plünderten, vergewaltigten, brandschatzten und mordeten. Entsetzt musste Maline mit ansehen, wie ihre Dienerin Lina von zwei bärtigen Männern auf den rauen Planken des Schiffes geschändet wurde. Linas angstvolle Schreie vermischten sich mit dem ohrenbetäubenden Gebrüll der Wikinger, die mit Schwertern und Äxten gnadenlos auf die irischen Seemänner einhieben. Nicht mehr lange, dann würde die kämpfende Meute das Heck erreicht haben, und dann würde Maline sicher Linas furchtbares Schicksal teilen, denn ihr Verlobter konnte sie wohl kaum lange gegen die kampferprobten Nordmänner verteidigen.

Malines Blick fiel auf einen Mann, der mit seinen langen schwarzen Locken aus der überwiegend hellhaarigen Mannschaft herausstach. Seine kostbare, mit Silberfäden durchwirkte Tunika hob sich von der einfachen Kleidung der anderen Männer ab, offensichtlich war er vermögend, vielleicht der Sohn eines Jarls. Er kämpfte wie einer der sagenumwobenen Berserker, schwang sein mächtiges Breitschwert mit geradezu tödlicher Präzision und kam immer näher an Maline und Viktor heran.

„Viktor! Dieser Dunkle da ... er ... er hat uns bald erreicht. Was sollen wir tun? Wir sind verloren“, keuchte Maline voller Grauen.

„Halt den Mund, du machst ihn bloß noch aufmerksam auf uns! Vielleicht können wir verhandeln“, schnauzte Viktor sie an.

Er fühlte sich gar nicht wohl in seiner Haut. Diese Teufel kämpften wie besessen, sie waren größer und stärker, und mit ihren Helmen und den wilden Augen sahen sie gefährlich aus.

„Willst du denn nicht kämpfen?“, fragte Maline. „Sicher braucht die Mannschaft jeden Mann.“

„Mein Platz ist an deiner Seite. Vielleicht nehmen sie uns nur gefangen, immerhin sind wir keine armen Seeleute, sondern sind reich. Man könnte Lösegeld für uns verlangen.“

Das leuchtete Maline zwar ein, aber sie hatte trotzdem den Eindruck, dass ihr zukünftiger Gatte ein Feigling war.

Plötzlich stand der dunkle Riese vor ihnen – er warf einen kurzen Blick auf Maline und grinste lüstern, dann schaute er Viktor herausfordernd an und erhob drohend sein blutbeschmiertes Schwert.

„Nettes Weib hast du da. Heute Nacht wird sie mir gehören", sagte der Barbar selbstsicher.

Maline zitterte, denn ein schreckliches Schicksal schien ihr gewiss. Sie hatte Todesangst. Hilfe suchend schaute sie ihren Verlobten an.

„Er spricht unsere Sprache. Verhandle mit ihm", sagte sie im Flüsterton.

Viktor bekam unschöne, hektische Flecken im Gesicht, und sein Blick flackerte nervös hin und her. Er versuchte sich zu sammeln, ehe er das Wort an den Wikinger richtete.

„Ich muss doch sehr bitten. Wir sind vermögend und einflussreich. Man würde ein hohes Lösegeld für uns zahlen." Viktors Stimme überschlug sich vor Aufregung.

„So? Lösegeld?" Der Wikinger tat, als müsste er darüber nachdenken, und grinste dann erneut. „Keine so schlechte Idee, aber dein Weib nehm ich trotzdem. – Aber vielleicht willst du ja um sie kämpfen? Ein fairer Zweikampf. Du und ich. Wenn du mich besiegst, werden meine Leute dich und dein Weib freilassen."

Maline schaute den Wikinger gebannt an. Er war Furcht einflößend. Seine feine Tunika wies überall Blutspuren auf, ebenso die Klinge seines Breitschwertes, dennoch löste der Blick aus seinen ungewöhnlich strahlend blauen Augen eine kribbelnde Unruhe in ihr aus, die sie sich nicht erklären konnte.

„Ich ... ich denke, es wurde genug Blut vergossen. Wenn Ihr wollt, teile ich Euch mit, wer ein Lösegeld für meine Freilassung zahlen würde", sagte Viktor schnell.

Maline sah ihn schockiert an. Er war nicht bereit, ihre Ehre zu verteidigen, und würde sie lieber diesem Monster überlassen.

„Du verteidigst dein Weib nicht?", sprach der Wikinger Malines Gedanken laut aus. Seine Stimme war ein verächtliches Knurren. „Ich fordere dich heraus – verteidige dich oder stirb wie ein Feigling!"

Der Wikinger spuckte auf den Boden und trat einen Schritt zurück, das Schwert noch immer drohend erhoben.

Viktor erbleichte, denn er hatte zwar die Kampfkunst erlernt, sie jedoch nie in einem ernsten Kampf erprobt.

„Bitte ... bitte nicht", stammelte er und riss Maline an sich, um sie schützend vor seinen Körper zu halten.

Entsetzt schrie Maline auf. Ängstlich blickte sie in das hasserfüllte Gesicht ihres Feindes – die blauen Augen des Wikingers hatten sich verdunkelt, ein gefährliches Glitzern lag darin.

„Erbärmlicher Wurm. Versteckst dich hinter dem Rockzipfel einer Frau“, knurrte der Nordländer verächtlich und schaute Viktor angewidert an.

Mittlerweile war die irische Mannschaft besiegt, einige Überlebende waren gefesselt worden, und nun richtete sich die Aufmerksamkeit der Manschaft auf die Geschehnisse am Heck. Nur wenige verstanden die Sprache der Iren, aber sie erfassten auch so, worum es ging, und grölten ihre Abscheu laut heraus.

„Da du ein Feigling bist, wirst du auch den Tod eines Feiglings sterben. Ein Wikinger zieht es vor, mit dem Schwert in der Hand zu sterben, denn nur so gelangt er in die heiligen Hallen von Walhalla und darf an Odins Tafel speisen. Du aber willst ja nicht einmal dein Schwert erheben. Stattdessen winselst du wie ein Welpe.“

Er drehte sich zu seinen Männern um.

„Olaf! Was machen wir mit winselnden Welpen, die nichts taugen?“

„Ersäufen“, rief ein blonder Hüne mit mächtiger Brust und Beinen wie Baumstämme und lachte.

Der Dunkle drehte sich wieder zu Viktor um und blickte ihn verächtlich an.

„Richtig! – Ersäufen“, sprach er mit tödlich leiser Stimme, die bei Maline eine Gänsehaut auslöste.

Der Wikinger packte Viktor mit einer schnellen Bewegung an der Kehle und hob ihn scheinbar mühelos hoch. Viktor gab fürchterlich gurgelnde Geräusche von sich. Ungläubig beobachtete Maline das entsetzliche Geschehen, und als der Wikinger ihren Verlobten mit schier unmenschlicher Kraft über Bord warf, schrie sie gellend auf, um schließlich in gnädige Ohnmacht zu fallen.

Als Maline erwachte, war es Nacht. Sie befand sich auf einem der gefürchteten Drachenboote, lag auf Fellen unter einer Art Zelt, das am Heck des Schiffes aufgebaut war. Verwirrt versuchte sie zu rekonstruieren, wie sie hierher gelangt war. – Der Überfall! – Viktor! Dieser furchtbare dunkle Wikinger hatte ihn über Bord geschmissen, dann war es Nacht um sie geworden. Also hatte man sie auf dieses Schiff verfrachtet, als sie ohnmächtig gewesen war.

Panik erfasste Maline, kroch ihr in alle Glieder, und Übelkeit stieg in ihr auf, die sie würgen ließ. Sie schmeckte bittere Galle.

„Mylady?“, hörte sie die zitternde Stimme von Lina.

Maline drehte sich um und gewahrte ihre Dienerin, die hinter ihr auf einem großen Fell saß. Ihr Haar hing ihr wirr in das geschundene Gesicht. Im Schein der Fackeln konnte Maline deutlich das geschwollene rechte Auge und die aufgeplatzten Lippen erkennen.

„Oh, Lina. Was haben diese Schurken dir nur angetan?“, stöhnte sie entsetzt.

„Ist nicht so schlimm, Mylady“, beruhigte die Dienerin. „Ist nicht das erste Mal, dass eine Horde Männer über mich herfällt. Bevor ich in Euren Dienst kam, haben die Männer meines letzten Brotgebers mir einige Male ihre Aufmerksamkeit aufgezwungen.“

„Es tut mir so leid“, sagte Maline voller Mitgefühl – dann untersuchte sie hektisch ihr grünes Kleid nach Blutspuren. „Lina? Haben sie mich auch ...? Ich meine ...“

„Nein Mylady. – Der Anführer, den sie Galdur nennen, hat Euch hierher gebracht, aber er rührte Euch nicht an. Er schien sogar ein wenig besorgt um Euch zu sein, und er hat Euch nicht einmal gefesselt.“

Nun entdeckte Maline, dass man ihre Zofe an Händen und Füßen gefesselt hatte. Sollte sie jetzt etwa dankbar sein, dass dieser Teufel sie nicht geschändet und gefesselt hatte? Sicher würde er ersteres noch nachholen. Sie glaubte nicht, dass sie ihre Unschuld lange behalten würde.

Seit geraumer Zeit fuhren sie schon nah an der Küste entlang, doch nun schienen die Männer von einer freudigen Unruhe erfasst zu sein, offenbar näherten sie sich ihrem Ziel.

Man hatte Maline noch immer in Ruhe gelassen, und sie war sich nicht sicher, ob dieser Aufschub des Unvermeidlichen sie dankbar oder nervös machen sollte. Einerseits war sie zwar froh, die Zudringlichkeiten der Männer bisher nicht erdulden zu müssen, andererseits jedoch wünschte sie, sie hätte es endlich hinter sich.

„Wir sind gleich da“, ertönte plötzlich eine dunkle Stimme, und Galdur erschien an der Öffnung des Zeltes. „Erheb dich, Sklavin.“

Maline zuckte zusammen. Sie war nervös, aber auch zornig, denn immerhin hatte dieser Teufel ihren Verlobten getötet und sie zu seiner Sklavin gemacht. Auch wenn sie Viktors gewaltsamer Tod erschütterte, so war sie doch enttäuscht über die mangelhafte Courage ihres Verlobten und wütend, dass er sie so schändlich im

Stich gelassen hatte. Er hätte zumindest den Versuch unternehmen können, sie zu verteidigen.

Als sie sich nicht rührte, trat Galdur näher und zog sie kurzerhand auf die Beine. Er hielt sie dicht an seinen gewaltigen Körper gepresst, und Maline spürte seinen harten, muskulösen Körper und die Hitze, die von ihm ausging. Er roch nach Mann und nach Blut. Seine enorme Größe und die wilde männliche Ausstrahlung, die ihn umgab, ließ sie sich noch kleiner und hilfloser fühlen. Ängstlich wich sie seinem durchdringenden Blick aus, fühlte sich aber auch seltsam schwach und zittrig in seinen Armen.

Galdur musterte sie interessiert. Er spürte ihr Zittern und hielt sie noch fester, wodurch sein Begehren erwachte, und das Blut in seinen Unterleib wanderte, ihn hart machte. Nur mühsam konnte er ein erregtes Stöhnen unterdrücken. Er hatte lange keine Frau mehr gehabt, das war sicher die Erklärung dafür, dass er so heftig auf sie reagierte.

Sie war klein – so wie seine sächsische Mutter – aber schlank mit einer schmalen Taille und kleinen runden Brüsten, die sich ihm bei jedem Atemzug verführerisch entgegenwölbten und in ihm den Wunsch wachriefen, sein Gesicht zwischen die sanften Hügel zu betten, ihren Duft einzusaugen, ihr Fleisch zu schmecken. Er schob den Gedanken beiseite und betrachtete ihr Gesicht. Ihre grünen Augen passten hervorragend zu ihrem kostbaren Gewand. Das rehbraune Haar mit den eingeflochtenen grünen und goldenen Bändern reichte ihr bis über den Po.. Der Geruch ihres Haares gefiel ihm, und er steckte seine Nase in die braunen Flechten, um ihn einzusaugen. Seine erregte Männlichkeit drängte sich begierig an ihren zarten Leib. Er begehrte diese Irin mit einer Heftigkeit, die ihn selbst überraschte, ja, sogar ein wenig erschreckte. War sie eine Zauberin, die ihn in ihren Bann zog, um Verderben über ihn und seine Leute zu bringen? Ohne Zweifel war diese Frau ein gefährliches Weib, zu leicht könnte er sich die Finger an ihr verbrennen. In ihren Augen konnte er außer der Angst noch einen Funken erkennen, der ihm von ihrer tief verborgenen Leidenschaft erzählte. Er war sich sicher, wenn er diese Leidenschaft erwecken würde, würde das Feuer alles verzehren, würde die Schutzmauer, die er mühsam um sein Herz errichtet hatte, niederwalzen, sollte er nicht auf der Hut sein. Er sollte sie jetzt loslassen, den Bann lösen, doch er presste sie nur noch fester an sich.

Maline war verwirrt über die unerwartet intime Nähe zu diesem Mann. Es hatte beinahe etwas zärtlich Vertrautes, wie er sein Gesicht in ihrem Haar vergrub. Sie spürte, wie sich seine harte Männlichkeit an ihren Körper presste, und Furcht überkam sie. War nun der Zeitpunkt gekommen, wo er über sie herfallen würde? Würde er sie danach seinen Männern überlassen?

Bitte Gott, hilf mir in der Stunde meiner Not. Lass diese Schmach an mir vorübergehen.

Seine Hand legte sich wie selbstverständlich auf ihr Gesäß, und Maline stieg das Blut in die Wangen. Ihr ganzer Körper prickelte und das Blut, das durch ihre Adern rauschte, schien sich in glühende Lava verwandelt zu haben. Nie hatte ein Mann sie so berührt, sich so voll unverhohlenem Verlangen an sie gepresst und solche widerstreitenden Gefühle in ihr ausgelöst. Sie hasste ihn, und doch machte sie keinen Versuch, sich von ihm zu lösen. Sie schien an ihm zu kleben, mit seinem Körper zu verschmelzen wie eine Einheit. Eine Einheit, die nie sein konnte – nie sein durfte!

Hilfe! Was geschieht nur mit mir? Warum fühle ich mich so eigenartig?

„Leider habe ich jetzt keine Zeit, mich ausführlich mit dir zu beschäftigen, aber wir werden das nachholen“, sagte Galdur rau und ließ sie so plötzlich los, dass sie beinahe gestrauchelt wäre. Er deutete auf die Küste. Die felsige Steilwand öffnete sich hier zu einem großen Fjord, auf den das Drachenboot jetzt zusteuerte.

„Das ist Kalhar, es gibt dort keinen Fluchtweg für dich, also vergiss es lieber gleich. Du gehörst jetzt mir. Jedenfalls so lange, wie ich dich zu behalten wünsche, dann werde ich dich verkaufen – oder vielleicht hat auch mein Bruder Interesse an dir. Nun, wie auch immer, erst einmal wirst du für meine Bedürfnisse sorgen.“

Maline blieb vor Schreck über seine plötzliche Wandlung der Mund offen stehen. So unverblümt hatte noch nie jemand mit ihr geredet. Sie war nichts weiter als ein Gegenstand – ohne jegliche Rechte.

Ein Ausdruck von eisiger Kälte war in seine blauen Augen getreten, und seine Miene schien plötzlich wie eingefroren. Hatte sie sich den zärtlichen Ausdruck auf seinem Gesicht nur eingebildet? War es eher Wunschdenken, ausgelöst durch den Schock des Erlebten? Das durfte nicht wieder passieren. Sie musste ihn als das sehen, was er war – ein wilder Barbar und Mörder – ihr Feind!

Sie musterte diesen Mann, der nun über jeden ihrer Schritte bestimmen würde. Er überragte sie um mehr als eine Haupteslänge, seine dunklen Locken fielen ihm wirr über die breiten Schultern. Die Tunika ließ die gebräunten muskulösen Arme frei. Die Augen waren von der gleichen Farbe wie das Fjordwasser und wurden von erstaunlich langen schwarzen Wimpern eingerahmt. Seine Brauen waren dicht und ebenso schwarz wie sein Haar. Er hatte ein breites Kinn, volle Lippen und eine große, etwas schiefe Nase. Offensichtlich war sie mindestens einmal gebrochen gewesen, was bei seinem Lebenswandel wohl kein Wunder darstellte. Vom Kinn bis zur Wange zog sich eine Narbe, die schon verblasst war. Er war wirklich attraktiv, dennoch war er ihr Feind. Und er war ein kaltblütiger Mörder.

Galdur versuchte Malines sinnliche Ausstrahlung zu ignorieren. Sie war eine Irin, und er hasste die Iren. Das durfte er niemals vergessen!

Damals an der kleinen Quelle hatte er geschworen, alle Iren zu töten, die er erwischen konnte, und nun stand diese betörend schöne Frau vor ihm und ließ ihn beinahe seinen Hass vergessen – das durfte nicht sein. Nein! Er würde sie benutzen und dann verkaufen. An einen Händler, der sie mit fortnahm, weit weg von Kalhar.

Entschlossen wandte er sich von ihr ab und ging zu seinen Männern, um sie bei der Landung zu unterstützen.

Maline zitterte noch immer, als er gegangen war. Sie dachte kurz daran, sich das Leben zu nehmen, indem sie einfach über Bord sprang, aber dazu fühlte sie sich zu feige. War der Freitod, der den Verlust ihrer Seele zur Folge haben würde, dem vorzuziehen, was sie sicherlich noch zu erwarten hatte? Sie hatte den Hass bemerkt, der plötzlich in seine Augen getreten war. Sicher, sie waren Feinde, aber für einen solchen Hass musste es andere Gründe geben.

3
Kalhar

Am Ufer des Fjords wurden sie von zahlreichen Menschen begrüßt. Ein Mann stach deutlich aus der Menge hervor. Er war so groß und muskulös wie Galdur. Wenn er auch schon einen Bauchansatz hatte, so wirkte er trotz seiner Jahre noch erstaunlich vital. Er musste etwa sechzig sein. Sein weißblondes Haar war noch immer voll, und er trug einen gepflegten Bart. Selbst aus der Entfernung konnte Maline sehen, dass er die gleichen blauen Augen hatte wie Galdur. Seine reich verzierte Kleidung und die mit Edelsteinen besetzte Brosche, mit der ein kostbarer Pelz an seiner Tunika befestigt war, zeichnete ihn als das aus, was er war. Der Jarl von Kalhar.

Neben ihm stand ein jüngerer Mann mit schulterlangen blonden Haaren. Er war gut aussehend und zeigte ein strahlendes Lächeln, als er den Ankömmlingen zuwinkte. Ein Mädchen mit ebenso blonden Haaren, die zu einem dicken Zopf gebunden waren, hüpfte aufgeregt vor den beiden Männern auf und ab. Sie war an der Schwelle zur Frau, zeigte jedoch noch den überschwänglichen Übermut eines Kindes.

Die Männer, Galdur voran, verließen das Boot. Maline musste warten, dass man sie mit den restlichen Sklaven an Land brachte.

Galdur marschierte auf den Jarl zu, der ihn fest in den Arm nahm und mit seinen Pranken auf den Rücken klopfte, dann umarmten sich die beiden jungen Männer auf die gleiche Weise. Das Mädchen zappelte und zupfte an Galdurs Umhang, bis der sich von dem jungen Mann löste und sich ihr zuwandte. Er nahm sie in die Arme und schleuderte sie übermütig herum, was sie mit einem glockenklaren Lachen beantwortete.

Maline betrachtete die Szene. Sie schienen eine glückliche Familie zu sein, doch jemand schien zu fehlen. Wo war Galdurs Mutter? Eine junge Frau mit langen blonden Haaren löste sich aus der Menge und warf sich Galdur, der das Mädchen mittlerweile wieder abgestellt hatte, an die breite Brust. Sie küsste ihn stürmisch, ehe er sie sanft, aber bestimmt von sich schob, um sich wieder seinem Vater zuzuwenden. Maline blickte ihrem Entführer hasserfüllt hinterher.

Sie wurde grob am Arm gepackt. Ein bärtiger Wikinger zog sie mit sich. Gemeinsam mit den anderen Gefangenen wurde sie an Land gebracht, betrat den feindlichen Boden in dem Bewusstsein, dass sie ihre Heimat wohl nie wieder sehen würde, und Tränen traten in ihre Augen, die sie energisch fortwischte, denn sie wollte nicht schwach sein. Sie war eine Gefangene – eine Sklavin. Doch sie würde ihren Stolz bewahren.

Der Weg durch das Dorf glich einem Spießrutenlauf. Die Gefangenen wurden mit Beschimpfungen und Spott bedacht. Auch wenn sie von der fremden Sprache kaum ein Wort verstanden, so wussten sie trotzdem, dass man ihnen nicht wohlgesonnen war. Maline fühlte, wie ihr kalt wurde, und sich die Haare in ihrem Nacken aufstellten. Ihr Mund war ganz trocken und in ihren Augen sammelten sich Tränen, die sie nur mühsam bezwang.

Sie kamen an das große Langhaus des Jarls, welches von zahlreichen Nebengebäuden umgeben war. Es gab fast keine Fenster. In ihrer Heimat hatte sie gehört, dass es hier im Winter empfindlich kalt war, und jedes Fenster daher als Schwachpunkt für die Wärmeerhaltung im Hausinnern angesehen wurde. Im Gegensatz zu den anderen Langhäusern, an denen sie vorbeikamen, war dieses aus Stein und nicht aus Holz erbaut. Statt der Holzschindeln hatte man hier Reet benutzt, um das Dach zu decken. In der Mitte des Daches war ein Rauchabzug, aus dem eine stetige Rauchfahne emporstieg und den Geruch von Gebratenem verbreitete. Auf dem Hof lief allerlei Federvieh herum, und einige Pferde tummelten sich in einem Auslauf hinter dem Stallgebäude. Hunde liefen kläffend hinter einer Schar Kinder drein, und Frauen eilten geschäftig zwischen den einzelnen Gebäuden hin und her.

Maline und die anderen Gefangenen wurden, soweit noch nicht geschehen, an Händen und Füßen aneinandergefesselt und an einen Pfahl in der Mitte des Hofes gebunden. Bange Stunden harrte Maline so aus, keiner wagte zu sprechen, nur hin und wieder flüsterte Maline leise mit Lina.

Nach einer Ewigkeit verließ Galdur das Langhaus und kam auf die Gefangenen zu. Er hatte sich umgezogen und gewaschen, von den Spuren des blutigen Kampfes war nichts mehr zu sehen. Sein Gesicht war glatt rasiert, was ihn aus der Menge der überwiegend bärtigen Männer herausstechen ließ, die nun ebenfalls das Haus verlassen hatten und ihrer Wege gingen.

Mit kühlem Blick musterte Galdur seine Sklavin, die tapfer versuchte, seinem Blick standzuhalten. Hielt sie sich auch erstaunlich aufrecht, so war doch ihre Angst in ihren grünen Augen deutlich zu erkennen. Sie zitterte fast unmerklich, aber Galdur war ein guter Beobachter und so entging ihm nicht, dass sie sich hinter ihrem Rücken krampfhaft an dem Pfahl festhielt, um nicht zu schwanken.

„Wie ist dein Name?“, verlangte er zu wissen.

„Ma... Maline“, antwortete Maline stockend.

Warum machte er sie nur so schrecklich nervös? Es war definitiv nicht nur Angst, die sie zittern ließ, und dieses Prickeln in ihrem Körper war in höchstem Maße beunruhigend. Ihr war, als hätte man ihr plötzlich den Boden unter den Füßen weggerissen, ihre Gliedmaßen schienen sich aufzulösen, sodass sie Schwierigkeiten hatte, gerade zu stehen.

„Ich werde dich und die da jetzt in eure Unterkunft bringen. Man wird euch was zu essen bringen und etwas zum Anziehen. Ich hoffe, du machst mir keine Schwierigkeiten, denn ich habe vor, dich von den Fesseln zu befreien. Wenn du diese Freiheit behalten willst, solltest du dich besser fügen. Jeder Fehltritt wird umgehend von mir bestraft, hast du das verstanden?“

Maline nickte, denn für eine Flucht fühlte sie sich ohnehin viel zu schwach. Sie war müde, hungrig und verwirrt.

„Gut!“, sagte Galdur und schnitt mit seinem Dolch den Strick durch, der um ihre Handgelenke gebunden war. Erleichtert bewegte Maline die tauben Finger, während er auch ihre Fußfesseln löste.

Seine Hände an ihren Füßen zu fühlen war eigenartig, und ein Schauer überkam sie, der eindeutig nicht von Angst oder Kälte herrührte. Als er beinahe beiläufig an ihrer Wade emporstrich, erzitterte sie. Eigenartige Gefühle durchströmten ihren Leib, ihr wurde heiß, das Blut rauschte in ihren Ohren, und sie musste für einen Moment die Augen schließen, um den aufkommenden Schwindel zu stoppen. Ihr Herz schien seinen Takt verloren zu haben und hüpfte wild in ihrer Brust.

Galdur sah mit einem merkwürdigen Blick aus zusammengekniffenen Augen zu ihr empor. Die Andeutung eines Lächelns ließ sein Gesicht für einen kurzen Moment weicher erscheinen, aber es verschwand so schnell, wie es gekommen war, und Maline war sich nicht sicher, ob es vielleicht nur eine Einbildung gewesen war.

Galdur stand plötzlich auf und schaute sie finster an, dann löste er hastig Linas Fesseln.

Dieser Mann benimmt sich im höchsten Maße merkwürdig. Ganz so, als wüsste er auch nicht, ob wir Freund oder Feind wären. Spürt er auch dieses seltsame Kribbeln, diese süße Schwäche, wenn er mich berührt?

„Kommt jetzt!“, fuhr er die beiden Frauen barsch an.

Die erste Nacht in der Sklavenunterkunft war furchtbar gewesen. Maline schlief mit Lina und vier weiteren Sklavinnen in einem Raum. Die anderen Frauen hatten die Neuankömmlinge misstrauisch angesehen und dann nicht weiter beachtet. Am Morgen wurden sie von einer herrischen Matrone geweckt. Nachdem sie sich mit kaltem Wasser etwas frisch gemacht hatten, hatten sie die groben Sklavengewänder angelegt, die die Matrone ihnen gegeben hatte.

„Ach Mylady, dass Ihr so furchtbare Kleidung tragen müsst, die Eure zarte Haut kratzt und wie ein Sack hängt. Es ist einfach schändlich, wie man Euch behandelt“, klagte Lina.

„Ich bin keine Lady mehr“, sagte Maline bitter. „Ich bin eine Sklavin wie jede andere hier und werde lernen müssen, damit zurechtzukommen. – Je eher, desto besser. Mach dir also keine Sorgen um mich.“

Maline versuchte, das Kratzen der groben Wolle zu ignorieren. Sie ordnete ihre Haare, und dann gingen sie mit den anderen Frauen zum Langhaus des Jarls. Hier wurden sie in ihre Arbeit eingewiesen. Lina sollte in der Küche mithelfen, während man Maline dazu eingeteilt hatte, das Essen und die Getränke aufzutragen. Nur die

Köchin sprach ein paar Brocken ihrer Sprache, somit bekam Maline von den Gesprächen um sich herum nichts mit. Sie fühlte sich dadurch noch einsamer und verlorener. Da Malines Vater mit einigen Nordländern handelte, konnte sie zwar ein paar wenige Worte verstehen, was aber die sprachlichen Hindernisse kaum erleichterte. Sie musste wohl oder übel die Sprache ihrer Feinde lernen, um hier zu überleben.

Mit einem Krug voll Wein betrat sie die Halle, in der die Familie bereits am Tisch saß. Wieder bemerkte Maline, dass keine Frau anwesend war, die Galdurs Mutter hätte sein können. Der Jarl saß am Kopf der Tafel, Galdur rechts und sein Bruder links von ihm. Das Mädchen saß neben Galdur und plauderte angeregt mit ihm. Dann gab es noch fünf weitere Männer, von denen Maline drei als Männer von Galdurs Mannschaft erkannte.

Sie bemerkte wider Willen, wie gut ihr Entführer aussah. Als er sich so angeregt mit dem jungen Mädchen unterhielt, wirkte er ganz anders – sanfter, gelassener – ja, fast heiter.

Sie atmete tief durch, straffte die Schultern und begab sich zum Tisch, um den Wein einzuschenken.

Galdur blickte hoch und gewahrte seine neue Sklavin, die mit einem Krug im Durchgang stand. Das grobe Kleid wurde ihrer zarten Schönheit nicht gerecht, dennoch war sie auch in der Sklaventunika eine wahre Augenweide. Die andere Frau hatte er einem seiner Männer zum Geschenk gemacht. Olaf würde sie gut behandeln, wenn sie sich fügte, und davon ging Galdur aus, denn sie schien nicht so stolz zu sein wie die kleine Lady hier, die mit hoch erhobenem Kopf zum Tisch schritt, um den Wein einzuschenken. Er lächelte zynisch über ihren stolzen Blick. Sie zu zähmen würde gewiss interessant werden. Als sie ihm Wein eingoss, legte er seine Hand frech auf ihren Po und genoss den wütenden Blick aus ihren grünen Augen, aber er sah auch Verwirrung darin. Offensichtlich brachte er sie aus der Fassung. Diese Feststellung ließ ihn amüsiert grinsen.

Maline befreite sich mit einer geschickten Drehung aus seinem dreisten Griff und eilte zu seiner Schwester weiter. Ihre Hände zitterten, als sie Galdurs Schwester den Wein einschenkte. Die Berührung seiner Hand war wie ein Stromschlag für sie gewesen. Noch immer meinte sie, seine große Hand zu spüren. *Heute wird er sich wohl nehmen, was er von mir begehrt*, dachte sie, und ihre Angst mischte sich mit einem seltsamen Prickeln, das tief in ihrem Schoß aufstieg und Hitze in ihre weiblichen Regionen sandte. Feuchtigkeit sammelte sich in ihrer Spalte – ein eigenartiges Gefühl, das eine unbestimmte Sehnsucht in ihr wach rief, die sie nicht einordnen konnte. Sicher war sie nur, dass er der Schlüssel zu dieser Sehnsucht war. Sie spürte seine Blicke auf ihrem Leib wie Liebkosungen, sah die Anerkennung und die Glut darin. Niemals hatte ihr Verlobter solche Empfindungen in ihr ausgelöst, und sie schämte sich. Dieser Teufel hatte Viktor umgebracht und verdiente ihren Hass, auch wenn Viktor sich nicht gerade sehr ehrenhaft verhalten hatte. Unwillkürlich verglich sie die beiden ungleichen Männer miteinander. Seit ihrer Verlobung hatte Viktor sie dreimal geküsst, und immer hatte sie Widerwillen dabei empfunden – was würde sie empfinden, wenn Galdur sie küsste? Allein der Gedanke daran löste eine kribbelnde Unruhe in ihr aus.

Sie bemerkte gar nicht, dass sie noch immer Wein in den Kelch von Inga goss, obwohl dieser bereits überlief. Erst Ingas erstickter Schrei ließ sie erschrocken aus ihren Gedanken hochfahren.

„Tut ... tut mir leid. Ich mach das ...“, stammelte Maline errötend, sich bewusst, dass alle sie anstarrten. Sie erwartete ein Donnerwetter, doch es blieb aus.

„Ist nicht so schlimm“, beruhigte Inga sie. „Hol einen Lappen aus der Küche. So viel ist es ja gar nicht.“

Maline entfernte sich hastig. Ein Blick auf Galdur zeigte ihr, dass er sich köstlich amüsierte. Er grinste sie spöttisch an, und Maline wurde rot vor Verlegenheit. Warum brachte dieser Mann sie nur derart aus der Fassung? Schnell eilte sie in die Küche, um einen Lappen zu besorgen. Merkwürdig fand sie, dass hier so viele ihre Sprache verstanden. Möglicherweise betrieb er neben seinen Raubzügen auch Handel, doch woher hatte das junge Mädchen ihre Sprachkenntnisse?

Nachdem der Jarl und seine Leute gegessen hatten, durften auch die Sklaven etwas zu sich nehmen, danach wurde Maline in das Kämmen der Wolle eingewiesen.

„Hallo!“

Maline sah von ihrer Wolle auf und erblickte Galdurs kleine Schwester, die sie etwas schüchtern anlächelte. Maline lächelte zurück. Dieses junge Mädchen war nicht ihre Feindin. Was konnten die Kinder und Frauen für das, was ihre Männer taten? – Nichts, entschied Maline.

„Hallo“, antwortete sie deshalb freundlich.

„Du gehörst meinem Bruder, nicht wahr?“

„So mag es wohl scheinen, indes meine ich, dass ich nur mir selbst gehöre“, antwortete Maline missmutig und fügte dann etwas sanfter hinzu: „Wie heißt du?“

„Inga“, sagte das Mädchen. „Und du?“

„Maline.“

Inga setzte sich auf einen Schemel und schaute Maline beim Kämmen zu.

„Das ist merkwürdig“, sagte Inga nach einer Zeit des Schweigens.

„Was ist merkwürdig?“, fragte Maline, ohne von ihrer Arbeit aufzusehen. „Mein Bruder braucht eigentlich keine weibliche Sklavin mehr. Sonst verkauft er sie immer gleich oder verschenkt sie. Warum hat er dich behalten?“

„Das musst du ihn schon selbst fragen“, sagte Maline bitter.

„Vielleicht gefällst du ihm. Er hat noch keine Frau. Es kommt manchmal vor, dass ein Mann seine Sklavin zu seiner Frau macht. Ich hätte nichts dagegen. Du bist, wie meine Mutter früher war.“

„Ist sie ...?“

„Nein“, unterbrach Inga. „Sie lebt nicht mehr mit Vater zusammen. Meine Mutter und ich wohnen am anderen Ende des Fjords. Galdur hasst die Iren, weil sie Schuld an allem sind, aber das ist eine lange und schlimme Geschichte.“

„Du lebst gar nicht hier? Du hast doch hier geschlafen.“

„Nur wegen Galdurs Rückkehr. Ich gehe gleich wieder zu meiner Mutter zurück. Sie braucht mich. Wenn du magst, erzähl ich dir morgen, was damals geschehen ist. Jetzt hab ich keine Zeit mehr, Galdur will Mutter gleich besuchen und nimmt mich mit.“

„Inga!“, ertönte eine strenge Stimme.

Maline und Inga blickten zur Tür. Galdur stand dort und blickte sie finster an. Er sah prächtig aus. Seine dunkelblaue Tunika war mit goldenen Verzierungen versehen, und sein schwarzer Umhang hatte einen Besatz aus weichem Bärenfell. Ob er den Bären selbst erlegt hatte?

„Du weißt, dass du die Sklaven nicht von der Arbeit abhalten sollst!“, tadelte er seine Schwester.

Inga schien von seiner grimmigen Miene unbeeindruckt und lächelte ihn strahlend an.

„Sei doch nicht so streng. Brechen wir jetzt auf?“

Galdur nickte und warf einen finsteren Blick auf Maline. Es passte ihm nicht, dass seine kleine Schwester schon wieder ihre Nase in seine Angelegenheiten steckte.

Inga sprang auf und warf sich in Galdurs Arme, um ihm einen Kuss aufzudrücken, dann drehte sie sich noch einmal zu Maline um und zwinkerte ihr zu.

„Wir sehen uns morgen!“, rief sie über die Schulter.

„Inga, ich hab ...“, begann Galdur streng.

„Ja, ich weiß“, unterbrach Inga und knuffte ihn in die Seite.

„Biest!“, knurrte Galdur, aber er lächelte kurz, ehe seine Miene wieder den gewohnt finsteren Ausdruck annahm.

Maline fiel auf, dass er sehr gut aussah, wenn er lächelte. Der Anblick löste ein warmes Kribbeln in ihrem Bauch aus. Sein Lächeln war gefährlich, lieber wollte sie in ihm den unbarmherzigen Rohling sehen, als den sie ihn bisher kennengelernt hatte.

Als die beiden verschwunden waren, fuhr Maline mit ihrer Arbeit fort. Dieser Wikinger war ihr ein Rätsel. Sonst fiel es ihr nie schwer, Menschen einzuschätzen, aber bei Galdur war sie ratlos. Sie seufzte. Der Gedanke, er könnte schon bald versuchen, sich ihr zu nähern, beunruhigte sie. Sie hatte mit eigenen Augen gesehen, zu welcher Gewalt er fähig war, doch andererseits gab es da noch den lächelnden, unbeschwerten Mann, der ihr aus ganz anderen Gründen Angst einjagte, denn dieser Mann konnte nicht nur ihrem Körper, sondern auch ihrer Seele gefährlich werden.

Leif saß vor dem Feuer und starrte in die lodernden Flammen. Er machte sich Gedanken um seinen Bruder. Galdur war der tapferste und gefürchtetste Krieger von Kalhar. Seinem Namen „der Wilde“ machte er wirklich alle Ehre, und er war wahrlich ein Mann, der alle Eigenschaften besaß, die die Wikinger wertschätzten. Eigentlich sollte Leif stolz auf seinen Bruder sein, doch er konnte seine Sorgen nicht abschütteln. Es war nicht die leibliche Hülle, um die er sich sorgte, sondern die Seele. Seit jenem Vorfall vor zwölf Sommern war aus dem stillen und sanften Jungen ein verbitterter und grausamer Mann geworden. Im Kampf steigerte er sich in blutige Raserei und kannte keine Gnade und er hatte kein Interesse daran, sich zu vermählen. Frauen dienten lediglich der Befriedigung seiner Bedürfnisse. Punkt! Nun brachte er diese Sklavin mit – und anstatt sie zu verkaufen oder jemandem zu schenken, behielt er sie für sich selbst. Sollte sein kaltherziger Bruder tatsächlich ein tieferes Interesse an dieser wahrlich schönen Sklavin haben?

„Woran denkt mein Herr?“, ertönte eine sanfte Stimme.

Leif sah auf und erblickte seine Sklavin Rigana. Sie kniete sich vor ihn und schaute ihn mit diesen sanften braunen Augen an, die ihm von Anfang an gefallen hatten. Er hatte Rigana vor drei Jahren in Konstantinopel gekauft und es nicht bereut. Hinter ihrer unschuldigen Fassade brodelte ein wahrer Vulkan, sie war entschieden die sinnlichste Frau, die er bisher kennengelernt hatte. Doch im Moment überwog seine Sorge und drängte die Leidenschaft, die er für sie hegte, in den Hintergrund.

„Ach Rigana. Ich mache mir Sorgen um Galdur“, seufzte Leif.

„Er ist ein starker Mann, der zu kämpfen versteht. Warum sorgst du dich um ihn?“

„Er sollte eine Familie gründen. Er braucht eine Frau, die ein Lächeln auf sein Gesicht zaubert.“

„Auch du solltest daran denken, dich wieder zu vermählen. Der Tod deiner Frau liegt schon fast zwei Jahre zurück“, wandte Rigana ein. Der Gedanke, sie könnte von einer rechtlichen Gattin verdrängt werden, stimmte sie traurig, doch in ihrem Herzen trug sie die Hoffnung, er könnte vielleicht sie zu seinem Weib machen. Es war durchaus nicht unüblich, dass die Wikinger Sklavinnen heirateten.

„Ja, du hast recht“, seufzte Leif. „Glaubst du, diese Sklavin, die er mitbrachte, könnte sein Herz erwärmen?“

„Stell ihn auf die Probe. Wirb um sie“, schlug Rigana vor.

Leif sah sie verständnislos an.

„Wenn er sich etwas aus ihr macht, wird er eifersüchtig werden“, erklärte Rigana.

„Ich könnte ein blaues Auge dabei riskieren“, scherzte Leif und zwinkerte seiner Sklavin zu.

„Dann heile ich es wieder, mein Herr“, sagte Rigana und begann mit ihren Händen aufreizend seine Schenkel hinaufzuwandern. Ein Glitzern lag in ihren schönen Augen, und ihr Lächeln war verheißungsvoll.

Leif lehnte sich leise seufzend zurück und schloss genüsslich die Augen. Er spürte, wie seine Männlichkeit erwachte, als sie ihre zarten Hände darüberlegte. Sie rieb mit leichtem Druck über den Stoff seiner Hose und Leif stöhnte. Geschickt entkleidete sie ihn, langsam und mit Bedacht, liebkoste die freigelegte Haut mit ihren weichen Lippen und ihrer Zunge. Leif vergrub seine Finger in ihren schwarzen Haarmassen. Ihre Hände glitten federnd über seinen Leib, kannten jede verborgene Stelle, wissend, wo und wie er es gern hatte. Sie spielte mit ihm, neckte, erregte ihn auf eine Art, die ihm das Blut in die Lenden trieb, und sein Leib zuckte vor Erwartung. Alles in ihm lechzte danach, mit ihrem warmen, biegsamen Leib zu verschmelzen, sich in ihr zu vergraben, in ihre geheimsten Tiefen vorzudringen.

Mit einem verführerischen Lächeln erhob sie sich und zog ihr Kleid langsam über den Kopf. Ihr wohlgerundeter Körper mit den kleinen festen Brüsten, den schlanken Beinen und der dunklen Scham wiegte sich anmutig hin und her. Leif verschlang sie gierig mit seinen Augen. In dieser sanften, zarten Frau schlummerte ein Feuer, das ihn immer wieder in Erstaunen versetzte. Er beobachtete gebannt, wie sie mit den Händen über ihren Leib strich, die festen Brüste knetete und ihre Nippel rieb, bis sie keck hervorstanden. Eine Hand wanderte zu ihrem gelockten Dreieck und massierte das weiche, feuchte Fleisch, öffnete es, um ihm einen Blick darauf zu geben.

„Komm zu mir“, raunte Leif erregt. Sein Blick verklärte sich vor aufflammender Leidenschaft.

Rigana kniete sich zwischen seine Schenkel und nahm seinen prächtigen Schwanz in ihre zarten Hände. Zärtlich fuhr sie an dem Schaft auf und ab, massierte mit einer Hand die prall gefüllten Hoden, während ihr Blick auf seinem Gesicht ruhte. Ihre Augen tauchten in seine Augen ein, und ein Versprechen von verlockender Sinneslust stand in ihrem Blick geschrieben. Langsam näherte sich ihr Mund seinem Schwanz. Mit angehaltenem Atem beobachtete er, wie ihre süße rosa Zungenspitze zwischen ihren Lippen hervorschnellte und gekonnt seine Eichel umspielte, den ersten Lusttropfen ableckte, dann fuhr sie mit der Breitseite ihrer Zunge an seinem harten Schaft entlang und neckte mit der Spitze seine Hoden, die gierig zuckten.

„Nimm ihn endlich in den Mund. Ich halte das nicht mehr länger aus“, sagte Leif und packte sie fordernd am Hinterkopf.

Rigana öffnete ihre Lippen und ließ den Schwanz in ihre feuchte, warme Mundhöhle gleiten.

Leif keuchte, als sie ihn immer wieder tief in ihren Mund aufnahm, während ihre Hand weiter seine Hoden knetete.

„Ah, Mädchen, das tut so gut. Du bist eine Hexe, die mich mit ihrer Sinnlichkeit verzaubert und mir den Verstand raubt.“

Rigana lächelte. Sie liebte es, ihn zu verwöhnen, genoss sein Stöhnen, seine Gier und seinen großen Schwanz, den sie so ausgiebig küsste und leckte, an ihm knabberte wie an einem besonderen Leckerbissen. Sie liebte seinen herben, männlichen Geruch und seinen Geschmack.

Schließlich ließ sie von seinem Glied ab, erhob sich graziös, kletterte auf seinen Schoß und nahm ihn tief in ihre nasse Scheide auf, genoss es, wie er sie langsam Stück für Stück ein wenig tiefer ausfüllte, bis sie ganz auf ihm saß. Leif umfasste ihr Becken und dirigierte sie auf seinem Schoß.

„Du bist so herrlich feucht und heiß“, stöhnte er heiser und warf den Kopf in den Nacken. „Reite mich, meine Schöne!“

Rigana bewegte sich langsam und sinnlich, wollte das Liebesspiel nicht so schnell enden lassen, sondern wollte genießen wie er sie ausfüllte, in sie hineinstieß. Sie bewegte sich auf seinem harten Schaft auf und ab, massierte ihn mit ihren gut trainierten Scheidenmuskeln, während er mit seinen Lippen ihre Brüste liebkoste. Er saugte an den rosigen Spitzen, bis sie hart und prall abstanden, massierte mit den Händen die Brüste, vergrub sein Gesicht in dem Tal zwischen den verlockenden Hügeln.

Ihre kleine Perle rieb über das krause Haar seiner Scham und erregte sie. Sie fühlte, wie sie sich dem Gipfel näherte, und auch er schien nicht mehr weit entfernt zu sein, doch sie wollte nicht, dass es schon endete.

„Lass uns die Plätze tauschen, Herr“, sagte sie deshalb und glitt von ihm herunter.

Sie wechselten die Positionen. Während sie sich auf den Stuhl kniete und an der reich verzierten Rückenlehne festhielt, trat er hinter sie und drang mit einem festen Stoß von hinten in sie ein. Seine Hände hielten sie an den Hüften, während er sie immer heftiger stieß. Der Stuhl wackelte ein wenig dabei hin und her. Ihre Finger krallten sich an der Rückenlehne fest, den Kopf hatte sie weit in den Nacken gelegt, den Rücken durchgebogen.

„Das ist gut Herr, stoßt mich richtig fest ... ja ... so ist es gut ... aaahh.“

„Fass dich an”, raunte Leif aufs Äußerste erregt.

Rigana ließ eine Hand zwischen ihre Beine gleiten und fand die verborgene Perle, die sie mit sanftem Druck rieb, während Leif immer schneller und heftiger in sie stieß. Sie stöhnte laut. Die Hitze zwischen ihren Schenkeln wurde immer stärker – fast unerträglich. Sie jagte auf den Gipfel zu, er war greifbar nah. Ihr Atem beschleunigte sich, und Schweißperlen traten auf ihre Stirn.

„Komm, komm mit mir. Ich kann nicht mehr länger warten“, stöhnte Leif.

Rigana keuchte, als er sie immer heftiger stieß. Seine Lenden klatschten hart auf ihren Leib. Sie rieb ihren Kitzler fester und spürte, wie ihr Körper sich zuckend zusammenzog und ihre Säfte in Strömen flossen, als sie den Höhepunkt erreichte. Laut stöhnend kam auch Leif in ihrem Schoß zum Orgasmus und verströmte sich heiß in ihr, während ihre Scheide sich rhythmisch um sein Glied zusammenzog.

4
Alda

Galdur kehrte von dem Besuch bei seiner Mutter zurück. Sie hatte sich gefreut, ihren Sohn wiederzusehen, denn Galdur war fast ein Jahr mit seinen Männern fort gewesen, und er hatte ihr wunderschönen Schmuck und einige Ballen feinster Stoffe mitgebracht.

Nachdenklich ritt Galdur am Ufer des Fjords entlang. Heute wollte er in sein eigenes Langhaus zurückkehren. Er war sich nicht sicher, was er nun mit seiner neuen Sklavin anfangen sollte. Gewöhnlich behielt er seine weiblichen Gefangenen nicht. Er hatte zwei ältere Frauen für den Haushalt und Alda, seine Geliebte. Außerdem arbeiteten zwanzig männliche Sklaven und sechs freie Männer auf seinem Hof.

Alda würde es gar nicht gefallen, Konkurrenz zu bekommen. Sie konnte wahrlich ein Biest sein, aber sie war eine einfallsreiche Geliebte, und Galdur fand es sehr bequem, eine Frau parat zu haben, wenn sein Schwanz nach Erfüllung verlangte. Er war bisher mit diesem unkomplizierten Arrangement sehr zufrieden gewesen.

Seine Gedanken wanderten zu der braunhaarigen Irin mit den grünen Augen. Sie war eine Schönheit, allein das wäre Grund genug, sie zu behalten, aber sie war Irin, ein Makel, der nicht zu ändern war. Er fragte sich, wie es sein würde, diese zierliche Frau in den Armen zu halten. Ihre helle Haut mit dem leichten, rötlichen Schimmer reizte ihn. Sie duftete gut, das war auch ein Argument. – Er grinste. Ja, sie war wirklich ausgesprochen erfreulich, wenn sie nur keine Irin wäre. Ob sie leidenschaftlich war? Er konnte sich nicht vorstellen, dass diese jämmerliche Figur von einem Mann, der wohl ihr Gatte gewesen war, es geschafft hatte, sie zu befriedigen. Galdur interessierte sich nicht besonders für das Gefühlsleben von Frauen, aber seine Ehre und sein Stolz geboten es ihm, eine Frau vollständig zu befriedigen, wenn er mit ihr schlief.

Er beschloss, noch ein wenig im Badehaus seines Vaters zu schwitzen, ehe das Essen aufgetragen wurde. Gedankenversunken betrat er die Halle des Langhauses. Unvermittelt fiel sein Blick auf ein appetitlich gerundetes Hinterteil, das sich vor ihm vom Boden emporreckte. Maline kniete auf allen vieren und scheuerte den Steinboden. Galdurs Männlichkeit regte sich bei dem Anblick sofort, vergessen war sein Vorhaben, das Badehaus seines Vaters aufzusuchen. Wie in Trance ging er auf seine neue Errungenschaft zu, die ihn noch nicht bemerkt hatte, und packte sie am Arm, um sie hochzuziehen. Erschrocken drehte sich Maline zu ihm um und stieß dabei einen kleinen Schrei aus. Ihr Herz pochte heftig, halb vor Schreck, halb wegen des unverkennbar lüsternen Blickes in den Augen ihres Entführers. Ehe sie es sich versah, hatte er schon seine Lippen hart auf ihren Mund gepresst, während seine starken Arme sie fest an seinen gestählten Körper pressten. Ihr blieb förmlich die Luft weg, und Sterne begannen vor Malines Augen zu flimmern. Ihre Knie drohten nachzugeben, allein sein fester Griff schien sie noch auf den Beinen zu halten. Dreist wanderte eine Hand zu ihrer Pobacke und knetete das weiche Fleisch. Hitze breitete sich in Malines Leib aus und schien sich in ihrem Schoß zu sammeln, wo sie zu einem verzehrenden Feuer aufloderte. Panisch versuchte Maline sich aus Galdurs fester Umklammerung zu lösen, doch aus dieser Umarmung gab es kein Entrinnen, und so griff sie nach der besten Waffe, die sie in ihrer Lage zur Verfügung hatte, nämlich ihren Zähnen, die sie in seine Unterlippe schlug. Mit einem halb ungläubigen und halb wütenden Schrei ließ Galdur sie los. Dieses Biest hatte es doch tatsächlich gewagt, ihn zu beißen. Er tastete nach seiner blutenden Lippe und funkelte seine Sklavin zornig an, die sich verängstigt hinter einem Stuhl verschanzt hatte.

„Wage es ja nicht noch einmal. Dieses Mal kommst du noch damit durch, aber ich schwöre dir, beim nächsten Mal werde ich dich zu lehren wissen, wer hier der Herr ist. Wenn ich dich haben will, dann bekomm ich dich – mit oder ohne Gewalt. Vergiss das nie!“, knurrte er mit blitzenden Augen.

Maline zitterte. Sie war froh, dem Unausweichlichen noch einmal davongekommen zu sein, doch sie wusste auch, dass sie sich ihren Feind nicht ewig würde vom Leib halten können. Ein Hieb seiner großen Hände könnte ihr Genick brechen, sie hatte keine Chance gegen ihn.

Maline hatte den ganzen Tag gearbeitet und war erschöpft. Ständig hatte sie an ihre Begegnung mit Galdur in der Halle denken müssen. Nun war sie damit beschäftigt, den Tisch für das Abendmahl zu decken. Lina schien sich mit ihrem Schicksal zufriedenzugeben. Sie hatte kurz mit ihr sprechen können, und Lina hatte ihr erzählt, dass Olaf, ihr neuer Besitzer, sie nach dem Essen mit in sein Langhaus nehmen würde. Sie schien ganz glücklich mit dem Arrangement. Olaf gefiel ihr. Er war zwar rau, aber herzlich, und stand in dem Ruf, seine Sklaven gut zu behandeln.

„Ich hätte auch nichts dagegen, wenn er mich in sein Bett holen würde“, hatte Lina ihr zugeflüstert.

Maline hingegen konnte sich mit ihrem Los nicht anfreunden. Galdur hatte ihr nach seiner Rückkehr gesagt, dass sie heute nach dem Essen in sein Haus umziehen würden. Damit würde ihre Gnadenfrist wohl abgelaufen sein. Wahrscheinlich würde sie heute Abend ihre Jungfräulichkeit an einen Barbaren verlieren, Sanftheit erwartete sie von diesem schwarzen Teufel gewiss nicht. Sie hatte gesehen, wie er ohne mit der Wimper zu zucken tötete, das hatte ihr gereicht. Er war grausam und wild. Sicher, er war ein erfreulicher Anblick, aber der Teufel versteckte sich ja bekanntlich meist hinter einer schönen Fassade. Sie war sicher, dass seine Seele, sofern er denn eine hatte, schwarz und verderbt war.

„Du!“, ertönte eine barsche Stimme. „Komm mal her!“

Maline drehte sich erschrocken um. Der Jarl stand in der Tür und sah sie aus blutunterlaufenen Augen an.

Zögernd ging Maline auf den Mann zu. Seine Miene war verzerrt, und er atmete schwer.

„Verstehst du dich auf die Heilkunst? Ich habe gehört, ihr Iren wäret recht gut darin“, sagte er mit schmerzverzerrter Stimme.

„Ja, ich verstehe ein wenig davon. Was fehlt Euch denn?“

„Ich hab Probleme mit dem ... nun ja, ich kann nicht ...“, sagte Erik und raufte sich etwas hilflos die Haare.

„Was könnt Ihr nicht?“, hakte Maline nach.

Der Jarl beugte sich zu ihr herüber und flüsterte: „Hinter den Busch gehen.“

„Also könnt Ihr den Darm nicht entleeren oder die Blase?“, hakte Maline nach.

„Das Letzte.“

„Ein Tee könnte Euch vielleicht helfen. Ich brauche verschiedene Kräuter dafür. Wer ist hier für Kräuter zuständig?“

„Das ist Ingvr. Sie ist jetzt in der Küche beschäftigt“, antwortete der Jarl.

„Gut, ich werde das Nötige besorgen und bringe Euch den Tee zum Essen“, sagte Maline.

Der Jarl räusperte sich und warf ihr einen dankbaren Blick zu.

„Danke!“

„Schon gut.“

Der Jarl entfernte sich und Maline begab sich in die Küche, um nach den Kräutern zu fragen.

Unsicher stand Maline im Hof des Jarls und wartete auf Galdur, wie er es nach dem Essen befohlen hatte. Da sie nichts mehr besaß, hatte sie keine Sachen zu packen gehabt. Der Abschied von Lina war tränenreich gewesen, obwohl sie ja nur etwa eine halbe Stunde Fußweg entfernt wohnen würden. Auch Lina zog nun in das Haus ihres neuen Herrn, wenn auch wesentlich williger als ihre ehemalige Herrin.

Das Warten machte Maline nervös. Wo, zum Teufel, steckte dieser finstere Wikinger bloß? Sie wartete bereits eine halbe Stunde, und die Abendluft wurde langsam frisch. Wind war aufgekommen, der dunkle Wolken vor sich her trieb. Es würde bald zu regnen anfangen, und Maline fröstelte in ihrer kratzigen Sklaventunika, die nur bis knapp unter die Knie reichte und die Arme freiließ. Endlich sah sie Galdur mit seinem schwarzen Hengst aus dem Stallgebäude kommen. Er schaute grimmig aus, wie immer, und würdigte Maline kaum eines Blickes. Er bestieg sein Pferd und ritt an Maline vorbei.

„Folg mir!“, kam der knappe Befehl aus seinem Mund.

Seufzend setzte Maline sich in Bewegung. Es war gar nicht so einfach, mit dem großen Pferd Schritt zu halten. Missmutig schimpfte sie im Stillen vor sich hin.

Verdammter Wikinger! Sitzt da fein hoch zu Ross und lässt mich laufen. Zur Hölle mit diesem Teufel! Soll sich der Boden vor ihm auftun und ihn verschlingen. Ich würde ihn vierteilen, wenn ich könnte. Ach was, köpfen und die Eingeweide rausreißen. Jawohl!

Während Maline sich genüsslich die schrecklichsten Todesarten für den Wikinger ausdachte, plagten Galdur ganz andere Sorgen. Wie sollte er für Frieden in seinem Heim sorgen, wenn er diese Frau in sein Bett holte? Alda würde ihm die Hölle heiß machen, und ihm stand nicht der Sinn nach ihrem Gezänk. Andererseits erschien ihm die Möglichkeit, diese aufregende Sklavin nicht anzurühren und besser jemand anderen zu überlassen, undenkbar. Er musste sie einfach haben. Sicher würde ihr Reiz verfliegen, wenn er erst einmal von ihr gekostet hatte.

Galdurs Haus war wesentlich kleiner als das des Jarls. Er zügelte sein Pferd im Hof, und ein Sklave kam herbeigeeilt, um ihm das edle Tier abzunehmen. Ohne sich nach Maline umzusehen, stürmte er ins Haus. Maline eilte leise fluchend hinter ihm her.

In der Halle blieb Galdur stehen und drehte sich zu Maline um, unschlüssig, was er nun mit ihr anfangen sollte.

Eine ältere Frau kam in die Halle, um ihn zu begrüßen.

„Bertha, richte die kleine Kammer für die neue Sklavin her und gib ihr etwas zum Anziehen. Sorg dafür, dass sie badet und was zu essen bekommt."

Bertha nickte und fasste Maline am Arm. Bertha war lange Zeit Sklavin bei den Iren gewesen, und somit sprach sie Malines Sprache.

„Komm mit, Mädchen. Du kannst mir helfen, die Kammer fertig zu machen."

Maline warf einen Blick auf Galdur, der sie aber nicht länger beachtete, und folgte dann der alten Frau.

„Bist du Irin?", fragte Maline.

„Nein, aber ich habe lange unter ihnen gelebt – als Sklavin!"

Galdur schnaubte missmutig und ging dann in sein Schlafgemach. Wo war Alda nur? Sie kam sonst immer sofort herbei, um ihn stürmisch zu begrüßen.

Er beschloss, erst einmal ins Badehaus zu gehen und sich ein wenig zu entspannen und über sein weiteres Vorgehen nachzudenken.

Nachdem Galdur eine Stunde im Bad zugebracht hatte, ging er zu Aldas Hütte. Er hatte den Entschluss gefasst, seine neue Sklavin erst einmal in Ruhe zu lassen, und wollte seine Lust nun wie gewohnt bei der willigen Alda stillen. Zielstrebig schritt er auf die Tür zu und trat ohne anzuklopfen ein.

Alda saß an dem groben Tisch und bestickte ein Kleid, dass sie sich angefertigt hatte. Sie blickte nicht einmal auf, als Galdur direkt neben ihrem Stuhl stand.

„Ist das eine Art, seinen Herrn zu begrüßen?", knurrte er ungehalten.

„Verzeih, ich dachte, du würdest meine Dienste nicht benötigen, wo du doch eine neue Sklavin mitgebracht hast", antwortete Alda schnippisch und sah ihn mit funkelnden Augen an.

Galdur riss sie grob am Arm hoch.

„Es ist nicht deine Aufgabe, zu denken! Du bist nur eine Sklavin und hast mir zu dienen! Ich kann mir so viele Sklavinnen halten, wie es mir passt. Glaube nicht, dass du irgendwelche Sonderstellung in meinem Hause hast, nur weil du bislang die Einzige warst."

„So lass ich mich nicht behandeln!", fauchte Alda erbost und versuchte sich loszumachen.

Galdur riss sie brutal an sich und presste seine Lippen fest auf ihren Mund. Sein Zorn stachelte seine Erregung an und er wurde hart. Er drängte Alda mit dem Rücken gegen die Wand, legte eine Hand auf ihre volle Brust, rieb seinen Unterleib an ihrem Körper und drängte seine Zunge zwischen ihre Lippen. Ihm stand nicht der

Sinn nach zärtlichem Vorgeplänkel, er wollte seine Lust befriedigen und dann schlafen gehen.

Alda legte kapitulierend die Hände um seinen Nacken und zog ihn dichter an sich. Sie begegnete seiner hungrigen Zunge mit leidenschaftlicher Hingabe. Er schob ihr Kleid hoch, seine Finger suchten den Weg zu ihrer feuchten Scham und wurden fündig. Alda stöhnte, als erst ein, dann ein weiterer Finger in sie glitten.

„Lass mich das Kleid ausziehen", murmelte sie an seinen Lippen.

Galdur ließ kurz von ihr ab, und sie zog sich mit fahrigen Bewegungen das störende Kleidungsstück über den Kopf. Nackt bot sie ihm ihren erhitzten Leib dar. Ihre rosigen Spitzen standen verlangend empor, und er umschloss eine der Brustwarzen mit seinen Lippen, saugte daran und ließ seine Hände über ihren üppigen Körper gleiten, knetete das weiche Fleisch ihrer Hinterbacken und wanderte dann wieder hoch zu ihren Brüsten, die sich voll und schwer in seine Hände schmiegten.

„Du hast noch zu viel an. Lass mich dich entkleiden, damit ich dich liebkosen kann", flüsterte Alda.

„Nein!", knurrte Galdur. „Du wirst mich heute nicht anfassen."

Er rückte etwas von ihr ab und begann sich hastig auszuziehen, wobei er seine Sklavin nachdenklich musterte. Früher war sie ihm mit ihren blonden Haaren und der üppigen Figur als das Inbild der Weiblichkeit erschienen, doch jetzt schoben sich Bilder von rehbraunen Flechten und zierlichen Rundungen vor sein inneres Auge. Er drängte diese Bilder entschlossen beiseite, riss Alda heftig an sich, schob seine Hände unter ihr Gesäß, hob sie an, während er sie gegen die Wand drückte, und drang mit einem brutalen Stoß in sie ein.

Alda keuchte. Der kurze, scharfe Schmerz wandelte sich unter seinen fordernden Stößen in pure, verzehrende Lust. Sie klammerte sich an seine breiten Schultern und mit jedem weiteren Stoß seiner Lenden kam sie dem Gipfel näher. Galdur stöhnte auf, als er seinen Samen in sie pumpte, und ließ jäh von ihr ab. Alda zitterte vor unerfüllter Lust. Mit Tränen in den Augen sah sie zu, wie er sich hastig ankleidete. Ohne sie eines weiteren Blickes zu würdigen verließ er ihre Hütte. Wütend und enttäuscht fegte Alda die hölzernen Teller und Schüsseln vom Tisch.

Galdur stapfte zurück zu seinem Haus. Er war verwirrt und wütend. Was hatte diese irische Hexe mit ihm gemacht, dass er sie nicht einmal vergessen konnte, wenn er eine andere Frau nahm? Zum ersten Mal hatte er seine Geliebte unbefriedigt zurückgelassen, das war sonst nicht seine Art. Er hatte seinen Samen verspritzt und fühlte sich dennoch nicht erleichtert oder gar befriedigt, denn sein

Körper verlangte nach wie vor nach dieser verdammten Irin mit den grünen Augen.

5
Weiberkrieg

Als Galdur auf dem Weg zu seiner Kammer war, blieb er kurz vor der Tür stehen, hinter der er seine neue Sklavin wusste. Er hörte Wasser plätschern. Vor seinem geistigen Auge sah er Maline nackt in dem hölzernen Zuber sitzen, und augenblicklich erwachte das Begehren in ihm. Das kurze Scharmützel mit Alda hatte seine Glut nicht abkühlen können, vielmehr hatte es ihm gezeigt, dass seine blonde Gespielin ihren Reiz für ihn verloren hatte. Die beiden Frauen konnten unterschiedlicher nicht sein – Alda war stark und wie die meisten Wikingerfrauen darin geübt, mit Schwert und Axt zu kämpfen, die zierliche Maline dagegen weckte in ihm den Wunsch, sie vor Gefahren zu schützen. Er grinste zynisch, als ihm klar wurde, dass momentan die einzige Gefahr für seine Sklavin von ihm ausging. Er war der Herr dieses Hauses und könnte jetzt einfach diese Tür öffnen und sich nehmen, wonach es ihm gelüstete. Seine Hand legte sich auf den Knauf, doch dann zog er sie mit einem unterdrückten Fluch wieder zurück. Seine Lenden pochten schmerzhaft. Wie von selbst legte sich seine Hand auf die Ausbeulung in seiner Hose und massierte den harten Schaft. Ein leises Stöhnen kam über seine Lippen, und er rieb fester über die Beule, bis er plötzlich Schritte vernahm. Fluchend ließ er von seinem Schwanz ab und wandte sich um. Bertha kam mit ein paar Tüchern auf ihn zu. Hatte sie etwas gesehen? Ihre Miene verriet nichts und doch – lag da nicht so ein kleines, spöttisches Funkeln in ihren Augen?

„Ich bringe Trockentücher für die Neue. Wünscht du noch etwas von ihr, Herr?“

„Ich ... nein, nein. Ich wollte nur ... sehen, ob sie gut versorgt ist“, versuchte Galdur sich herauszureden.

Bertha lächelte unverbindlich. „Ich bin sicher, es geht ihr, ihren Status bedenkend, wirklich sehr gut. Kann ich noch etwas für dich tun, Herr?“

„Nein, schon gut“, versicherte er hastig und eilte davon. Für heute wollte er Maline in Ruhe lassen, aber bald wollte er die Freuden genießen, die ihr zierlicher, schlanker Körper versprach.

Maline genoss das Bad. Bertha hatte kostbare, duftende Öle aus dem fernen Orient in das Badewasser geschüttet, und der himmlische Duft von Sandelholz und Mandel stieg Maline in die Nase. Genießerisch schloss sie die Augen und lehnte sich zurück. So einen Luxus als Sklavin hatte sie nicht erwartet. Sie vergaß vollkommen, wo sie war, und träumte vor sich hin. Träge umspülte das parfümierte Wasser Malines weißen schlanken Leib, und ihre Hände glitten sanft über die glatte, von einem Ölfilm überzogene Haut und verursachten ein angenehmes Prickeln in ihrem Bauch. Sie strich hauchzart über ihre festen Brüste und augenblicklich verhärteten sich die Spitzen, was Maline dazu veranlasste, sich den Brustwarzen ein wenig eingehender zu widmen. Sie strich erst zart darüber, dann mit reibendem Druck. Ein süßes Ziehen in ihrem Unterleib ließ sie leise aufstöhnen. Wie von selbst wanderte eine Hand dort hin, wo alle Empfindungen sich zu einen schienen – zum Zentrum ihrer Lust. Neugierig erforschte sie zum ersten Mal ihre Schamlippen und den kleinen Schatz, den sie verbargen. Als sie über die pralle Klitoris strich, krampfte sich ihr Leib – von plötzlicher Lust entflammt – zusammen. Das Bild ihres Entführers schob sich vor ihr inneres Auge, seine Hände ersetzten im Geiste die ihren, und ihr Herz fing an zu klopfen. Erschrocken schob Maline dieses Bild von sich, indem sie energisch die Augen aufriss. Wie konnte sie nur auf derart verfängliche Weise an ihn denken? War er nicht schlecht und verkommen? Ein gemeiner Dieb und kaltblütiger Mörder?

Die schöne Stimmung des Bades war verflogen. Mit sich selbst hadernd stieg Maline aus dem Zuber und griff zitternd nach dem Trockentuch, das auf einem Schemel bereit lag, hüllte sich darin ein und stellte sich an das winzige Fenster. Draußen war es fast hell. In dieser Jahreszeit ging die Sonne hier nie wirklich unter, ein seltsames, verzaubertes Zwielicht unterschied die Nacht von dem Tag. Ein Hund lief, mit der Nase am Boden schnüffelnd, über den Hof und hob schließlich sein Bein an einem Baum, dann trollte er sich wieder davon. Sonst war alles ruhig und verlassen. Was würde ihr der morgige Tag bringen? Wie lange würde der stolze Wikinger sich noch von ihr fernhalten? Mit einem flauen Gefühl dachte Maline an die Dinge, die sie wahrscheinlich bald erwarten würden, aber tief in ihr erwachte auch eine leise Neugier. Immerhin war dieser Krieger auch ein verdammt gut aussehender Mann, und seine brutale Umarmung in der Halle des Jarls hatte sie nicht gänzlich kalt gelassen. Mit gemischten Gefühlen begab Maline sich zu Bett.

Galdur warf sich unruhig auf seinem Lager hin und her. Seine neue Sklavin beherrschte nicht nur seine Gedanken, sondern auch seine Träume, nur dass die Träume genauso unbefriedigend verliefen wie die Realität. Immer, wenn er sich am Ziel glaubte, entglitt ihm die schöne Maline, und er wachte mit einem vor unerfülltem Verlangen pochendem Glied auf. Er wollte diese kleine Hexe, wie er noch keine andere Frau gewollt hatte. Auch war er es nicht gewohnt, dass Frauen sich ihm verweigerten, vielmehr hatte er die Erfahrung gemacht, dass die Frauen um seine Aufmerksamkeit geradezu bettelten. Es tat seinem Ego nicht gerade gut, dass ausgerechnet die Frau, die er am meisten begehrte, ihn abwies. Mit der Zunge fuhr er über die kleine Wunde in seiner Lippe, die sie ihm beigefügt hatte. Dieses kleine Biest! Er musste ihr endlich einmal zeigen, wer hier der Herr war. Genauso, wie er eine bockige Stute zwang, sich ihm zu unterwerfen, musste er es auch mit seiner widerspenstigen Sklavin anstellen. Entschlossen sprang er von seinem Lager auf und verließ die Schlafkammer. Mit eiligen Schritten marschierte er geradewegs zu Malines Tür. Ohne zu zögern riss er sie auf, stürmte in die kleine Kammer und schlug die Tür krachend wieder zu.

Maline erwachte und schrie entsetzt auf, als sie Galdur bedrohlich und in seiner ganzen nackten Pracht vor ihrem Lager stehen sah. Schützend presste sie die Decke vor ihren bloßen Leib.

Galdur starrte in ihre vor Angst weit geöffneten Augen. Sie sah aus wie ein verschrecktes Kitz. Zweifel über die Richtigkeit seines Vorhabens überkamen ihn, aber er schob sie entschlossen beiseite. So weit kam es noch, dass er auf sein Recht als Herr verzichtete, nur weil er diesem Weib nicht genehm war. Sie würde eben lernen müssen, sich ihm zu fügen.

„Ich dulde es nicht länger, dass du mir auf der Nase herumtanzt. Du bist mein Eigentum, und wenn es mich nach dir verlangt, dann habe ich das Recht darauf, dich zu nehmen, wie es mir beliebt!“, knurrte Galdur.

Maline spürte, wie ihre Panik langsam einer heftigen Wut Platz machte. Wie konnte dieser gottlose Kerl nur so mit ihr reden? Er war ihr körperlich weit überlegen und konnte sie zu allem zwingen, aber niemals würde sie die ihr verhassten Dinge freiwillig tun oder mit sich machen lassen. Er würde schon Gewalt anwenden müssen.

Sie fühlte ihren Stolz in sich wachsen. Ja, sie würde sich nicht einem Wilden unterwerfen – niemals! „Rühr mich nicht an!“, zischte sie.

Galdur zog eine Augenbraue hoch und grinste zynisch. „Wer oder was sollte mich davon abhalten?“

„Du kannst deine Stärke ausspielen, aber es wird nichts daran ändern, dass ich deine Berührungen widerlich finde, und du niemals mein Herz oder meine Seele haben wirst. Wenn es dir Vergnügen bereitet, einer Frau Gewalt anzutun, kann ich dich nicht davon abhalten, aber du wirst nur meine Hülle besitzen!“

„Das werden wir ja sehen“, raunte Galdur und schaute sich suchend in der Kammer um, dann lächelte er grimmig, als er entdeckte, wonach er suchte. Langsam ging er zu dem kleinen Schemel, auf dem Malines Gewand lag, und zog die grüne Kordel heraus.

Malines Blick folgte seinem Tun, und ihre Augen verengten sich. Als Galdur mit der Kordel in der Hand auf sie zukam, wich sie ein wenig zurück. Er packte sie am Handgelenk und griff nach dem zweiten Arm. Sie versuchte sich gegen ihn zur Wehr zu setzen, aber er war zu stark, und schon bald hatte er sie mit den Händen an den Rahmen ihrer Lagerstatt gebunden.

„Du gottloser Teufel!“, schimpfte Maline und bäumte sich auf.

„Du kannst mich nennen, wie es dir beliebt. Ich bin da nicht empfindlich.“

Malines Herz raste in ihrer Brust. Tränen der Verzweiflung traten in ihre Augen und Wut und Angst schnürten ihr die Kehle zu. Sie wartete darauf, dass er sich nun brutal auf sie stürzen würde, aber nichts dergleichen geschah. Er stand einfach nur da und schaute sie an, bis ihr Leib unter seinen Blicken brannte, und ihre Wangen vor Scham dunkelrot wurden. Sie verfluchte ihre gebundenen, nutzlosen Hände, denn sie hatte das Bedürfnis, ihre Blöße mit den Händen zu bedecken. Schließlich schloss sie einfach die Augen, um seinen durchdringenden Blick wenigstens nicht mehr sehen zu müssen. Sie hörte ihn leise lachen. Es war ein spottisches Lachen, und der Zorn begann erneut in ihr zu kochen.

Plötzlich spürte sie einen brennenden Schmerz auf ihrer Brust, und sie riss keuchend die Augen auf. Galdur stand über sie gebeugt, eine Kerze in der Hand. Erneut löste sich ein Wachstropfen und landete knapp neben ihrer linken Brustwarze. Sie zuckte zusammen, doch der Schmerz verschwand schnell, wenn das Wachs erstarrte.

„Willst du weiter den Schmerz oder lieber die Lust?“, fragte Galdur leise.

Maline biss sich auf die Lippen und schwieg.

„Wie du willst", sagte Galdur gleichgültig und hielt die Kerze noch dichter über ihren Leib. Der nächste Tropfen war schon sehr viel heißer, und Maline schrie auf.

Galdur stellte die Kerze auf den kleinen Tisch und setzte sich neben Maline auf das Lager.

„Hast du genug vom Schmerz? Manche Frauen mögen ihn. Für sie ist er gleichzusetzen mit der Lust. Was bereitet dir Lust, kleine Irin? Magst du es, wenn man dich hier berührt?", wollte Galdur wissen und strich zart an ihrem Hals abwärts, umrundete ihre Brüste, ohne diese zu berühren und glitt tiefer zu ihrem Bauch.

Maline erschauerte. Die zarte Berührung hinterließ ein Kribbeln auf ihrer Haut, welches ein Echo in ihrem Schoß fand. Unruhig wand sie sich unter seiner streichelnden Hand.

„Das gefällt dir, nicht wahr?"

Maline schwieg. Niemals würde sie zugeben, was sie fühlte. Sie wusste ja nicht einmal, was das für Gefühle waren. War das Lust?

Als seine Hand sich den Weg durch ihr braunes Vlies auf dem Venushügel bahnte, um zu ihrer geheimsten Stelle vorzudringen, biss sie sich auf die Lippe, bis sie Blut schmeckte.

Galdurs Hand verharrte auf ihrer Scham. „Sag, dass ich dir Lust bereiten soll", forderte er rau.

Maline schüttelte den Kopf. Sie nahm all ihren Mut zusammen und fauchte ihn mit gepresster Stimme an: „Eher wird die Hölle gefrieren, als dass ich dich darum bitte, mich zu schänden. Du bist ein widerlicher, dreckiger Barbar, und das wirst du immer bleiben!"

Galdurs Miene verfinsterte sich, und er zog seine Hand von ihrer Scham fort.

„Du bist ein eiskaltes Miststück. Wenn die Hölle gefriert, dann wegen dir!", schrie er erbost und sprang auf. Wütend funkelte er auf sie herab, dann nahm er sein Messer zur Hand und beugte sich über Maline. Die schrie vor Entsetzen auf, in der Gewissheit, dass nun ihre letzte Stunde geschlagen hatte, doch er zerschnitt lediglich ihre Fesseln, um sich dann wortlos abzuwenden und ihre Kammer zu verlassen.

Als Maline erwachte, waren Haus und Hof schon voller Leben. Hunde bellten, Kinder schrien, es klapperte und hämmerte überall. Warum hatte man sie nicht geweckt? Jede Seele schien schon fleißig bei der Arbeit zu sein, und Maline erhob sich eilig von ihrem Nachtlager. Bei dem Gedanken an die Ereignisse der letzten Nacht kochte erneut der Zorn in ihr hoch, doch auch eine unbestimmte

Verwirrung hatte von ihr Besitz ergriffen. Wie konnte es sein, dass sie die Berührungen dieses verhassten Mannes so genossen hatte? War sie verderbt? Sicher schickten sich solche Gefühle nicht für ein tugendhaftes Weib. Sie war sich nicht sicher, was geschehen wäre, hätte Galdur von seinem Vorhaben nicht abgelassen. Hätte sie sich ihm voller sündiger Lust hingegeben? Allein bei dem Gedanken daran kribbelte es in ihrem Bauch, und sie rief sich ärgerlich zur Ordnung. Entschlossen schob sie die verruchten Gedanken beiseite und widmete sich ihrer Morgentoilette. Nachdem sie sich frisch gemacht und angezogen hatte, verließ sie ihre Kammer und durchquerte die Halle, um die Küche zu suchen. Der Geruch von frischen Teigwaren wies ihr den Weg. Bertha und Maria, die zweite Haussklavin, waren so mit ihrer Arbeit beschäftigt, dass sie die neue Sklavin nicht bemerkten. Erst als Maline sich mit einem vernehmlichen Räuspern bemerkbar machte, blickten sie von ihrer Arbeit auf.

„Guten Morgen. Man hat mich nicht geweckt und jetzt weiß ich nicht, was ich zu tun habe."

Bertha ließ von ihrem Brotteig ab und wischte sich die Hände an der Schürze ab.

„Guten Morgen. Du kannst dich dort an den Tisch in der Ecke setzen und erst mal etwas essen. Danach kommst du mit mir in den Garten. Wir müssen Unkraut jäten und ein paar Setzlinge umpflanzen. Der Herr hat mir aufgetragen, dich heute unter meine Obhut zu nehmen. Morgen wirst du mit Alda in der Milchkammer arbeiten."

Bertha führte Maline zu dem Tisch und stellte frisches Brot, Butter und gesalzenen Fisch vor sie hin.

„Hier, stärk dich erst mal. Die Gartenarbeit wird anstrengend, und wir werden erst am Nachmittag wieder etwas essen können."

„Danke", sagte Maline und lächelte die rundliche Frau zaghaft an.

„Schon gut, Mädchen. – Ich muss mich jetzt um meine Brote kümmern. Die Männer auf den Feldern werden heute Mittag was zu essen brauchen, da muss ich mich ranhalten", sagte Bertha und wandte sich ab.

Das warme Brot schmeckte ausgezeichnet, doch mit dem stark gesalzenen Fisch konnte Maline sich nicht so recht anfreunden. Trotzdem aß sie hungrig alles auf und half dann Bertha, die restlichen Brote in den großen Ofen zu schieben.

„So, jetzt zeig ich dir, was du im Garten zu tun hast", sagte Bertha und führte Maline nach draußen.

Es war warm geworden. Die Sonne schien sich heute von ihrer strahlendsten Seite zeigen zu wollen. Stöhnend wischte sich Maline den Schweiß von der Stirn. Seit drei Stunden war sie mit der Hacke dem Unkraut zu Leibe gerückt und hatte dann Setzlinge gepflanzt. Nun war sie damit beschäftigt, ein Beet umzugraben, was sich bei dem trockenen, harten Boden als ziemlich schwierig erwies. Bertha war wieder ins Haus gegangen, um das Essen für die Sklaven, die auf den Feldern rund um den Hof arbeiteten, fertig zu machen.

„Heiß heute, nicht wahr?", ertönte eine weibliche Stimme, und Maline drehte sich um.

Die blonde Sklavin Alda, die Galdur am Fjord so überschwänglich begrüßt hatte, stand an den Brunnen gelehnt und grinste hämisch zu Maline herüber.

Maline wandte sich wortlos wieder ab und setzte die Grabschaufel erneut an. Sie hatte keine Lust, sich von dieser Person ärgern zu lassen.

Alda trat näher, und Maline gab ihr Bestes, sie zu ignorieren.

„Ich muss nicht so hart arbeiten. Der Herr braucht meine ganze Kraft in der Nacht auf. – Ach, dieser Mann ist ja so was von ausdauernd." Alda lachte und strich sich über ihren üppigen Busen. „Schade, dass du so wenig vorzuweisen hast. So wirst du wohl nie in den Genuss der Vergünstigungen gelangen, die ich hier genießen kann."

„Ich lege keinen Wert darauf, mich von einem stinkenden, dreckigen Barbaren missbrauchen zu lassen", zischte Maline ungehalten. „Wenn du mich jetzt bitte wieder allein lassen würdest. Ich habe zu tun, wie du siehst."

Alda lachte erneut und schaute Maline herablassend an.

„Ja, das sehe ich! Du bist dreckig wie ein Schwein, das sich gesuhlt hat. Jedes Schwein muss für einen Mann reizvoller sein als so ein unappetitliches Ding wie du!"

Malines Geduld war am Ende. Sie kochte vor Wut. Mit der Schaufel ging sie auf die gehässige Blondine los, die sofort laut aufschrie und ihren Korb mit Eiern fallen ließ.

Maline traf Alda an der Schulter und nutzte den Schwung, die große Wikingerin umzustoßen. Laut schreiend fiel Alda hintenüber mitten in die jungen Kohlpflanzen, die Maline eine Stunde zuvor mühsam eingepflanzt hatte.

„Was geht hier vor?", ertönte eine ärgerliche Stimme.

Maline ließ von ihrem Opfer ab und starrte erschrocken auf Galdur, der mit verschränkten Armen und wütenden Augen hinter Alda stand.

„Diese Irin hat mich angegriffen. Sie ist gefährlich und muss in Ketten gelegt werden“, ereiferte sich Alda und deutete anklagend auf den Korb mit den Eiern, die nun herausgefallen waren, und deren klebrige Masse sich mit der Erde zu einem unappetitlichen Brei vermischt hatte. „Sieh nur, was sie angerichtet hat! – Und sie hat dich einen stinkenden, dreckigen Barbaren genannt.“

„Steh auf und mach dich wieder an deine Arbeit!“, sagte er zu Alda und kam dann näher zu Maline, die mit zitternden Knien noch immer die Schaufel fest umklammerte. „Und du – du wirst dich erst einmal waschen und umziehen, dann kommst du zu mir in die Halle. Dort werde ich dir deine Strafe mitteilen.“ Mit einem letzten zornigen Blick wandte er sich ab und ging.

Alda war aufgestanden und wischte sich den Dreck aus dem Rock. Gehässig funkelte sie Maline an.

„Ich hoffe, er wird dich auspeitschen!“

„Stinkender, dreckiger Barbar, also?“

Maline errötete. Galdur saß auf einem reich verzierten thronartigen Stuhl, der auf einem Podest in der Halle stand, und blickte mit unbeweglicher Miene auf sie herab. Sie fühlte sich ausgesprochen unwohl in ihrer Haut.

„Ich ... sie hat ...“

„Habe ich dir bisher ein Leid getan? – Antworte!“

„Du hast mich entführt, entehrt und versklavt!“, sagte Maline anklagend.

„Was hätte ich denn tun sollen? Dich allein und schutzlos auf dem Schiff zurücklassen?“

„Du hättest mein Schiff gar nicht erst überfallen sollen!“, brauste Maline auf.

„Das ist aber der Lauf der Welt, Mädchen! Männer führen Kriege, rauben und töten.“ Er beugte sich mit funkelnden Augen vor und knurrte: „Auch die Iren!“

Maline zuckte zurück. Der offene Hass in seinen Augen erschreckte sie.

„Aber das macht deine Verbrechen nicht besser – du hast Viktor getötet!“

Galdur lehnte sich zurück und schaute sie aus zusammengekniffenen Augen an.

„Dein Gatte wird wahrscheinlich noch am Leben sein. Wir waren dicht am Ufer. Er konnte sicher an Land schwimmen. – Ich hätte ihn töten sollen! Er war ein Feigling, der seine Frau schändlich im Stich ließ!“

„Was hätte er denn tun sollen? Du bist größer und stärker als er!“, verteidigte Maline ihren Verlobten, auch wenn sie es ähnlich sah wie er. Viktor hatte sie im Stich gelassen!

„Genug! Ich habe dich hierher bestellt, damit du deine Strafe erhältst. Da du mich ja für einen stinkenden, dreckigen Barbaren hältst, wirst du mich heute Abend baden und mir zu Diensten sein.“

Maline erbleichte. Sie hatte wohl verstanden, um welche Dienste es sich dabei handelte. Ihr Herz klopfte holprig in ihrer Brust, und ihre Knie wurden weich wie Butter.

„Ich ... ich würde eine härtere Strafe vorziehen. – Vie... vielleicht auspeitschen?“, quiekte sie kläglich.

„Nein! Es bleibt dabei und nun geh wieder an deine Arbeit!“

Als Maline gegangen war, stand Galdur auf und ging zum Fenster. Er lächelte amüsiert, als er sah, wie Maline die Schultern straffte, als sie an Alda vorbeimarschierte, die gerade Wasser aus dem Brunnen holte. Dass Maline ihn für einen stinkenden, dreckigen Barbaren hielt, hatte ihn getroffen. Im Allgemeinen hatte er es leicht mit dem weiblichen Geschlecht. Malines Angriff auf Alda hingegen hatte ihn mehr belustigt als erzürnt. Dass diese zarte Person den Mut aufbrachte, die größere und kampferprobte Wikingerin anzugreifen, setzte ihn in Erstaunen, und er bewunderte ihren Kampfgeist. Er war neugierig, was die kleine Wildkatze noch alles zu bieten hatte. Er freute sich auf den Abend und beglückwünschte sich für den guten Einfall, seine unwillige Sklavin dazu verdonnert zu haben, ihm beim Bad zur Hand zu gehen. Heute würde sich zeigen, ob sie wirklich so unempfänglich für seinen Charme war, wie sie tat. Er liebte Herausforderungen – und diese Irin war eine besonders reizvolle.

6

Die Zähmung der Widerspenstigen

Maline war erledigt. Der Tag war wirklich anstrengend gewesen und die Aussicht auf das, was sie noch zu erwarten hatte, stimmte sie nicht gerade fröhlich. Seufzend hängte sie ihre Schürze in der Küche an den Haken und setzte sich zu den drei anderen Frauen an den

Tisch, um ihr Abendessen einzunehmen. Bertha schaute sie mitleidig an.

„Armes Kind. Das war ein harter Tag, nicht wahr? Komm, iss tüchtig!“, sagte Bertha mütterlich.

„Die feine Dame muss sich halt dran gewöhnen, dass sie jetzt genauso arbeiten muss wie wir anderen auch“, sagte Alda gehässig.

„Sei still! Du bist ja nur böse, weil der Herr langsam genug von dir hat“, fuhr Bertha Alda an.

„Das stimmt nicht. Er ist immer noch verrückt nach mir, und ihr werdet euch umsehen, wenn er mich zu seiner Frau macht. – Dann habt ihr nichts mehr zu lachen, dass schwör ich euch“, schrie Alda und starrte Maline mit irre funkelnden Augen an. Sie sprang vom Tisch auf und rannte aus der Küche.

„Mach dir nichts draus. Sie ist nicht ganz richtig im Kopf. Der Herr würde sie niemals heiraten, da kann sie noch so viel mit dem Hintern wackeln. Sie ist eine boshafte Person, die nur an sich denkt. Geh ihr einfach aus dem Weg und ignoriere sie. – Was du da vorhin im Garten mit ihr gemacht hast, war goldrichtig. Der ganze Hof lacht darüber, und das ärgert Alda noch mehr. Du solltest dich vorsehen, sie kann sehr hinterhältig sein und wird versuchen, dir alle möglichen Fallen zu stellen, damit du bei dem Herrn in Ungnade fällst. Im Grunde genommen weiß sie nämlich, dass der Herr sich jetzt mehr für dich als für sie interessiert. – Sei auf der Hut!“, warnte Bertha.

„Danke. Ich werde es versuchen. Aber den Herrn kann sie gern behalten. Ich lege keinen Wert darauf, ihn ihr wegzunehmen.“

„Dazu habe ich meine eigene Meinung, aber wir werden ja sehen“, sagte Bertha und lächelte geheimnisvoll.

Maline fühlte sich ausgesprochen unwohl, als sie, mit Tüchern beladen hinter Galdur über den Hof stolperte. Das Badehaus lag etwas abseits an einem Bachlauf. Sie traten hinein. Thomas, der Sklave, der für das Badehaus zuständig war, hatte schon angeheizt und alles vorbereitet. Er nickte Galdur kurz zu und verschwand dann. Nun war Maline mit Galdur allein und sie schluckte nervös, schaute sich aber dabei neugierig um. Sie hatte so ein Badehaus noch nie von innen gesehen. Es gab einen kleinen Vorraum, in dem man sich umziehen konnte. Von hier gingen zwei Türen ab. Eine führte in das Dampfbad, die andere in den Badebereich.

Seelenruhig fing Galdur an sich zu entkleiden. Maline schaute nervös weg und hörte ihn leise lachen. Es war ein beunruhigendes Lachen.

„Hast du Angst, ich könnte dir gefallen?", spöttelte er.

„Wohl kaum! Wie könnte mir so ein plumper Riese wohl gefallen, außerdem kenne ich dich ja schon nackt", sagte Maline mit einem leichten Zittern in der Stimme.

„Ach, ich vergaß. Ich bin ja ein stinkender, dreckiger Barbar – nun, um dem abzuhelfen, sind wir ja hier, nicht wahr?" Er grinste frech, und in seinen Augen funkelte es verdächtig.

Maline schwieg und betrachtete demonstrativ die Deckenkonstruktion. Himmel, wie sollte sie das hier nur durchstehen. Was würde passieren, wenn sie ihn ansah? Allein das Wissen, dass er sich neben ihr auszog, machte sie ganz nervös, und sie wäre am liebsten geflohen. Viel zu deutlich hatte sie seinen muskulösen Körper noch vor Augen.

„Wir gehen jetzt in das Dampfbad, dort ist es viel heißer als hier. Meinst du nicht, es wäre ratsam, dass du dich entkleidest? Du wirst da drin furchtbar ins Schwitzen kommen."

„Das könnte dir so passen! Ich werde angezogen bleiben!" Der Gedanke, mit ihm allein in einem Raum, sie beide unbekleidet ... nein! Das ging überhaupt nicht. Ihre Nerven waren jetzt schon zum Zerreißen gespannt, und ihr Herz klopfte wie wild.

Galdur nahm ihr zwei der Tücher ab.

„Nun gut. Wie du willst. Aber sag nicht, ich hätte dich nicht gewarnt! Leg die restlichen Tücher auf die Bank und komm!"

Die Hitze, die Maline entgegenschlug, als sie das mit Bänken ausgestattete Dampfbad betrat, ließ ihr sofort den Schweiß ausbrechen. Wie konnten diese Leute nur Gefallen an derartiger Hitze finden, zumal es Sommer war, und man sich wahrlich nicht aufzuwärmen brauchte.

Galdur legte ein Tuch auf eine der Bänke und drückte ihr das andere in die Hand, dann legte er sich entspannt seufzend hin. Noch immer bemühte sich Maline, ihn tunlichst nicht anzusehen.

„Du solltest dich lieber hinlegen, sonst wirst du noch umfallen", riet er ihr mit angenehm warmer Stimme.

Maline legte ihr Tuch auf eine Bank, möglichst weit weg von diesem beunruhigenden Mann, und setzte sich zitternd. Der Schweiß rann ihr aus allen Poren, und sie fühlte sich einer Ohnmacht nahe. Heimlich schielte sie zu ihm rüber, um dann schnell den Blick wieder abzuwenden. Was sie da gesehen hatte, war entschieden zu – aufregend.

Maline hätte sich gern hingelegt, da die Hitze wirklich unerträglich war, aber sie traute sich nicht. Im Sitzen fühlte sie sich besser gewappnet, nicht so leicht angreifbar.

„*Wenigstens wird er bei der Hitze wohl kaum die Kraft haben, über mich herzufallen*“, dachte sie.

Nach einer scheinbar ewig andauernden Zeit erhob sich Galdur und trat direkt vor ihre Bank. Maline schaute verlegen auf ihre Füße. Nicht auszudenken, was sich da wohl vermutlich in ihrer Augenhöhe befand. Hatte der Kerl denn gar kein Schamgefühl?

„Genug geschwitzt. Jetzt werden wir uns abkühlen. Komm!“

Er zog sie einfach hoch, und sie stolperte mit klopfendem Herzen hinter ihm her. Er marschierte geradewegs nach draußen zum Bach und warf sie hinein.

Maline kreischte, schluckte Wasser und kam prustend wieder hoch. Der Bach war an dieser Stelle tief und ging ihr bis knapp unter die Brüste. Galdur stürzte sich lachend in das erstaunlich kühle Nass und schüttelte sich das Wasser aus den Haaren.

Jetzt, wo seine Körpermitte vom Wasser verdeckt wurde, traute sie sich, ihn heimlich anzusehen. Sein Oberkörper war muskulös und strahlte eine unbändige Energie und Stärke aus. Über seine Brust zog sich eine verblasste Narbe, außerdem hatte er mehrere kleine Narben auf den Armen und über dem Bauchnabel. Sicher war er bei all seinen Raubzügen schon oft verwundet worden. Sie hob den Blick zu seinem kantig geschnittenen Gesicht, blieb eine Weile an dem sinnlich geschwungenen Mund hängen, glitt höher über die etwas schiefe Nase hinauf zu seinen unglaublich blauen Augen, die sie spöttisch anfunkelten, und ihr wurde unangenehm bewusst, dass sie ihn schon eine ganze Weile anstarrte. Verlegen errötend schaute sie weg. Sein leises amüsiertes Lachen bescherte ihr ein Kribbeln, das sich von ihrem Bauch aus langsam ausbreitete und bis in ihre geheimsten Regionen drang. Atemlos beobachtete sie seine geschmeidigen Bewegungen, als er langsam durch das Wasser auf sie zukam. Sie meinte, einen Triumph in seinem Blick zu erkennen. Er fasste sie bei den Schultern und zog sie an seinen harten Körper. Sie konnte spüren, wie seine Männlichkeit sich unter Wasser an sie drängte, nicht unangenehm, aber erschreckend. Das Blut rauschte in ihren Ohren, und ihre Beine wurden schwach, was sie unwillkürlich dazu veranlasste, sich an ihn anzulehnen. Ihre Kleidung klebte feucht an ihr, und sie war sich peinlich bewusst, dass seinem Blick nichts mehr verborgen blieb. Ebenso gut hätte sie völlig nackt sein können – und so kam sie sich auch vor. Er legte eine Hand unter ihr Kinn und zwang sie, den Kopf zu heben und ihn anzusehen. In seinen Augen loderte eine Glut, die sie erschreckte und gleichzeitig wie magisch anzog.

Er ist dein Feind! Der Teufel ist ein Verführer, das hat auch Pater Brian immer gesagt. Gib ihm nicht nach!

Sie wollte den Kopf zur Seite drehen, um seinem erotischen Bann zu entfliehen, aber er hielt ihren Kopf fest, als er ihre Absicht erkannte.

„Warum wehrst du dich so sehr gegen das, was so offensichtlich ist?“, fragte er mit rauer Stimme.

„Was ... was soll so offensichtlich sein?“

„Dass du mich begehrst! – Du willst es genau so sehr wie ich. Warum willst du uns diese Freuden versagen?“

„Du ... du irrst dich! Ich … ich bin nicht im Mindesten – gar nicht interess... ich will doch gar nicht, ich meine ...“, stammelte Maline, unfähig, ihre Gedanken zu sortieren.

„Du lügst, meine Schöne!“, flüsterte er und beugte sich zu ihr herab.

Ein Zittern durchlief ihren Leib, als seine Lippen sich leicht auf die ihren legten. Nur ein Hauch von einem Kuss und doch so verwirrend. Er ließ seine Hände in ihre Haare gleiten, küsste sie sanft auf die Stirn und die Schläfen, während er ihre Kopfhaut massierte. Maline entglitt ein Stöhnen und sie schämte sich für ihre Unfähigkeit, ihn abzuwehren. Hätte er sie nur mit Gewalt genommen, dann könnte sie ihn hassen, aber diese sanfte Verführung passte so gar nicht zu dem Bild, das sie sich von ihm gemacht hatte.

Erneut suchte sein Mund ihre Lippen, diesmal mit sanftem Druck, teilte sie mit der Zunge und glitt zwischen ihre Zähne, suchte und fand ihre Zunge, spielte mit ihr. Heißes Begehren stieg in Maline auf und machte sie schwindelig. Ihre Brustspitzen drängten sich gegen den nassen Stoff ihres Oberteils, schrien nach Aufmerksamkeit. Als hätte Galdur diesen Schrei vernommen, ließ er seine Hände zu ihren Brüsten gleiten und massierte sie durch den Stoff hindurch, strich mit den Daumen über die empfindlichen Spitzen. Die Gefühle, die er in ihr auslöste, waren stärker, als sie sich jemals hätte vorstellen können. Die Leidenschaft zog sie unaufhaltsam in einen Strudel aus unbekannten Empfindungen, dem sie nichts mehr entgegenzusetzen hatte – also ließ sie sich einfach fallen, vertraute sich Galdurs Führung an, der jetzt ihr Oberteil öffnete, dieses auszog und achtlos ans Ufer warf. Er unterbrach seinen Kuss und betrachtete sie eine Weile.

„Wie schön du bist", flüsterte er rau und strich über ihre entblößten Brüste. „Lass uns zurück ins Badehaus gehen, wo wir ungestört sind."

Maline ließ zu, dass er ihre Hand nahm und sie zurück ins Badehaus führte. Diesmal gingen sie in den anderen Raum, in dem ein großes Becken, gefüllt mit warmem Wasser, zum Entspannen einlud. Sie stiegen über ein paar Stufen in das Becken, das groß genug war, dass etwa acht Personen bequem darin baden konnten. Maline, die es gewohnt war, in einem kleinen Zuber zu baden, sah sich staunend um. So viel Platz nur für sie beide!

„Du hast immer noch zu viel an. Zieh dich aus", forderte Galdur.

Zaghaft und mit zitternden Händen befolgte Maline seinen Wunsch. Galdur setzte sich und zog sie auf seinen Schoß. Seine männliche Härte unter sich zu spüren war ein unbekanntes Gefühl und irgendwie aufregend. Er küsste sie diesmal voller Leidenschaft, und Maline ließ sich mitreißen, erwiderte sein heißes Zungenspiel mit erneut wachsendem Begehren. Ihre Hände glitten über seine breiten Schultern zu seinem Nacken und spielten mit seinen nassen Locken. Er stöhnte leise an ihrem Mund. Nach einer Weile gab er sie atemlos frei. Seine Augen hatten sich verdunkelt, blickten sie voller Verlangen an.

„Setzt dich anders hin – wie auf einem Pferd – mit gespreizten Schenkeln."

Maline, die bis dahin seitlich auf seinem Schoß gesessen hatte, setzte sich nun ihm zugewandt hin, was die Intimität zwischen ihnen, aufgrund ihrer somit offen daliegenden Weiblichkeit, noch verstärkte. Ein wenig schämte sie sich – erst recht, als er eine Hand zwischen ihre geöffneten Schenkel schob und zart über ihren Venushügel strich, während er sie erneut küsste.

„Stell dich hin!", raunte er, als er ihre Lippen frei gab.

„Was?"

„Ich sagte, stell dich hin", wiederholte er eindringlich. „Vertrau mir einfach."

Maline stand mit zitternden Knien auf. Ihre Scham war jetzt genau auf seiner Augenhöhe, und sie errötete peinlich berührt.

Er umfasste ihre Hüften und zog sie näher, verbarg zu Malines Entsetzen sein Gesicht in ihrem Schoß. Sie wollte ihn wegschieben, doch er hielt sie eisern fest.

„Nein! Nicht! Das ... das geht doch ..."

„Lass es einfach geschehen", murmelte er an ihrem Schoß und strich die Innenseiten ihrer Schenkel hinauf bis zu ihrer Weiblichkeit, die allmählich heiß zu pulsieren begann. Sanft legten seine Finger ihre Schamlippen frei und ebneten so den Weg für seine Zunge.

Himmel! Das geht nicht, lass das nicht zu! – Das ist wunderbar!

Galdur erkundete mit seiner Zunge jede Spalte ihres heißen Schoßes, suchte und fand die verborgene Perle und strich hauchzart darüber. Maline stöhnte auf und krallte ihre Finger in seine Haare. Ihr Liebessaft floss heiß aus ihr heraus und machte den Weg für seinen forschenden Finger feucht und bereit, den er nun langsam in sie hineingleiten ließ. Erstaunt bemerkte er ihre Enge. Sie war noch mit keinem Mann zusammen gewesen. Diese Erkenntnis bescherte ihm ein unglaubliches Glücksgefühl. Berauscht von dieser Entdeckung ließ er seine Zunge schneller über ihren Kitzler kreisen und führte sie zum Gipfel der Lust, bis sie laut aufstöhnend kam, und der Orgasmus ihren Leib zum Beben brachte. Sie fühlte sich wie ein Kind, das soeben zum ersten Mal von etwas unglaublich Süßem, aber Verbotenem genascht hatte.

Galdur zog sie wieder auf seinen Schoß und führte vorsichtig die Spitze seines Gliedes in sie ein. Sie keuchte und verharrte steif. Er nahm ihre Hand und führte sie an seinen Schwanz.

„Du bestimmst den Zeitpunkt. Lass ihn einfach tiefer in dich hinein. Entspann dich. Es tut nur einmal weh, danach ist es schön, das verspreche ich dir."

Maline glitt etwas weiter auf ihn und verharrte, als sein Schwanz das kleine Hindernis erreicht hatte, und sie ein leichtes Brennen verspürte. Dann fasste sie Mut, und während sie ihm fest in die Augen sah, setzte sie sich mit einer raschen Bewegung ganz auf ihn. Als der Schmerz kam, schrie sie leise auf. Galdur hielt sie sanft fest und schaute sie eindringlich an.

„Bleib eine Weile so, bis du dich an mich gewöhnt hast. Gleich wird es besser."

Tatsächlich verebbte der Schmerz, und sie spürte neugierig diesem Gefühl nach, ihn in sich zu fühlen. Es war ungewohnt, aber auch erregend.

„Ich ... ich glaube, jetzt geht es."

Galdur hielt sie mit den Händen am Becken fest, bestimmte den Rhythmus, und sie nahm den Rhythmus auf. Sie war berauscht von dem sie durchströmenden Gefühl, fand ihren eigenen Takt und ritt ihn immer schneller. Galdur bremste ihren Eifer nicht, sondern ließ sie gewähren. Er war bereits mehr als genug erregt, und beim nächsten Mal würde er sie langsam lieben, um ihr all die Freuden zu zeigen, die Mann und Frau zusammen erleben konnten. Nun konzentrierte er sich, um nicht vor ihr zu kommen. Erst als sie auf dem Höhepunkt angelangt einen erlösten Schrei ausstieß, ließ auch er sich gehen und verströmte sich in ihrem heißen, pulsierenden Inneren. Er barg ihren Kopf an seiner Schulter, als sie atemlos gegen ihn sank, konnte spüren, wie ihr Herz klopfte und lächelte befriedigt.

Nach einer Weile erhob er sich und trug sie aus dem Wasser. Im Vorraum rieb er erst sie und dann sich trocken, schlang ein trockenes Tuch um sie und führte sie zurück ins Haus. Von dem gerade Erlebten noch immer ein wenig benommen folgte sie ihm bis in seine Kammer, in der sie ein wenig unsicher stand, während er ein paar Kerzen entzündete und dann den schweren Laden des kleinen Fensters schloss.

Er setzte sich auf die Bettstatt und schaute sie an.

„Komm her!“, bat er heiser.

Mit klopfendem Herzen folgte sie der Aufforderung und trat näher, bis er sie packte und zwischen seine Schenkel zog. Mit sanfter Bestimmtheit löste er ihre Finger, die krampfhaft ihr Badetuch festhielten, und zog ihr das störende Stoffstück weg.

„Diesmal werden wir uns Zeit lassen. Leg dich hin.“

„Ich glaube ... ich sollte jetzt besser ...“

„Leg dich hin!“, unterbrach er sie mit fester Stimme.

Maline gehorchte und kletterte zitternd auf das Bett. Sie schloss die Augen und fragte sich, warum sie es nur zugelassen hatte, dass er sie verführte. Wo war ihre Willensstärke geblieben? Wie hatte sie so schnell vergessen können, dass er ihr Feind war? Als er ihren Leib mit Küssen zu bedecken begann, merkte sie, wie dieses verzehrende Verlangen erneut in ihr aufstieg. Sie wollte es unterdrücken, sich dagegen wehren. Sie hasste sich selbst für die verräterische Feuchtigkeit zwischen ihren Schenkeln, die sich schon wieder eingestellt hatte, ohne dass sie etwas dagegen tun konnte. Diese Sehnsucht, die sie dazu bewog, ihm ihren Schoß entgegenzuheben, als seine Lippen tiefer wanderten, war falsch – und doch konnte sie nichts dagegen tun. Ihr Körper wollte ihr nicht mehr gehorchen, entwickelte ein Eigenleben. Sie hörte sich selber stöhnen, als seine Zunge über ihre Schamlippen strich, dabei die sämige Feuchtigkeit ihres Schoßes aufleckte. Seine Zunge bohrte sich tiefer, suchte den Einlass in ihr Innerstes und fand die feuchte Öffnung, schob sich hinein, zog sich zurück – immer wieder, während seine Finger ihre Klitoris mit sanftem Druck verwöhnten. Maline bäumte sich auf, hilflos gefangen in ihrer Lust, die sich ihrer Kontrolle entzog. Sie wimmerte, keuchte – bis sie endlich explodierte, sich scheinbar auflöste in dem mächtigen Beben der Ekstase.

Galdur schob sich über sie und sah sie an. Sie hatte die Augen noch immer geschlossen, auf ihren Wangen lag ein entzückender, rosiger Hauch. Er wusste um ihren inneren Kampf und genoss seinen Sieg, nicht wissend, dass auch sie ihn auf ihre Art besiegt hatte. Zu tief schon hatte er sich in ihr Netz verwickelt, ohne es zu bemerken. Sie öffnete die Augen, schaute ihn mit verklärtem Blick an. Langsam senkte er seinen Mund auf ihren hinab und küsste sie. Erst sanft, neckend, dann zusehends fordernder, bis sie die Hände hinter seinen Nacken legte und ihn fester an sich zog.

Maline spürte, wie die Sehnsucht nach ihm sich wieder vertiefte. Sie wollte ihn in sich spüren, dieses großartige Gefühl genießen, ganz von ihm ausgefüllt zu werden. Ungeduldig drängte sie ihren zarten Leib gegen ihn. Er lachte leise an ihrem Mund.

„Du hast es abermals viel zu eilig, meine süße Irin. Ich will dich genießen, deine Leidenschaft auskosten."

Sein Mund wanderte zu ihrem Hals und weiter zu ihrem Ohrläppchen, sanft hineinbeißend, dann mit der Zunge kitzelnd. Sie erschauerte vor Lust, die ihren Körper vom Scheitel bis zur Sohle erfasste. Seine Hände massierten ihre Brüste, kneteten das weiche und doch feste Fleisch, während seine Zunge ihre Ohrmuschel erforschte. Er wollte, dass sie sich ihm vollständig unterwarf, nicht mehr gegen ihn kämpfte, und ihr lustvolles Stöhnen verriet ihm, dass er auf dem richtigen Weg war. Sie sollte sich nach ihm verzehren, nur an ihn denken und nicht mehr an diesen irischen Feigling, sollte nur ihm gehören, so lange es ihm nach ihr gelüstete.

„Berühr mich", raunte er ihr ins Ohr.

Maline tastete etwas unsicher an seinem harten Körper hinab und umschloss zaghaft seinen Schwanz. Wie glatt und seidig die Haut sich anfühlte. Sie strich den Schaft entlang, erfühlte jede Ader bis zur Spitze, die hart und prall war. Galdur zuckte erregt zusammen, als sie über die empfindliche Eichel strich.

„Du kannst ruhig fester anpacken – er zerbricht nicht!" Er nahm ihre Hand und schloss sie um seinen harten Schwanz, bewegte sich mit ihrer Hand daran auf und ab. „So."

Er rollte sich neben sie auf die Seite und streichelte ihren Busen, neckte die erregten Spitzen, während sie ihn mit ihrer Hand liebkoste. Maline betrachtete sein hartes Glied – neugierig – erregt. Es war unter ihrer Hand noch weiter gewachsen, und sie fragte sich, wie es in sie hineinpassen konnte.

„Sind alle Männer so – groß?", fragte sie staunend.

Galdur grinste sie frech an.

„Ich bin sicher, ich habe den Größten – jedenfalls werde ich dir keine Gelegenheit gestatten, andere Exemplare anzusehen!", meinte er mit einem heiseren Lachen.

„Und wenn du meiner überdrüssig bist und mich verkaufst?"

Galdur sah sie an. Das Lächeln war aus seinem Gesicht gewichen, und er blickte ernst.

„Für den Moment bin ich deiner noch lange nicht überdrüssig – das muss dir genügen“, sagte er tonlos und rollte sich wieder über sie, drückte sie schwer auf das Lager, ihren Blick festhaltend. „Ich werde dich nehmen – jeden Tag – wann und wo ich will – bis ich deiner überdrüssig bin!“

Eine Träne lief über Malines Wange. Wut und Verzweiflung kamen in ihr hoch, und sie versuchte erfolglos, sich unter ihm hervorzuwinden.

„Ich hatte recht! – Du bist ein Wüstling, und ich hasse dich – du Scheusal!“, schrie sie ihm ins Gesicht.

„Gut!“, knurrte er. „Dann will ich dich nicht enttäuschen und dich nehmen wie ein Wüstling!“

Er drang mit einem einzigen harten Stoß in sie ein, und sie wimmerte, versuchte ihn von sich zu schieben, aber er war viel zu schwer und zu stark. Er presste seinen Mund auf ihre Lippen und erstickte ihren Protest. Die tiefen, heftigen Stöße seiner Lenden entfachten die Glut in ihrem tiefsten Inneren, ohne dass sie etwas dagegen tun konnte. Sie schmeckte Blut, hatte ihn in die Unterlippe gebissen, doch er ließ nicht von ihr ab, küsste sie wie ein hungriges Tier, bis sie kapitulierend die Lippen öffnete und seine Zunge hineinließ. Sie spürte, wie der Sog der Leidenschaft sie unerbittlich mitriss, sie unterwarf und jegliche Gegenwehr unmöglich machte. Schon längst presste sich ihr Unterleib begierig an seine Lenden, jeden Stoß sehnsüchtig erwartend, bis die Wogen über ihr zusammenschlugen, und ihr für einen Moment schwarz vor Augen wurde, als sie von ekstatischen Beben geschüttelt wurde. Nach ein paar weiteren kraftvollen Stößen kam auch Galdur grollend zum Höhepunkt und rollte dann halb von ihr herunter, einen Arm und ein Bein um sie gelegt und schlief ein. Maline atmete schwer. Tränen kullerten über ihr Gesicht. Wieder hatte sie verloren.

7

Schlechte Nachrichten

Missmutig schaute Viktor sich in dem Raum um. Warum dauerte das nur so lange? Ihm schien es eine Ewigkeit her zu sein, seit er mit seinem Pferd auf den Hof des Anwesens seiner zukünftigen

Schwiegereltern geritten war und verlangt hatte, den Hausherren unverzüglich zu sprechen. Tatsächlich handelte es sich um nicht einmal zehn Minuten.

Seit er von diesem wilden Wikinger über Bord geschmissen worden war, hatte er nur noch einen Gedanken – Rache!

Er hatte es mit letzter Kraft geschafft, sich ans Ufer zu retten, und war am nächsten Morgen von einem Bauern gefunden worden. Von diesem Bauern hatte er sich ein Pferd ausgeliehen und war zum Anwesen seiner Familie geritten, das nur noch einen halben Tagesritt entfernt gewesen war. Seine arme Mutter war außer sich gewesen, und sein Vater hatte einen Wutanfall bekommen. Er hatte seinem Sohn sein Schiff und zwölf tapfere Männer überlassen, um die kostbare Braut aus den Händen ihrer Entführer zu retten. Mit diesem Schiff und den Kriegern war Viktor nun hierhergekommen, um seinen Schwiegervater über die Tragödie zu unterrichten und um noch Verstärkung durch weitere Männer zu bitten.

Endlich öffnete sich die Tür zu dem kleinen Zimmer und Peter kam herein.

„Viktor! Was führt dich so schnell nach der Hochzeit hierher? Ist Maline auch mitgekommen?“, begrüßte Peter seinen Schwiegersohn.

„Mein Herr, mich führt eine ernste Angelegenheit hierher.“

Viktor war seinem Schwiegervater entgegengegangen und suchte nach den richtigen Worten.

„Man hat uns überfallen – Wikinger – Barbaren aus dem Norden. Sie ...“

„Was ist mit meiner Tochter?“, fuhr Peter dazwischen. „Wo ist sie, geht es ihr gut?“

„Sie wurde entführt! Sie ...“

„Entführt?“, schrie Peter.

Entsetzt starrte er seinen Schwiegersohn an, dann wurde er kreideweiß und setzte sich auf einen Stuhl. Seine Hände zitterten, als er nach einem Krug griff und zwei Gläser füllte, wovon er eines Viktor reichte.

„Erzähl mir alles! Jede verdammte Einzelheit!“, forderte er.

Viktor nahm das Glas dankbar entgegen und nahm einen tiefen Zug.

„Es war kurz vor unserem Ziel. Wir hatten keine Möglichkeit, ihnen zu entkommen, ihr Drachenboot war schneller. Es waren sehr viele Männer. Kerle, so groß wie Riesen. Wir wehrten uns verbissen – aber vergeblich. Sie waren unmenschlich stark – Berserker – wir hatten keine Chance, Herr.“

„Aber ... wieso konntest du entkommen? Konntest du meine Tochter nicht retten?“

„Ich ging im Kampfgetümmel über Bord, musste hilflos mitansehen, wie diese Schurken meine süße, unschuldige Maline auf ihr Boot schafften und davonsegelten. Ich ... ich konnte mich ans Ufer retten, eilte geradewegs zum Anwesen meiner Familie und habe sofort eine Rettungsmannschaft zusammengestellt. Nun bin ich gekommen, Euch zu unterrichten und um Unterstützung zu bitten, damit ich meine Braut – Eure Tochter – aus den Händen der teuflischen Brut retten kann."

„Ich habe sechs Männer, die für eine solche Aufgabe geeignet sind. Und ich werde selbst mit Euch kommen. Aber wir brauchen einen guten Plan."

Peter schenkte erneut die Gläser voll, und beide Männer stürzten den Alkohol in einem Zug hinunter. Peter legte die Hand auf Viktors Arm und sah ihn eindringlich an.

„Was weißt du über diese Kerle? Wo können sie meine kleine Tochter hingebracht haben?"

„Ich habe keine Ahnung, aber ich bin bereit, die ganze verdammte norwegische Küste zu verwüsten, bis ich Maline gefunden habe."

„Gut. Wir werden leider meine Frau von dem Unglück und unserem Vorhaben unterrichten müssen", sagte Peter und seufzte. „Sie ist gerade erst von ihrer Krankheit genesen. Das wird ein harter Schlag für sie. Lass uns zuerst jedoch überlegen, wie wir es anstellen."

8
Freud und Leid

Als Maline erwachte, fühlte sie Galdurs Arm schwer auf sich liegen. Sie konnte sich kaum rühren, so fest hielt er sie umschlungen. Mit klopfendem Herzen dachte sie an die vergangene Nacht. Warum war sie nur so schwach, dass sie sich nicht gegen die Gefühle wehren konnte, die er in ihr wach rief, und die zweifellos eine schwere Sünde waren. Nicht nur, dass sie den Gelüsten des Fleisches ohne den heiligen Bund der Ehe nachgegeben hatte – sie hatte sich ihrem Feind hingegeben! Einem gottlosen Teufel. Egal, wie verführerisch er sich gab, er blieb, was er war – ein grausamer und zu allem bereiter Barbar ohne Gewissen.

Galdur stöhnte neben ihr im Schlaf, und dann drehte er sich um. Maline atmete erleichtert auf. Sie war frei. Vorsichtig stieg sie aus dem Bett, nahm das Badetuch auf, dass Galdur auf den Boden geworfen hatte, und hüllte sich darin ein. Auf leisen Sohlen schlich sie aus dem Zimmer in ihre eigene Kammer.

Galdur erwachte. Ein Lächeln legte sich auf seine Lippen, als er an die Leidenschaft der vergangenen Nacht dachte, und sofort wuchs das Verlangen erneut in ihm, seine aufregende Sklavin zu lieben. Er drehte sich um – doch das Bett neben ihm war leer. Mit einem Fluch sprang er von seinem Lager und zog sich rasch etwas an. Hoffentlich hatte sie nicht versucht zu fliehen. Er stürmte aus dem Raum und riss die Tür zu Malines Kammer auf.

Sie lag in ihrem Bett und fuhr bei seinem Eintreten erschreckt hoch. Schützend hielt sie die Wolldecke vor ihren Leib und starrte ihn ängstlich an.

„Was machst du hier? Wieso bist du nicht, wo du hingehörst?“, fuhr er sie an.

Maline straffte die Schultern und hielt seinem wütenden Blick stand.

„Wo bitte gehöre ich denn hin?“, fragte sie scharf.

„In mein Bett!“, knurrte Galdur ungehalten.

„Dann wirst du eben Gewalt anwenden müssen, denn freiwillig werde ich nie wieder zulassen, dass du mich entehrst!“

„Ist es dazu nicht ein wenig zu spät?“, fragte er ironisch, eine Augenbraue hochziehend. „Deine Unschuld ist längst dahin. Wer weiß, vielleicht ist mein Samen sogar schon auf fruchtbaren Boden gefallen, und du trägst mein Kind in dir.“

Maline erbleichte. An diese Möglichkeit hatte sie noch gar nicht gedacht.

„Dann werde ich den Bastard töten!“, zischte sie, wohl wissend, dass dies eine Lüge war. Niemals könnte sie ihr eigen Fleisch und Blut töten.

Galdur war mit wenigen Schritten an ihrem Bett und riss sie unsanft hoch. Sein Blick war finster, und er wirkte sehr bedrohlich.

„Wenn du das tust, Weib – dann bringe ich dich eigenhändig um!“, spie er ihr entgegen. Er stieß sie auf das Bett zurück und stürmte aus dem Raum.

Maline saß zitternd auf der Lagerstatt und rieb sich den Arm. „Du Untier!“, schrie sie ihm laut hinterher, dann brach sie in Tränen aus.

Den ganzen Tag dachte Galdur an seine widerspenstige Sklavin und brüllte in seiner miesen Laune jeden an, der das Pech hatte, seinen Weg zu kreuzen. Seine schlechte Laune hatte sich bald rumgesprochen und alle versuchten, ihm tunlichst aus dem Weg zu gehen. Auch Maline war nicht besser gelaunt. Missmutig knetete sie den Brotteig, bis Bertha ihr genervt die Schüssel aus der Hand nahm und den Teig vor weiteren Folterungen rettete.

„Was ist heute nur los mit dir, Kind? Du machst ein Gesicht, dass einem das Fürchten kommt."

Maline starrte sie finster an, und Bertha seufzte leise.

„Der Herr hat heute auch keine bessere Laune. Vorhin war sein Bruder da, und beide sind in einen fürchterlichen Streit geraten. Ich dachte schon, die schlagen sich die Köpfe ein, aber dann ist Olaf dazwischengegangen und hat die Streithähne auseinandergebracht. Irgendetwas muss doch vorgefallen sein." Prüfend sah Bertha Maline an. Sie war sich sicher zu wissen, was zwischen dem Herren und seiner Sklavin vorgefallen war. Sie hatte die Anziehungskraft zwischen den beiden von Anfang an gespürt.

„Sollen sie sich doch umbringen. Ein Verlust wäre es nicht!", zischte Maline und rannte aus der Küche.

Bertha schaute ihr kopfschüttelnd hinterher. Dieses Mädchen war genauso stur wie der Herr. Aber dann lächelte sie und machte sich vergnügt pfeifend wieder an ihre Arbeit.

„Wenn du das Strohbündel weiter so böse anfunkelst, wird es noch zu brennen anfangen", sagte Friedje.

Maline blickte auf und blitzte den Stallburschen wütend an. Der fasste sich theatralisch an die Brust und schrie auf.

„Hilfe, sie hat mich mit ihren Blicken ermordet."

Maline musste gegen ihren Willen grinsen.

„Mann, du hast genau so eine üble Laune, wie der Herr. Ist was vorgefallen zwischen euch?"

„Das geht dich gar nichts an. Kann man hier nicht einmal schlechte Laune haben?", schimpfte Maline und feuerte die Forke in die Ecke, um dann wutentbrannt aus dem Stall zu stürmen.

„Na, wenn sich da mal nichts anbahnt", murmelte Friedje und streute weiter Stroh in den frisch ausgemisteten Stall.

Maline stürmte um das Stallgebäude herum und rannte direkt vor eine Mauer. Eine sehr harte, aber lebendige Mauer.

„He!"

Sie schüttelte benommen den Kopf und blickte auf – direkt in ein paar eisblaue Augen, die sie ärgerlich musterten. Das Blut schoss ihr heiß in die Wangen, und sie meinte, ihr Herz würde einen Moment lang aufhören zu schlagen, um dann umso heftiger seinen Takt wieder aufzunehmen.

„Kannst du denn nicht aufpassen, wo du hinläufst?“, schnauzte Galdur. Innerlich war er ebenso aufgewühlt wie sie. Er wollte sie in seine Arme reißen, seine Lippen auf die ihren pressen und sie mit Haut und Haaren verschlingen.

„Das könnte ich dich auch fragen“, entgegnete Maline schnippisch, um ihre Nervosität zu überspielen.

„Wo wolltest du überhaupt hin? Solltest du nicht Friedje im Stall helfen?“

„Ich will eine Arbeit, bei der ich allein bin. Ist mir egal was. Hauptsache, ich muss heute niemanden ertragen!“

„Ich habe einen Auftrag, der vielleicht nach deinem Geschmack sein könnte. Geh zu dem alten Bjarre, dem Schiffsbauer, und richte ihm aus, dass ich ihn heute Abend aufsuchen werde.“

Zufrieden nahm Maline den Auftrag an. Sie würde eine Weile spazieren gehen können und müsste mit niemandem reden. Schon ein wenig besser gelaunt machte sie sich auf den Weg. Sie bemerkte nicht, wie Galdur ihr hinterherstarrte, den Blick auf ihre wiegenden Hüften geheftet. Als sie nach der Wegbiegung verschwunden war, starrte er immer noch.

„He, alter Junge! Siehst du Geister?“, riss ihn die Stimme von Olaf aus der Starre.

„Was? – Was hast du gesagt?“

„Junge, was hat dich denn so erwischt? Deine neue Sklavin vielleicht?“, fragte Olaf mit einem schadenfrohen Grinsen. Endlich hatte es eine Frau einmal geschafft, den sonst in Gefühlsdingen so überlegenen Freund aus der Fassung zu bringen.

Galdur griff seinem Freund an die Gurgel.

„Halt deinen Mund, wenn dir dein Leben lieb ist!“, knurrte er wütend.

„He! Lass das! – Bist du verrückt geworden? – Du hast vielleicht eine Laune!“

Galdur ließ Olaf los, nur mühsam brachte er seine Wut unter Kontrolle.

„Ich seh schon, mit dir ist heute nicht gut reden. Ich geh lieber heim und lass mich von der bezaubernden Lina verwöhnen. Ein reizendes Mädchen, vielen Dank noch mal.“ Damit wandte Olaf sich ab und ließ den vor sich hin brütenden Galdur stehen.

„Guten Tag, Galdur.“

Galdur drehte sich um. Alda stand da und blickte ihn mit einem verführerischen Augenaufschlag an, sich dabei über den enormen Busen streichelnd.

„Was willst du? Hast du nichts zu tun?“

Alda war fest entschlossen, sich von seiner Laune nicht entmutigen zu lassen, so ging sie mit schwingenden Hüften auf ihn zu und legte ihm eine Hand auf die Brust. Ihre blauen Augen blickten ihn verlangend an.

„Kann ich dich denn gar nicht aufmuntern, mein Herr?“, gurrte sie und rieb sich an ihm.

Galdur schob sie herrisch beiseite.

„Lass das! Mir steht nicht der Sinn danach!“

Alda sah ihn verletzt an. Tränen der Wut und Enttäuschung traten in ihre Augen. So hatte er sie noch nie behandelt. Daran war nur diese irische Hexe schuld. Schluchzend wandte sie sich um und lief fort.

„Weiber!“, knurrte er und stapfte davon.

Als Maline abends im Bett lag, konnte sie nicht einschlafen. Grübelnd starrte sie an die Decke. Galdur war vor zwei Stunden vom Hof geritten, und sie hoffte, dass er so bald nicht wiederkommen würde. Wie hatte sie sich ihm nur hingeben und dabei auch noch so eine unbeschreibliche Lust empfinden können. Obwohl sie sich dagegen gewehrt hatte, konnte sie den ganzen Tag an nichts anderes denken, als an die Dinge, die zwischen ihnen geschehen waren. Immer, wenn sie ihn heute erblickt hatte, schlug ihr Herz schneller, und sie bekam weiche Knie. War es nicht furchtbar schlecht, für einen gemeinen Mörder solche Gefühle zu haben? Was würden ihre armen Eltern sagen, wenn sie wüssten, was ihre Tochter getan hatte? Immer hatte sie die Liebe zwischen ihren Eltern bewundert und sich so etwas auch für sich selbst gewünscht. Deshalb hatte sie sich auch gegen die Heirat mit Viktor gesträubt, weil sie gefühlt hatte, dass sie niemals so für ihn empfinden könnte. Und nun hatte ein Wikinger diese Leidenschaft in ihr entfesselt, die sie für ihren Feind niemals fühlen dürfte. Sie hasste ihn – hasste sich selbst, weil sie ihn hatte gewähren lassen. Sie war schwach. Schwach und verderbt. Tränen liefen über ihre Wangen, und sie fiel in einen unruhigen Schlaf.

Galdur hatte reichlich Met mit dem alten Schiffsbauer getrunken und versucht, seine sinnliche Sklavin aus seinen Gedanken zu verbannen, doch vergeblich. Trotz des hohen Alkoholpegels in seinem Blut war er noch immer von diesem verzehrenden Verlangen nach ihr erfüllt. Er sah ihren zierlichen Leib mit den kleinen festen Brüsten vor sich, roch ihren Duft, der sie umgab wie

Lockstoff. Fluchend trieb er sein Pferd zu einem halsbrecherischen Galopp an und jagte über Stock und Stein. Auf dem Hof zügelte er den Hengst und weckte unsanft den Stallburschen, der auf seine Rückkehr gewartet hatte und auf dem Boden sitzend eingeschlafen war. Mürrisch übergab er ihm das schweißnasse Pferd und eilte ins Haus. Mit langen Schritten durchquerte er die Halle und riss die Tür zu Malines Kammer auf. Eine Weile blieb er in der Tür stehen und betrachtete die Schlafende. Ein wohlgeformter Schenkel lugte unter der Decke hervor und Galdur konnte den Blick nicht von ihrem makellosen Fleisch wenden. Seine Lenden pochten schmerzhaft, forderten Erfüllung. Er marschierte zur Bettstatt und riss die Decke herunter.

Mit einem Schrei erwachte Maline und schaute Galdur verstört an, dann verwandelte sich ihr Schrecken in Wut und eine unterschwellige, erwartungsvolle Erregung.

„Was soll das? Bist du gekommen, mir Gewalt anzutun?“

Er grinste anzüglich und bedachte ihren nackten Leib mit lüsternen Blicken. Es gefiel ihm, dass sie stets nackt schlief.

„Ich denke nicht, dass ich dir Gewalt antun muss. Und wenn du es noch so sehr abstreitest – du willst doch, dass ich ihn dir reinschiebe und dich kräftig stoße, bis du schreist.“

„Oh, du selbstgerechter, widerlicher, stinkender ...“

„Schweig! Ich hab genug von deinem Gezänk. Du wirst jetzt mit mir kommen, und ich werde dich besitzen, so oft mir der Sinn danach steht – verstanden?“

Galdur packte sie am Arm und zog sie aus dem Bett. Maline wehrte sich und schlug mit der freien Hand nach ihm, doch es hatte keine Wirkung auf den kampferprobten Hünen. Er zog sie einfach weiter, ihren Protest missachtend. In seiner Kammer warf er sie auf die Felle und schloss die Tür.

Wütend und ängstlich sah Maline ihm zu, wie er sich langsam entkleidete. Warum musste er nur so verdammt beeindruckend aussehen? Selbst seine Narben entstellten ihn nicht, ließen ihn nur noch gefährlicher erscheinen. Sein Schwanz stand aufgerichtet empor, und Maline dachte an die verbotene Lust, die er ihr beschert hatte. Sie spürte, wie ihr Körper lustvoll zu kribbeln anfing und hasste sich selbst dafür. Und sie hasste sein selbstsicheres Grinsen. Er wusste es! Er wusste, dass sie vor Begehren verging. Verfluchter Kerl!

Galdur ging zu einer der Truhen und holte eine Kette heraus. Mit einem boshaften Grinsen trat er an das Lager.

„Damit du mir nicht wieder davonläufst.“

Malines Augen weiteten sich vor Entsetzen.

„Nein! – Oh nein, das wirst du nicht ..."

„Ich werde es!", raunte er mit gefährlich leiser Stimme und griff nach ihr.

Maline schrie und tobte, doch nach einer Weile hatte er es geschafft, ihr die Schelle, die an der Kette war, um den Hals zu schließen. Die Schelle war gepolstert und war auch nicht zu eng, trotzdem überkam Maline ein beklemmendes Gefühl. Tränen rannen aus ihren Augen, und sie sah ihn anklagend an, doch Galdurs Miene war unbeweglich, als er sein Werk betrachtete. Dann nahm er das Ende der Kette und befestigte es an einem eisernen Ring in der Wand.

„Ich werde dir nicht wehtun – aber ich dulde auch nicht, dass du dich mir widersetzt", sagte Galdur und drückte sie auf das Lager.

Zitternd lag sie da und wartete auf die Qualen, die nun folgen würden, aber er sah sie nur an.

„Öffne deine Schenkel!", befahl er.

„Nein! Bitte, mach mich wieder los!", flehte sie.

„Ich warne dich nur ein Mal. Widersetze dich niemals meinem Befehl", knurrte er drohend. „Öffne die Beine!"

Maline tat es. Sie kam sich furchtbar erniedrigt vor, wie sie so mit geöffneten Schenkeln dalag, seinen Blicken schutzlos ausgeliefert. Galdur hatte sich auf das Bettende gesetzt und schaute ihr ungeniert zwischen die Beine. Er streckte eine Hand aus und ließ seine Finger spielerisch über ihre zur Schau gestellte Scham gleiten, zeichnete die Konturen ihrer äußeren Schamlippen nach, teilte sie und erkundete die inneren. Beschämt registrierte Maline, dass sie feucht wurde. Der unleugbare Beweis ihrer unziemlichen Lust rann heiß aus ihrer Spalte.

„Willst du immer noch abstreiten, dass du mich begehrst?", raunte Galdur heiser und ließ seine Finger durch ihre Nässe gleiten.

„Ich hasse dich!", sagte Maline unter Tränen. Sie hasste ihren Körper, der sich danach verzehrte, ihn in sich aufzunehmen, von ihm in Besitz genommen zu werden.

„Du kannst mich hassen, mich beschimpfen, aber dein Körper verlangt nach mir. Das ist alles, was für mich zählt."

Galdur begann ihre Klitoris zu massieren, und Maline entglitt ungewollt ein leises Stöhnen.

„Ich hasse dich auch! – Ich hasse alles Irische, aber ich kann nicht leugnen, dass ich dich mehr begehre, als je eine Frau zuvor. Ich bin besessen von dir, will dich besitzen, dich zum Schreien bringen. – Solange mein Begehren nicht erlischt, werde ich dich nehmen, ob du dich wehrst oder nicht", knurrte Galdur und fügte kaum hörbar hinzu: „Ich kann nicht von dir lassen – selbst, wenn ich es wollte."

Dann glitt er über sie und drang in sie ein. Maline hämmerte mit ihren Fäusten auf ihn ein, wollte ihn beiseite schieben – zwecklos! Galdur bewegte sich tief in ihr, Schweiß stand auf seiner Stirn. Die Verzweiflung über seine eigenen, heftigen Gefühle marterte ihn, und er liebte sie verbissen und hart, als wollte er sie dafür bestrafen, dass er nicht von ihr lassen konnte. Auch Maline kämpfte, doch sie verlor sich in der Glut seiner Leidenschaft, keuchte und wand sich unter ihm. Ihre Finger krallten sich in seine breiten Schultern und hinterließen blutige Kratzer. Sie schlang ihre schlanken Schenkel um seine Mitte, um seinen Schwanz noch tiefer zu spüren. Galdurs Atem ging schneller, und ein konzentrierter Ausdruck trat auf sein Gesicht. Er wollte nicht ohne sie kommen, zwang sich zur Ruhe. Mit einer Hand tastete er zwischen ihre verschwitzten Leiber und fand ihre Klitoris, rieb sie, bis er merkte, dass auch sie nicht mehr weit von der Erlösung entfernt war. Als ihre Scheide sich rhythmisch um seinen Schwanz zusammenzog, stieß er noch ein paar Mal in sie und kam laut grollend zum Orgasmus.

Schwer atmend kam er auf ihr zu liegen. Er hatte gewonnen, ihre Leidenschaft entfacht, obwohl sie sich heftig dagegen gewehrt hatte – und doch kam er sich wie ein Besiegter vor.

Maline träumte einen erotischen Traum. Sie spürte jeden Kuss, jedes Streicheln von Galdur, wie er mit seinen Lippen an ihrem Leib hinabglitt und sie auf ihre pochende Weiblichkeit küsste. Sie erwachte und schlug die Augen auf, doch sie spürte ihn noch immer. Es war gar kein Traum. Galdur lag zwischen ihren geöffneten Schenkeln und leckte sie hingebungsvoll. Entsetzt spürte sie, wie ihr Leib vor Erregung unkontrolliert zu zucken begann, und sie ihm unwillkürlich den heißen Schoß entgegenhob. Noch ehe sie über eine Gegenwehr auch nur nachdenken konnte, hatte die Leidenschaft sie schon fest im Griff, und sie stöhnte leise. Längst schon hatte die Scham vor der Lust kapituliert, und sie legte die Hände auf Galdurs Kopf, um ihn noch dichter an sich zu pressen. Seine Zunge leckte über ihre geschwollene Perle und sandte glühende Lava durch ihre Nervenbahnen. Dann glitt die Zunge weiter, arbeitete sich zu ihrer feuchten Öffnung vor und stieß hinein. Maline keuchte, als er sie mit der Zunge fickte und dabei gleichzeitig mit den Fingern ihre Klitoris massierte. Das Blut rauschte in Malines Ohren, und ihr Herz hämmerte wie wild in ihrer Brust. Ihr Atem ging immer schneller, keuchend, immer hektischer. Ihre Finger krallten sich in seinen dunklen Schopf, als die Welle der

Glückseligkeit sie erfasste und in schwindelerregende Höhen katapultierte. Sie bäumte sich auf und stieß einen lauten Schrei aus, um dann schweißgebadet auf das Lager zurückzusinken. Schwer atmend lag sie da und war noch immer ganz benommen, als seine Stimme sie wieder in die Gegenwart holte.

„Dreh dich um."

Maline sah ihn verständnislos an.

„Dreh dich um und geh auf die Knie", wiederholte er, doch seine Stimme klang diesmal bittend, nicht befehlend.

Etwas irritiert tat Maline, was er wollte, und keuchte, als er von hinten in sie eindrang. Er drückte sie mit dem Oberkörper auf das Lager, sodass nur ihr Hintern in die Höhe ragte. Eine Hand ließ er zu ihren Brüsten wandern, spielte mit ihnen, während er sie immer fester stieß.

„Du hast so einen wundervollen Hintern", stöhnte Galdur und knetete das feste weiße Fleisch.

Die Hand, die bisher ihre Brüste massiert hatte, wanderte nun zu ihrer Klitoris und rieb sie mit sanftem Druck, bis Malines Atem immer schneller wurde, und ihr Puls zu rasen anfing. Hart klatschten ihre Leiber jetzt aneinander. Maline stieß kleine, spitze Schreie aus, kam zu einem gewaltigen Orgasmus, der sie von den Zehen bis in die Haarspitzen durchschüttelte. Das Zucken ihrer Scheide wollte gar nicht wieder aufhören. Dann kam auch Galdur und ergoss sich stöhnend in ihren Schoß.

9
Der Jagdunfall

Am nächsten Morgen ritt Galdur schon früh mit ein paar Männern zur Jagd. Sie würden erst in einer Woche zurück sein.

Maline war froh, ihn eine Weile aus dem Haus zu wissen. Sie brauchte dringend Abstand von ihm und seinem gefährlicher Einfluss auf ihr Gefühlsleben. Es erschreckte sie, und sie war fest entschlossen, zu fliehen, ehe sie die Kontrolle über ihre Lage verlor. Vielleicht würde sich in seiner Abwesenheit eine Gelegenheit zur Flucht ergeben. Sie hatte schon oft darüber nachgedacht, doch so etwas wollte wohl geplant sein. Sie konnte nicht einfach kopflos davonlaufen in diesem rauen, unbekannten Land. Ein Plan musste her, sollte ihre Flucht nicht in einem Fiasko enden.

Es war am vierten Tag von Galdurs Abwesenheit, als ein Mann laut brüllend auf das Langhaus zugerannt kam. Bertha und Maria stürzten hastig aus dem Haus. Der Mann erklärte den Frauen etwas und gestikulierte dabei wild mit den Armen.

Bertha ließ nach ein paar männlichen Sklaven schicken, und diese eilten mit dem Mann davon.

Maline war aus dem Haus getreten und schaute in die erschrockenen Gesichter der beiden Sklavinnen. Alda kam aus dem Stall mit einer Kanne voll Milch, und die Frauen berichteten ihr offenbar, was ihnen der Mann erzählt hatte. Aldas Gesicht wurde bleich, dann rannte sie laut klagend davon.

Verwundert beobachtete Maline die Geschehnisse. Was war bloß los? Irgendetwas Schlimmes musste geschehen sein.

„Was ist denn?“, fragte sie Bertha.

„Der Herr wurde von einem Bären schwer verwundet. Man wird ihn in einigen Stunden hierhergebracht haben. Wir müssen alles für seine Versorgung vorbereiten“, erklärte Bertha aufgebracht. Der Schrecken und die Sorge standen ihr deutlich ins Gesicht geschrieben.

Malines Herz fing zu rasen an. Er war schwer verwundet, möglicherweise würde er sterben, dann wäre die Gelegenheit zur Flucht günstig. Das war eine gute Nachricht, aber tief in ihrem Herzen keimte auch eine heimliche Bestürzung auf, die allerdings nahm sie nicht wahr, denn zu wichtig war diese neue Situation für ihr weiteres Schicksal.

Als man den schwer verwundeten Galdur in den späten Nachmittagstunden auf einer Trage aus dünnen Stämmen ins Haus brachte, war an Flucht oder Hass erst einmal nicht zu denken. Der furchtbare Anblick des blutverschmierten Wikingers erweckte Malines Heilerinstinkt, und sie schob entschieden die anderen Frauen beiseite, um sich die Verletzungen anzusehen. Zu Hause hatte sie stets die Behandlung der Kranken und Verwundeten übernommen, und so wusste sie, was zu tun war. Man hatte Galdur, der kaum noch bei Bewusstsein war, auf sein Bett gelegt, und Maline begann seine blutdurchtränkte Kleidung zu entfernen. Der Anblick seines entblößten Körpers weckte unliebsame Erinnerungen und Gefühle, die sie zu bekämpfen versuchte. Am liebsten hätte sie über diese glatte braune Haut gestrichen, die darunterliegenden Muskeln erspürt, doch nun war Wichtigeres zu tun. Seine Verwundung musste dringend behandelt werden. Man hatte einen notdürftigen Verband um die Mitte gebunden, den sie nun vorsichtig löste. Was sie dann zu sehen bekam, ließ sie entsetzt nach Luft schnappen. Der Bär hatte ihn mit seiner Pranke seitlich über der Hüfte getroffen, und die Wunde klaffte tief. Seine Haut glühte vor Fieber, denn die Wunde hatte sich bereits entzündet und roch widerlich.

Galdur stöhnte auf. Wie durch einen Nebel nahm er die Dinge um sich herum wahr. War das wirklich Maline, die da an seinem Bett saß und seine Verletzung untersuchte? Sicher würde sie ihn umbringen, schließlich war die Gelegenheit günstig. Er wollte etwas sagen, sie sollte fortgeschickt werden, aber er brachte nicht mehr als ein weiteres Stöhnen über seine Lippen.

„Wird er durchkommen?“, hörte er die besorgte Stimme seines Vaters.

Man hatte nach dem Jarl geschickt, als die Nachricht von Galdurs Verwundung überbracht worden war.

„Es sieht böse aus. Die Wunde ist tief, aber ich kann sie nähen. Die Mauren erzielen schon lange große Erfolge damit. Was mir mehr Sorgen macht, ist sein hohes Fieber. Er wurde schon gestern Morgen verwundet, und man hat ihm nur einen Verband umgelegt, um die Blutung zu stoppen. Möglicherweise sind auch innere Organe verletzt, dann kann ich nichts für ihn tun. Als erstes muss das Fieber gesenkt werden, deshalb versuche ich, die Entzündung zu heilen, die das Fieber verursacht. Ich werde tun, was ich kann, aber versprechen kann ich nichts“, sagte Maline.

Der Jarl seufzte schwer.

„Ich bitte dich, rette meinen Sohn. Ich habe immer damit gerechnet, dass er eines Tages nicht von einer Reise zurückkehrt. Er ist ein Krieger. Auch wenn der Tod durch einen Bären durchaus ehrenvoll ist, so mag ich mich noch nicht damit abfinden.“

„Ich versuche es“, versprach Maline, und sie meinte es ehrlich.

Sie gab den Frauen Anweisungen, welche Kräuter sie benötigte und als alles bereitstand, begann sie die Wunde mit Knoblauchsud auszuwaschen.

Man hatte Maline von sämtlichen Verpflichtungen freigestellt, damit sie sich ganz der Fürsorge für den Sohn des Jarls widmen konnte. Sie saß an seinem Bett und dachte über ihre Lage nach. Wie er so hilflos dalag, sah er eigentlich gar nicht mehr so gefährlich aus. Seine Ausstrahlung beruhte also nicht auf seinen gewaltigen Körpermaßen, sondern lag vielmehr in seinem Blick und seiner Miene. Beides konnte er in seiner Bewusstlosigkeit nicht nutzen, und so blieb ein Mann zurück, der atemberaubend gut aussah und sie wünschen ließ, seine Seele wäre nicht so verderbt. Vielleicht, wenn sie keine Feinde wären ... Dass er ihre Sinne zu erregen verstand, konnte sie nicht leugnen, und er hatte sie niemals brutal behandelt, selbst dann, als er sie an die Kette gelegt hatte, war er mehr darauf bedacht gewesen, ihr Vergnügen zu schenken. Vielleicht war er gar nicht so schlecht? Sie erinnerte sich, wie liebevoll er mit seiner kleinen Schwester umging. Es war, als würden zwei Seelen in seiner Brust hausen. Sie verstand diese Wikinger nicht. Sie waren blutrünstige Eroberer, die ganze Dörfer wie Vieh abschlachteten, und dennoch hatte sie hier Menschen mit einem ganz normalen Familienleben vorgefunden. Die Frauen schienen hier hoch geachtet zu sein, und die meisten Wikinger behandelten ihre Sklaven gut. Sie mussten hart arbeiten, bekamen aber gutes Essen und wurden offenbar selten gezüchtigt. Trotzdem vergaß sie nicht den wilden Ausdruck in Galdurs Augen, als er ihren Verlobten über Bord warf, und ebenso wenig vergaß sie die Bilder von den Männern, die über Lina hergefallen waren. Maline wusste, dass es Vergewaltigungen auch in ihrer Heimat gab, dennoch hatte diese brutale Gewalt sie erschüttert.

Galdur bewegte sich auf seinem Lager, und Maline schreckte aus ihren Gedanken hoch. Sie fühlte seine Stirn, sie war noch immer heiß.

Leise öffnete sich die Tür, und eine kleine rundliche Frau mit langen schwarzen Haaren betrat den Raum. Maline wusste sofort, um wen es sich handelte. Es war Galdurs Mutter. Sie lächelte Maline freundlich an und kam näher.

„Sprechen deine Sprache wenig“, sagte sie und lächelte. „Sohn gut?“

„Er hat noch immer Fieber“, antwortete Maline.

Galdurs Mutter schaute sie fragend an.

„Fieb...?“

„Fieber. Heiß!“, sagte Maline und fühlte zur Demonstration Galdurs Stirn.

Galdurs Mutter nickte verstehend. Sie trat an das Bett ihres Sohnes und strich zärtlich über sein Gesicht.

„Arienne“, sagte sie und deutete auf sich.

„Maline.“

Arienne setzte sich auf das Bett und blickte Maline aus sanften braunen Augen an.

„Du Bett. Ich gucke Galdur.“

Maline nickte erleichtert, dass sie das Krankenzimmer für eine Weile verlassen konnte. Sie musste sich Gedanken über ihre Flucht machen, denn sobald es Galdur etwas besser ging, wollte sie versuchen durch das Hinterland zu fliehen. Wenn sie einen anderen Fjord erreichte, konnte sie vielleicht mit einem Handelsschiff mitfahren.

Sie stand auf und wollte gehen, als Arienne ihre Hand fasste.

„Danke! Du Sohn gut“, sagte sie und lächelte.

„Schon gut“, murmelte Maline, und als Arienne ihre Hand freigab, rannte sie schnell aus dem Zimmer.

Alda brodelte vor Zorn. Nicht genug, dass diese Irin sich zwischen sie und Galdur gedrängt hatte, jetzt hatte sie auch noch dessen Pflege übernommen und kommandierte alle herum.

Alda war auf dem Weg zu Thorstein. Er war ihr Geliebter, den sie aufsuchte, wenn Galdur nicht da war. Thorstein hasste Galdur, da er Alda liebte und zur Frau nehmen wollte. Galdur gab sie jedoch nicht frei. Vielleicht konnte sie seinen Hass für ihre Zwecke nutzen. Thorsteins Haus lag nicht weit von Galdurs Anwesen, und niemand trieb sich um diese Zeit noch draußen herum, der Alda hätte sehen können. Sie klopfte an, und kurz darauf öffnete sich die Tür. Thorstein zog Alda ins Innere des Hauses und schloss schnell die Tür. Hungrig presste er seinen Mund auf ihre Lippen und zog sie an seinen vom Kampf gestählten Körper. Alda schob ihn lachend ein Stück von sich.

„Ich wollte etwas Dringendes mit dir besprechen“, sagte sie.

„Das hat Zeit bis später. Jetzt will ich erst einmal was ganz anderes tun. Wir reden hinterher“, knurrte Thorstein ungeduldig.

Alda lächelte zustimmend, schmiegte sich an ihn, und erneut fanden sich ihre Lippen zu einem Kuss. Thorsteins Zunge drängte sich ungeduldig zwischen ihre Lippen und neckte sie. Bereitwillig kam sie ihm entgegen. Ihre Hände zerrten ungeduldig an seiner Kleidung, hastig zogen sie sich aus und ließen die Kleidungsstücke achtlos auf den Boden fallen.

Thorstein drängte Alda zum Bett und ließ sich dort mit ihr nieder. Seine großen Hände wanderten über ihren üppigen Leib. Ihre großen Brüste gefielen ihm am besten, sie waren so herrlich weich, und er liebte es, seinen Kopf darauf zu betten.

„Du bist so schön“, flüsterte er und strich mit der Zunge über ihre Brustwarzen.

Alda stöhnte lustvoll, als er eine der erregten Spitzen in den Mund nahm, um daran zu saugen, wollüstig bog sie ihm ihren Leib entgegen und krallte sich in das harte Fleisch seiner Oberarme.

Thorstein übersäte ihre Brust mit Liebesbissen, mal ganz zart, dann wieder gruben seine Zähne sich fest in das weiche Fleisch und hinterließen Abdrücke auf ihrer zarten Haut. Das Wechselspiel von Schmerz und Lust erregte Alda und sie fing an, vor Lust zu wimmern. Verlangend hob sie ihm ihren Unterleib entgegen, der schon in hellen Flammen stand.

Sein Mund wanderte tiefer. Er küsste, leckte und biss sich langsam zu ihrem Bauch hinab, seine Zungenspitze bohrte sich in ihren Nabel und entlockte ihr ein leises Kichern.

„Das kitzelt!"

„Still!", knurrte Thorstein.

Er ließ eine Hand zwischen ihre geöffneten Schenkel gleiten und wurde von heißer Feuchtigkeit begrüßt. Mit zwei Fingern drang er in sie ein, und Alda reagierte mit einem tiefen Seufzer. Schmatzend schloss sich ihre Weiblichkeit um seine Finger. Seine Zunge glitt tiefer und leckte den duftenden Nektar von ihrer rosigen Blüte, er teilte das weiche Fleisch und tastete sich bis zu ihrer Perle vor, um sie mit seinen Lippen zu umschließen und sanft daran zu saugen. Er umfasste die kleine Perle vorsichtig mit den Zähnen und zog leicht daran. Dann ließ er seine Zunge durch ihre Spalte gleiten zu ihrer heißen und nassen Öffnung, tauchte hinein und erkundete ihr Innerstes.

Alda schrie leise auf. Heiß rann das Blut durch ihre Adern und schickte erregende Wellen durch ihren Leib. Ihr Schoß brannte, und sie öffnete die Schenkel noch etwas weiter, um ihm mehr Raum zu geben, sie zu verwöhnen. Ihre Klitoris pochte fast schmerzhaft.

„Ja, mach weiter!", keuchte sie und bäumte sich unter seiner Zunge auf.

Doch Thorstein gab sie frei und kniete sich so vor sie, dass sein harter Schwanz auf ihrer geschwollenen Weiblichkeit lag. Er legte den Schaft zwischen ihre großen Schamlippen, so dass der pralle Kopf auf ihrer Klitoris ruhte. Mit leichtem Druck bewegte er den Schwanz hin und her, immer wieder rieb die Eichel über ihren Kitzler und reizte ihn, bis Alda zuckend zum Höhepunkt kam, dann rammte er seinen Schwanz tief in ihre Scheide. Er nahm sie mit langsamen Stößen, zog sich zurück, verharrte und kam umso heftiger wieder in sie. Jedes Mal, wenn er sie mit einem harten Stoß in Besitz nahm, schrie sie auf und krallte sich in das Fell, auf dem sie lag. Thorstein rieb mit seinem Finger über ihre Klitoris, bis sie erneut vor Ekstase erbebte, dann drehte er sie um, sodass sie wie ein Hündchen vor ihm kniete. Er spreizte ihre Beine weit auseinander und teilte die runden Pobacken mit den Händen, um besseren Zugang zu ihrem Anus zu haben. Mit der Zungenspitze leckte er über den Damm und umkreiste die faltige Rosette, bis Alda vor Wonne stöhnte.

„Heute werde ich dich für all die Tage, die wir nicht zusammen waren, befriedigen“, verkündete Thorstein und nahm eine Bienenwachskerze, die auf einer Truhe neben dem Bett stand.

Die Kerze war etwas dicker als sein Schwanz und etwa genauso lang. Er rieb damit über ihre Scham, benetzte die duftende Kerze mit ihrem eigenen Nektar und führte sie schließlich in ihren Anus ein, dann drang er mit seinem Schwanz langsam in ihre hungrige Möse. Alda wand sich, um dem plötzlichen Druck auszuweichen, der durch die Kerze in ihrem Anus hervorgerufen und von seinem Schwanz in ihrer Möse noch verstärkt wurde. Thorstein ließ eine Hand zu ihrer Klitoris gleiten und rieb sie mal sanft, mal fest. Alda entspannte sich, der Druck in ihrem Po verschwand und machte einem ekstatischen Gefühl Platz. Immer fester stieß Thorstein die Kerze und seinen Schwanz in ihre Öffnungen, und schließlich explodierte ein wahres Feuerwerk vor Aldas Augen, ihr schwanden die Sinne, und sie sank heftig zuckend zusammen.

Thorstein zog seinen Schaft und die Kerze aus ihr heraus und wartete, bis Alda wieder zu sich kam. Sie stöhnte, und ihre Lider flatterten.

„Bei den Göttern, ich dachte, ich sterbe vor Lust“, keuchte sie.

Thorstein grinste breit. Er kniete sich über ihren Brustkorb und schob ihr sein Glied zwischen die Lippen.

„Jetzt ist es an der Zeit, dass du etwas für mich tust. Bring mich zum Abspritzen!“

Alda saugte und leckte, nahm ihn tief in ihren Mund auf, massierte seine Hoden, bis sie sich zusammenzogen, und sein heißer Saft ihren Mund überflutete. Sie schluckte den Samen, und Thorstein grunzte befriedigt mit einem seligen Lächeln auf den Lippen.

„Bei den Göttern, ich liebe dich, du Prachtweib!“

Alda rekelte sich genussvoll und kuschelte sich an ihren Geliebten, der sich neben ihr ausgestreckt hatte. Sie ließ ihre Finger durch sein Brusthaar gleiten und spielte damit.

„Ich will diese irische Verräterin loswerden“, sagte sie schließlich.

Thorstein grunzte.

„Was kümmert dich diese Sklavin? Wenn er von dir genug hat und dich frei gibt, ist das doch nur gut für uns.“

„Hast du denn gar keinen Verstand in deinem Schädel? Ich habe schon lange einen Plan, wie wir uns Macht und Reichtum verschaffen können. Da Leif für meine Reize nicht empfänglich ist, macht es wenig Sinn, ihn zu verführen. Also habe ich mich auf Galdur konzentriert. Wenn ich ihn dazu bringen kann, mich zum

Weibe zu nehmen, und Leif und der Alte einen Unfall erleiden, wäre ich die Frau des neuen Jarls. Dann brauchen wir uns nur noch seiner zu entledigen und dafür sorgen, dass man dich als Jarl ausruft."

„Was nie geschehen wird – du weißt, dass Olaf gewählt werden würde", gab Thorstein zu bedenken.

„Nicht, wenn man ihn für den Mord an Galdur verantwortlich machen würde", warf Alda listig ein.

Thorstein überlegte.

„Hm, das würde die Situation natürlich ändern", sagte er. „Wie willst du aber diese Sklavin loswerden?"

„Ich weiß noch nicht so genau. Vielleicht mit Gift? Sie könnte natürlich auch spurlos verschwinden, dann würden alle glauben, sie wäre geflohen. Ich muss einfach auf eine günstige Gelegenheit warten."

„Also gut, was auch immer du tust, ich werde dich dabei unterstützen. Es darf nur kein Verdacht auf dich fallen. Wenn die Leute glauben, du wärst eifersüchtig – und dann stirbt die Irin plötzlich an Vergiftung – ich glaub, das wär nicht gut. Einen Unfall hingegen könnte man einrichten. Beobachte sie und ihre Angewohnheiten, dann finden wir vielleicht einen Punkt, an dem man ansetzen kann."

„Ich werde mir schon etwas ausdenken", sagte Alda und ließ ihre Hand zu seiner Männlichkeit wandern. „Jetzt allerdings wüsste ich noch einen angenehmeren Zeitvertreib. Lass mich dich glücklich machen."

Alda rutschte an seinem Leib hinab und weckte Thorsteins Lust aufs Neue.

Erst im Morgengrauen verließ Alda Thorsteins Haus. Beschwingt lief sie den schmalen Weg entlang und verschwand ungesehen in ihrer eigenen Hütte.

Am dritten Tag sank das Fieber, und alle atmeten auf. Maline und Arienne hatten sich mit der Krankenwache abgewechselt. Die beiden Frauen verstanden sich gut, und Maline wunderte sich, dass eine so sanftmütige Frau einen so gewalttätigen Sohn haben konnte. Sie konnte sich nicht vorstellen, dass der mordende Wikinger der Gleiche war wie der kleine Junge, der nach Ariennes Erzählungen verletzte Tiere nach Hause brachte, um sie gesund zu pflegen.

Gedankenverloren saß Maline auf dem Lehnstuhl neben Galdurs Bett, als der plötzlich aufschreckte und nach ihrem Arm fasste. Sein Blick war wild und der Griff so grob, dass Maline vor Schmerz aufschrie. Augenblicklich ließ er sie los und starrte sie verwundert an.

„Wo ist Olaf?“, fragte er.

„Er ist beim Jarl. Gestern kam er mit den anderen Männern zurück. Sie haben den Bären erlegt. Bist du nun zufrieden? Es war töricht, sich der Bestie in den Weg zu stellen“, sagte Maline.

Sie hatte gestern die ganze Geschichte des Jagdunfalls erfahren. Der Bär war bereits verwundet, als er sich wieder aufrappelte und auf Olaf losging. Galdur hatte sich todesmutig mit seinem Speer vor seinen Freund gestellt, doch der Bär hatte ihn mit seiner Pranke über der Hüfte erwischt, bevor er den Speer ansetzen konnte. Das Gebrüll der Männer hatte den Bären vertrieben, und die hatten erst einmal damit zu tun, sich um Galdur zu kümmern. Erst später hatte Olaf mit einigen Leuten die Verfolgung aufgenommen. Ohne Galdurs Einsatz wäre Olaf wohl nicht mehr am Leben. Ihr grausamer und kaltblütiger Entführer war somit auch noch ein Held, was ihr gar nicht in den Kram passte. Sie hasste ihn und wollte einfach keine guten Seiten an ihm entdecken, denn das erschwerte ihr nur die geplante Flucht. Es war langsam an der Zeit, dass sie ihre Pläne in die Tat umsetzte.

Galdur sah sie an und nickte.

„Ja, ich hätte ihn nur gern selbst erledigt.“

„Da es dir scheinbar besser geht, werde ich dir etwas zu essen besorgen und mich dann zurückziehen.“

„Warst du die ganze Zeit hier – bei mir?“, fragte Galdur und schaute sie mit einem rätselhaften Blick an.

„Nein, ich habe mich mit deiner Mutter abgewechselt“, erklärte Maline.

Sie wollte endlich raus aus diesem Raum und der intimen Atmosphäre entrinnen, die nun herrschte, da er wieder bei Bewusstsein war. War er im Moment auch friedlich aufgelegt und kaum in der Lage, seinen männlichen Gelüsten nachzugehen, so fühlte sich Maline trotzdem auf seltsame Art von ihm bedroht. Die Tage und Nächte, die sie um seine Gesundheit besorgt war, hatten sie vergessen lassen, dass er ihr Feind war. Auf eine beängstigende Art fühlte sie eine plötzliche Verbundenheit mit ihm, den sie gewaschen und versorgt hatte. Doch nun würde er bald wieder gesund sein und Macht auf sie ausüben können. Ein Teil von ihr wollte seine wilde Leidenschaft spüren, der andere Teil wollte nur eines: Flucht!

„Ich ... ich gehe dann mal ...“, murmelte sie verwirrt und floh aus dem Zimmer.

10

Flucht mit Folgen

Zitternd schlug Maline die Tür ihrer kleinen Kammer hinter sich zu. Er war aufgewacht. Bald würde er sich soweit erholt haben, dass er das Bett verlassen konnte, und dann war eine Flucht so gut wie unmöglich. Sie hatte den Zeitpunkt immer wieder hinausgezögert, sich eingeredet, nur abwarten zu wollen, bis er über den Berg war, nun gab es nichts mehr zu überlegen. Sie musste fort, noch diese Nacht. Wohin sollte sie überhaupt fliehen? Die Möglichkeit, sich in dem unbekannten Gebirge zu verirren, war groß. Wie weit mochte der nächste Fjord entfernt sein – und würde sie dort überhaupt eine Möglichkeit haben, ein Schiff für die Heimreise zu finden? Vielleicht kam sie vom Regen in die Traufe, und sie würde erneut in Gefangenschaft geraten. Unschlüssig rannte Maline in der kleinen Kammer auf und ab. Was erwartete sie für ein Schicksal, wenn sie hier blieb? Sie wäre diesem Wikinger hilflos ausgeliefert, und wenn er von ihr genug hatte, würde er sie weiterreichen an den nächsten, der mit ihr machen konnte, was er wollte. Wahrscheinlich würde sie niemals wieder so eine gute Gelegenheit zur Flucht bekommen. Wenn erst einmal der Winter ins Land zog, war ein Entkommen schon auf Grund der Witterung unmöglich. Niemals würde sie dann durch die Berge kommen. Nein! Heute Nacht musste es sein! Ihr Entschluss stand fest, denn ihr blieb nur diese Möglichkeit. Sie musste alles auf eine Karte setzen.

Vorsichtig horchte Maline in die Stille. Alles war ruhig, niemand rührte sich. Sie schlich durch die Halle, etwas gestohlenen Proviant aus der Küche und ein kleines Bündel mit den zwei neuen Kleidern mit sich führend. Den schweren dunkelbraunen Umhang, den sie von Galdur bekommen hatte, hatte sie über ihren Kopf gezogen. Sie hielt mit klopfendem Herzen den Atem an, als die Tür beim Öffnen laut knarrte, hielt kurz inne und lauschte erneut, doch niemand schien etwas gehört zu haben. Leise huschte Maline hinaus und schloss die Tür so vorsichtig wie möglich. Eilig lief sie zu den Ställen und schaute ratlos auf die drei Pferde. Welches sollte sie nehmen? Sie kannte die Tiere nicht und wusste nicht, welches sich für ihr Unternehmen am besten eignen würde. Galdurs großer Hengst schnaubte leise. Maline streichelte seinen massigen Hals und schaute ihn prüfend an.

„Was ist, mein Junge? Soll ich dich nehmen? Du bist groß und stark und wirst mich sicher mit Leichtigkeit durch das Gebirge tragen, aber wirst du mich auch nicht abwerfen?"

Der Hengst schnaubte erneut und schnupperte an ihrem Hals, was ihr ein leises Kichern entlockte.

„Hey, das kitzelt. Ich habe leider kein Leckerchen für dich, mit dem ich dich bestechen könnte."

Entschlossen nahm Maline den Zaum vom Haken, der gegenüber der Box an der Wand hing, streifte ihn dem Hengst über, hievte dann den schweren Sattel mit einem Stöhnen von der Halterung und sattelte das edle Tier in der Box auf. Sie prüfte noch einmal alle Schnallen und Gurte auf guten Sitz und führte das Tier aus dem Gebäude. Ihr Bündel band sie hinter dem Sattel fest, dann kletterte sie auf den Rücken des Tieres, was gar nicht so einfach war, doch schließlich saß sie glücklich oben, und mit einem leisen Schnalzen brachte sie den Hengst in Bewegung. Erst als sie ein Stück vom Haus entfernt war, ließ sie das Tier antraben und schließlich in einen leichten Galopp fallen.

Galdur schlug die Augen auf. Er hatte noch immer furchtbare Schmerzen, aber der Drang aufzustehen, war groß. Vorsichtig versuchte er sich aufzusetzen und biss die Zähne zusammen, als der Schmerz ihm fast die Besinnung rauben wollte.

Alda, die an seinem Bett saß, erwachte aus ihrem Schlaf, als sie Galdur stöhnen hörte.

„Bleib liegen, Liebster. Du darfst noch nicht aufstehen", sagte sie, als sie Galdurs Bemühungen gewahrte.

„Wo ist sie?", fragte er mit zusammengepressten Lippen.

„Wer?", fragte Alda eine Spur zu forsch, obwohl sie genau wusste, wen er meinte. Hass durchflutete sie heiß. Wieso fragte er nach dieser irischen Sklavin, wo doch sie da war, um alles für ihn zu tun? Was konnte er an der mickrigen und blassen Frau bloß finden, dass er sie ihr vorzog?

„Maline. Wo ist sie? Sie war schon gestern den ganzen Tag nicht an meinem Bett."

„Sie ist fort", sagte Alda mit leiser Genugtuung.

Galdur vergaß allen Schmerz und fuhr in die Höhe.

„Was? Was erzählst du da? Was soll das bedeuten, sie ist weg?", schrie er aufgebracht.

Alda zuckte zusammen. Schon lange hatte sie ihn nicht mehr so wütend erlebt. Seine Augen blickten wild, und einen Moment dachte sie, er würde ihr an die Kehle springen.

„Sie ist geflohen", sagte Alda vorsichtig.

Galdur stieß einen markerschütternden Schrei aus und fegte das Tablett, das auf einem Tischchen neben dem Bett stand, zu Boden.

Alda sprang kreischend von ihrem Stuhl auf. Ängstlich blickte sie Galdur an, dessen Miene vor Zorn und Schmerz verzogen war.

Die Tür ging auf, und Arienne und Olaf stürmten in den Raum.

Arienne rang die Hände, als sie ihren Sohn so sah, Olaf eilte ans Bett, um den Freund davon abzuhalten, aus dem Bett zu springen.

„Galdur, so beruhig dich doch. Dein Vater und ein paar Männer bereiten sich gerade vor, sie zu suchen. Sie hat nur ein paar Stunden Vorsprung, den holen die Männer schnell ein. Sie ist schließlich nur eine Frau, die sich hier nicht auskennt“, versuchte Olaf seinen Freund zu beruhigen.

„Ich werde mitreiten“, beharrte Galdur.

„Ja, mein Freund, aber ich werde dich begleiten! Erst einmal wirst du dich aber den Anweisungen deiner Mutter fügen, denn sonst hast du nicht die Kraft, die Suche überhaupt anzutreten.“

Arienne trat an ihres Sohnes Bett und drückte Galdur sanft aber bestimmt auf die Felle zurück.

„Jetzt bleibst du erst einmal liegen, und ich schaue mir deine Wunde an. Dann musst du etwas essen!“

„Ich habe keinen Hunger!“, grollte Galdur.

„Keine Widerrede, sonst hol ich noch ein paar Männer und lass dich ans Bett fesseln, verstanden?“ Eine ungewohnte Entschlossenheit lag in Ariennes Stimme und auch ihre Miene zeigte an, dass sie sich mit allen Mitteln durchsetzen würde.

„Sollen sie es nur versuchen! Ich zerquetsche jeden zu Brei, der sich mir in den Weg stellt!“

„Wirst du auch mich zu Brei quetschen?“, fragte Arienne sanft.

Galdur grummelte. Er konnte nur noch an seine Sklavin denken. Hier untätig zu sein, machte ihn fast wahnsinnig, dennoch blieb er artig liegen und schaute seine Mutter an.

„Nein! Natürlich nicht“, beantwortete er ihre Frage.

„Gut, dann lass mich deine Wunde ansehen!“

Sie entfernte den Verband, wobei sie darauf achtete, die Wunde nicht wieder aufzureißen. Maline hatte gute Arbeit geleistet und mit kleinen, sauberen Stichen genäht, was die Krallen des Bären aufgerissen hatten. Von einer Entzündung war nichts zu sehen, das Fleisch war gerötet, sah jedoch gesund aus, und Galdurs Haut war kühl, keine Spur von Wundfieber.

„Deine Sklavin versteht sich auf die Heilkunst. Niemand hier hätte dich mit dieser entzündeten Wunde retten können. Ich hoffe, du wirst sie nicht unnötig hart bestrafen, wenn du sie findest.“

„Sie ist meine Sklavin und die Entscheidung über ihre Bestrafung obliegt mir! – Ich brauche keine Einmischungen!", sagte Galdur hart.

„Ich hoffe, du wirst es nicht zu bereuen haben, mein Sohn", sagte Arienne und erhob sich. Mit einem zornigen Blick auf ihren Sohn verließ sie das Zimmer.

Galdur schaute seinen Freund Olaf an und musterte ihn abschätzend.

„Wirst du mir auch kluge Ratschläge erteilen?", fragte er kalt.

„Nein, mein Freund. Ich schließe mich nur den letzten Worten deiner Mutter an", erwiderte dieser und verließ ebenfalls den Raum.

Alda beeilte sich, ebenfalls zu verschwinden, denn sie fürchtete Galdurs Zorn. Es schien im Augenblick nicht ratsam, ihn zu reizen.

Maline war hungrig. Die Lebensmittel, die sie mitgenommen hatte, waren seit dem Morgen aufgebraucht, nun war es bereits Abend, und sie musste sich nach einem Schlafplatz umsehen. Jetzt kam sie nur noch langsam voran, denn der Weg wurde immer schmaler und steiler. Sie fing an zu zweifeln, ob sie es schaffen würde, über den Berg zu gelangen. Würde es auf der anderen Seite überhaupt einen Fjord geben? Was, wenn sie noch Tage brauchen würde, bis sie wieder auf eine Siedlung traf? Dummerweise hatte sie keine Waffe bei sich, mit der sie jagen konnte, und es war weit und breit auch kein Bach, um wenigstens Fische zu fangen. Gegen Mittag hatte sie ein paar wilde Kräuter gefunden und sie roh verschlungen, nun rumorte ihr Magen, und sie fühlte sich schwach und hilflos.

Plötzlich knackte es im Unterholz. Ihr Pferd scheute und stieg steil in die Luft. Maline rutschte aus dem Sattel und schlug hart auf dem Boden auf. Augenblicklich wurde es schwarz um sie herum.

„Da vorne ist was!", rief einer von Eriks Männern.

„Das ist mein Pferd!", rief Galdur aus und spornte das Tier, auf dem er ritt, zum Galopp an.

Tatsächlich stand der große Hengst in einiger Entfernung grasend am Wegesrand und wieherte aufgeregt, als die Männer sich mit ihren Pferden näherten. Galdur packte das Tier am Zügel und schaute sich zu den Männern um.

„Sie muss heruntergefallen sein. Vielleicht ist sie verletzt. Wir sollten diesen Weg weiter reiten – sie muss hier irgendwo sein."

Nach einer Stunde forschen Rittes fanden sie die bewusstlose Maline. Vorsichtig untersuchte Galdur sie und war froh, dass ihr Atem ruhig und gleichmäßig ging. Er hoffte, dass sie keine inneren Verletzungen hatte.

„Gebt sie mir vorsichtig auf mein Pferd", ordnete er an und stieg wieder auf.

Er nahm Maline behutsam entgegen und platzierte sie vor sich, dann ritten sie zurück Richtung Heimat.

Maline erwachte vom Schaukeln des Pferdes und stöhnte leise.

„Gleich sind wir da, und man wird sich um dich kümmern", vernahm sie eine vertraute Stimme, die sie nicht einzuordnen vermochte.

Sie fühlte sich benommen und orientierungslos. Vorsichtig schlug sie die Augen auf und schaute sich langsam nach dem Mann um, der sie vor sich im Sattel sitzen hatte. Es war Galdur. Sie stöhnte erneut. Er hatte sie also gefunden, und ihre Flucht war fehlgeschlagen. Sicher würde er sie hart bestrafen für ihren Ungehorsam. Warum nur freute sich ein Teil in ihrem Innersten darüber, dass ihre Flucht missglückt war? In seinen starken Armen fühlte sie sich sicher und geborgen. Sie überließ sich diesem Gefühl und kuschelte sich wieder an seine breite Brust. Sie hörte ihn scharf die Luft einatmen und spürte den schnellen Schlag seines Herzens. Sein vertrauter Geruch hüllte sie ein wie ein warmer Mantel und ließ sie leise seufzen.

Das wohlige Gefühl verschwand, als sie vor Galdurs Langhaus anhielten, und die freundliche Bertha aus dem Haus geeilt kam, um sie in Empfang zu nehmen. Maline zitterte vor Angst vor dem, was ihr nun möglicherweise bevorstand. Galdur brachte sie in seine Kammer, legte sie auf das Bett, damit sich Bertha gleich um sie kümmern konnte. Dann verließ er die Kammer.

Teilnahmslos ließ Maline geschehen, dass die Frau sie gründlich untersuchte und dabei stetig leise mit ihr schimpfte.

„Dummes Ding. – Was hast du dir nur dabei gedacht? Einfach so zu verschwinden. – Galdur ist sehr wütend! – Dumme Sache – und nun hast du dir auch noch den Kopf angeschlagen."

„Ich wollte nach Hause", flüsterte Maline erschöpft.

„Das war sehr töricht von dir. Du hättest sterben können. Den Weg über den Pass hättest du nie allein geschafft – ohne Proviant und ohne Ausrüstung, noch dazu als Frau. Selbst, wenn du es bis zu einer Ortschaft geschafft hättest, meinst du, man hätte dir ein Schiff für deine Heimreise zur Verfügung gestellt? Du wärst Freiwild gewesen – für jeden dahergelaufenen

Kerl – niemand hätte dich beschützt!“

Maline zitterte. Sie wusste, dass es ihr niemals gelungen wäre, und das zermürbte sie. Tränen liefen über ihre blassen Wangen, ein Schluchzen ließ ihren Körper erbeben.

„Ich werde dir einen Trunk machen, der dich einschlafen lässt. Morgen wirst du dich vor dem Herrn verantworten müssen, aber jetzt brauchst du erst einmal Ruhe“, sagte Bertha und ließ Maline allein.

Nach einer Weile kehrte die Frau zurück und reichte Maline einen Hornbecher mit dampfendem, gewürztem Met. Dankbar nahm Maline das Getränk an und setzte es an ihre Lippen. Es schmeckte nach allerlei Gewürzen und Kräutern, die sie nicht identifizieren konnte, doch es tat gut, denn die warme Flüssigkeit erwärmte ihr Inneres, und sie fühlte sich angenehm beruhigt und müde. Sie reichte Bertha den leeren Becher, legte sich zurück, schloss die Augen und stieß sie einen leisen Seufzer aus.

Bertha entfernte sich leise aus der Kammer und verriegelte die Tür von außen. Sie hatte Anweisung bekommen, die Sklavin in ihrer Kammer einzuschließen, obwohl Bertha nicht daran glaubte, dass die junge Frau noch einmal zu fliehen versuchen würde.

Galdur lief in der Halle auf und ab, während seine Mutter verzweifelt die Hände rang und immer wieder ihren Sohn dazu zu bewegen versuchte, sich hinzulegen.

„Verfluchtes Weib! Wie kann sie nur so dumm sein? Hab ich sie nicht gut behandelt? Ich habe sie nicht misshandelt, ihr gute Kleidung und sogar eine eigne Kammer gegeben!“, schimpfte Galdur erbost.

Maline da am Boden liegen zu sehen, hatte ihn zutiefst erschreckt. Er hatte panische Angst gehabt, sie könnte sich ernsthaft verletzt haben. Bertha hatte ihn beruhigt und gesagt, die junge Frau brauche nur etwas Ruhe und Schlaf. Jetzt würde er sie zu allem Überfluss auch noch betrafen müssen, schließlich war sie eine Sklavin, und eine versuchte Flucht wurde meist hart bestraft, um andere Sklaven abzuschrecken. Er befand sich in einer unangenehmen Situation, denn es behagte ihm nicht, Maline bestrafen zu müssen, noch dazu, da sie verletzt war.

„Niemand wird es dir übel nehmen, wenn du auf die Bestrafung verzichtest“, sagte Arienne und fasste Galdur am Arm.

Galdur riss sich los und drehte sich erregt zu ihr um.

„Was weißt denn du, Mutter! Man wird mich für einen Schwächling halten, und das wird meine Autorität untergraben!“

„Er hat recht!“, warf Erik ein. „Sie muss bestraft werden. Hingegen denke ich, dass die Strafe ruhig milde ausfallen darf. Du musst sie nicht verletzen. Strafe sie mit ihrem Stolz.“

„Und wie soll ich das tun? Hast du einen Vorschlag zu machen, wie die Strafe aussehen soll?“, fragte Galdur gereizt.

„Nein“, seufzte Erik, „da hab ich leider auch keine Idee.“

„Nun gut, ich werde mir wohl oder übel etwas ausdenken müssen. Ich werde morgen früh die Verhandlung führen, und bis dahin habe ich eine passende Strafe gefunden. Nun lasst mich allein. Ich muss nachdenken.“

Am nächsten Morgen erschien Bertha in Malines Kammer und verkündete ihr, dass man in einer Stunde über sie zu Gericht sitzen werde. Maline erbleichte. Sie hatte auf einmal entsetzliche Angst, was nun geschehen würde. Würde man sie auspeitschen oder ihr gar irgendwelche Körperteile abschneiden? Das waren durchaus übliche Strafen, das wusste sie wohl.

„Wird schon nicht so schlimm werden“, sagte Bertha. „Jetzt iss erst einmal etwas.“

„Ich kann nichts essen, wenn ich weiß, dass ich gleich bestraft werden soll. Ich habe zur Genüge gesehen, zu welchen Grausamkeiten dieser Mann fähig ist, sicher wird er mich ebenso grausam bestrafen.“

Bertha schnaubte.

„Bahh! Unsinn! Alle Männer sind im Kampf grausam, das müssen sie auch sein. Ich hab indes noch nie gesehen, dass der Herr jemals eine Frau misshandelt hat. So ganz ohne Strafe kann er dich natürlich nicht davonkommen lassen, sonst verliert er bei seinen Sklaven seine Autorität.“

Maline schlang fröstelnd die Arme um ihren Leib. Sie hoffte im Stillen, das Bertha recht behalten möge. Sie hatte furchtbare Angst vor einer Strafe und nie zuvor Schläge erhalten.

„Ich lass dich erst einmal allein. In einer Stunde komme ich dich holen, dann solltest du fertig sein“, sagte Bertha und verschwand aus dem Raum.

Die Verhandlung fand in der Halle statt. Der gesamte Hausstand, die Familie und einige aus dem Dorf waren anwesend, als Maline von Bertha in die Halle geführt wurde. Galdur saß mit strenger

Miene auf einem reich verzierten Lehnstuhl. Scheinbar gelassen musterte er sie und bedeutete ihr, näher zu treten. Mit zitternden Knien schritt Maline auf ihn zu, den Blick gesenkt, wagte es nicht, ihn anzusehen. Mit gesenktem Kopf blieb sie vor ihm stehen. Die Menschen tuschelten. Maline verstand einige der leise gesprochenen Worte und schloss daraus, dass man nicht unbedingt darauf aus war, sie bluten zu sehen.

„Nun“, begann Galdur, und das leise Getuschel verstummte augenblicklich, „wir haben hier eine Sklavin, die zu fliehen versucht hat. Auf ihrer Flucht hat sie sich verletzt, und der Jarl ist der Ansicht, dass man dies als eine Strafe der Götter ansehen kann, was mich bemächtigt, diese Strafe auf das Strafmaß anzurechnen, das ich zu verhängen habe.“

Wieder erklang ein aufgeregtes Gemurmel, und Maline schwankte. Sie hatte die Sprache der Wikinger mittlerweile recht gut gelernt, sodass sie den größten Teil der Rede verstanden hatte. Sollten Galdurs Worte bedeuten, dass er Milde walten lassen würde? Hoffnung keimte in ihr auf, und sie wagte zum ersten Mal den Blick zu heben und ihren Richter vorsichtig anzusehen. Seine Miene war nahezu ausdruckslos.

„Gibt es etwas, was du zu deiner Verteidigung zu sagen hast?“, fragte Galdur.

„Nein – Herr“, brachte Maline zitternd hervor.

Bertha hatte ihr geraten, sich nicht zu äußern, um der Gefahr zu entgehen, etwas zu sagen, was ihr schaden könnte.

„Nun gut. Dann hör, was deine Strafe für dein Vergehen sein wird. – Du wirst, bar jeglicher Kleidung, an den Pfahl gebunden, damit ein jeder sehen kann, dass ein Verbrechen gegen mich nicht lohnt. Deine Strafe wird andauern von dieser Stunde bis zum Sonnenaufgang. Du wirst kein Essen und keine Getränke bekommen. Niemand darf das Wort an dich richten oder dir in irgendeiner Weise behilflich sein, niemand darf dir Schaden zufügen, denn du bist mein Eigentum und wer dir ein Leid zufügt, fügt auch mir Schaden zu. Wenn die ersten Strahlen der Morgensonne den Pfahl erreicht haben, wirst du deine Strafe verbüßt haben. Ich erwarte, dass du niemals mehr versuchen wirst, vor mir zu fliehen oder mir den Gehorsam zu verweigern. Hast du meine Worte verstanden?“

Maline nickte.

„Gut. Dann soll deine Strafe nun beginnen. Bertha wird dir beim Entkleiden behilflich sein, und dann werde ich dich an den Pfahl binden, wo du Zeit haben wirst, über dein Vergehen nachzudenken.“

Maline hatte sich am Fuße des Pfahls zusammengekauert. Es war jetzt Nacht und schon recht kühl und ohne schützende Kleidung fror sie erbärmlich. Sie war froh, dass sie keine schlimmere Strafe zu erdulden hatte, dennoch war ihre Lage beschämend, auch wenn bisher nur wenige gekommen waren, um sich an ihrem demütigenden Anblick zu weiden. Am Nachmittag hatte Galdur mit seinen Männern unweit von ihr ein Kampftraining abgehalten, und sie hatte bemerkt, dass er immer wieder verstohlen in ihre Richtung geschaut hatte.

Nun war es ruhig auf dem Hof. Alle Bewohner waren schon vor ein paar Stunden schlafen gegangen. Ein Hund bellte, ein paar Schweine fingen aufgeregt zu grunzen an, dann war es wieder still. Doch plötzlich öffnete sich die Tür des Langhauses, und eine Gestalt trat heraus, langsam auf sie zukommend. Die Umrisse der Gestalt waren ihr vertraut, es war Galdur, der da auf sie zuschritt. Als er näher kam, konnte sie auch sein Gesicht erkennen.

„Ist dir kalt?", fragte er, als er bei ihr angelangt war.

„Nein!", log Maline, denn sie wollte keine Schwäche zeigen.

Galdur riss sie auf die Beine und befühlte ihre eiskalten Hände.

„Warum lügst du mich an? Du bist eiskalt und zitterst", zischte er wütend und fuhr dann etwas ruhiger fort: „Ich dachte nicht, dass es heute Nacht so kalt werden würde, als ich deine Strafe ersann. Ich habe dir einen Umhang mitgebracht, da ich kein Interesse daran habe, eine gesunde Sklavin zu verlieren, weil sie in dieser Kälte krepiert."

Er hielt ihr einen wollenen Umhang hin, der mit edlem Pelz verbrämt war. Maline wollte den wärmenden Stoff am liebsten an sich reißen, doch ihr Stolz hielt sie davon ab, und so schüttelte sie den Kopf.

„Danke, aber ich gedenke meine Strafe zu erdulden!", sagte sie stolz.

„Sei nicht so töricht! Du hast kein Recht, mit deiner Gesundheit zu spielen. Du bist ..."

„Dein Eigentum! Ich weiß!", unterbrach Maline ihn zornig.

„Sehr wohl, und ich befehle dir, jetzt sofort diesen Umhang anzulegen!", knurrte Galdur gereizt. Warum mussten Frauen nur immer so verdammt kompliziert sein?

Maline rührte sich nicht. Dass er es so deutlich machte, dass er sie als seinen Besitz betrachtete, machte sie wütend, und sie vergaß Kälte und Angst.

Galdur riss sie an sich und schlang den Umhang um sie. Ihre nackten Brüste pressten sich an seinen Leib, und er fühlte unvermittelt eine heftige Gier in sich aufsteigen. Er begehrte sie noch immer – mögen die Götter ihm beistehen. Galdur strich über ihr Rückgrat hinunter zu ihrem Gesäß, massierte durch den wollenen Stoff hindurch ihre festen Pobacken. Täuschte er sich oder hatte er sie gerade leise stöhnen gehört? Ermutigt presste er sie fester an sich.

Malines Herz raste wie wild. Seine dreisten Liebkosungen weckten bekannte Gefühle in ihrem Inneren. Sie sollte jetzt versuchen, sich aus seiner Umarmung zu befreien, statt dessen hing sie schwach in seinen Armen und ließ zu, dass er diese unziemlichen – köstlichen – köstlichen? – Dinge mit ihr tat. – *Gott sei mir gnädig für mein schwaches Fleisch und meine unzüchtigen Gefühle. Was ist bloß los mit mir? Er ist mein Feind!*, rief sie sich innerlich zur Ordnung.

Galdur senkte seinen Mund auf ihre bebenden Lippen und presste sie noch fester an seinen harten Körper. Unwillkürlich öffnete sie ihre Lippen ein wenig, und er drängte seine Zunge in ihren Mund. Er neckte ihre Zunge, spielte mit ihr und erfreute sich an ihrer leidenschaftlichen Antwort. Egal, was sonst zwischen ihnen stand, ihre Körper waren wie zwei Magneten, die sich unweigerlich anzogen, ohne dass einer von beiden etwas dagegen tun konnte. Er konnte einfach nicht von ihr lassen, sein Begehren entzog sich vollkommen seiner Kontrolle. Seine Gedanken kreisten nur noch darum, mit ihr zu verschmelzen, sie zu besitzen, und niemals schien die Vereinigung das Feuer in ihm löschen zu können. Es schien eher so, als würde das Feuer langsam außer Kontrolle geraten und sich zu einer Feuersbrunst entwickeln, gegen die er machtlos war.

Sein Kuss machte sie schwindlig, sie hielt sich an seinen starken Armen fest. Süße Hitze bemächtigte sich ihres Körpers, sandte ein Prickeln in ihren Schoß, und eine verräterische Feuchtigkeit breitete sich zwischen ihren bloßen Schenkeln aus. Maline konnte keinen klaren Gedanken mehr fassen, ihr Leib verlangte nach ihm. Sie spürte seine Hände überall, wie sie dreist ihren Körper erkundeten, kühn und fordernd. Er war überwältigend, berauschend – und gefährlich. Und doch war er ihr einziger Halt, an den sie sich klammerte. Er war wie der Fels im reißenden Fluss, er konnte ihr Halt geben – oder sie zerbrechen. Sie hörte ihn ein kehliges Stöhnen ausstoßen, konnte seine Härte spüren, die sich verlangend an sie presste. Panik erfasste sie, und sie drehte den Kopf beiseite, um seinem kühnem Ansturm zu entgehen. Er atmete heftig, doch auch ihr Atem ging schneller, und so schaffte sie nur mit Mühe ein keuchendes „Nein!“ auszustoßen.

Galdur ließ sie abrupt los, als hätte er sich verbrannt. Er sah aufgewühlt aus. Leidenschaft und Zorn funkelten in seinen dunklen Augen.

„Morgen wirst du mir wieder zu Willen sein! Ich habe schon viel zu lange darauf verzichten müssen, und du wirst nichts dagegen tun können", sagte er gepresst. „Behalte den Umhang um, sonst werde ich dir deinen hübschen Hintern versohlen!"

Mit diesen Worten ließ Galdur sie allein. Zitternd ließ Maline sich wieder in die Hocke sinken, doch diesmal zog sie dankbar den warmen Umhang um sich. Ihr Körper war noch immer in Aufruhr von seiner leidenschaftlichen Umarmung. Morgen würde er sie wieder in Besitz nehmen und ein Teil von ihr sehnte sich viel zu sehr danach, wieder die Freuden seiner Umarmung zu genießen.

11
Unterwerfung

Am Morgen erschien Galdur mit grimmig entschlossener Miene und band Maline los. Er hatte dunkle Ringe unter den Augen und roch stark nach Met. Offenbar hatte er die ganze Nacht hindurch getrunken. Sein Blick war hart, und Maline senkte nervös die Lieder. Was war nun schon wieder? Hatte sie nicht ihre Strafe verbüßt? Sie ahnte nicht, dass Galdur die ganze Nacht versucht hatte, sein Verlangen nach ihr in Met zu ertränken. Es kostete ihn große Mühe, sie nicht sofort in seine Kammer zu schleifen und zu nehmen. Seine Halsschlagader pochte heftig, und er hatte die Hände zu Fäusten geballt, als er sie mit mühsam beherrschter Stimme ansprach.

„Folge mir!"

Er drehte sich um und marschierte mit langen Schritten davon. Maline hatte Mühe, mitzuhalten, hielt es aber für ratsam, ihn nicht noch weiter zu verärgern, indem sie zurückblieb. Also raffte sie den langen Umhang und folgte ihm eilig ins Haus. In der Halle blieb er stehen und warf ihr ein Gewand zu, das über einem Stuhl hing. Es war aus kostbarer hellblauer Seide mit Perlenstickerei.

„Zieh das an!"

Zitternd drehte Maline sich um und legte den Umhang ab, um hastig in das Gewand zu schlüpfen. Es passte wie angegossen. Galdur ging zu einer Truhe und öffnete sie.

„Schau nach, ob du ein paar Schuhe findest, die dir passen“, sagte er und versuchte, sie nicht so genau anzusehen.

Das Kleid betonte ihre schlanke Figur und ließ sie entschieden zu sinnlich aussehen. Er musste schlucken, als sie sich über die Truhe beugte und ihm einen vorzüglichen Blick auf ihre festen Pobacken gab, die sich unter der feinen Seide deutlich abzeichneten.

Nach einigem Suchen fand Maline ein paar Schuhe, die an ihre zierlichen Füße passten. Sie überlegte, wem die fein gearbeiteten Schuhe aus gutem Leder wohl früher gehört haben mochten. Scheinbar stammte das Sammelsurium von Kleidern und Schuhen in der Truhe aus Beutezügen. Sie hoffte inständig, dass die ehemaligen Besitzerinnen der Sachen nicht eines gewaltsamen Todes gestorben waren.

„Nimm den Umhang mit und komm!“, ließ sich Galdur ungeduldig vernehmen, und sie beeilte sich, seinem Befehl Folge zu leisten, denn er stürmte bereits wieder aus dem Haus und ging in Richtung Stall.

Der Stallbursche wartete mit Galdurs Hengst, der bereits fertig gesattelt war. Ein Bündel war hinter den Sattel gebunden und Galdurs Schwert steckte an der Seite. Maline sah Galdur fragend an.

„Wir werden ein paar Tage in meiner Jagdhütte verbringen“, beantwortete er ihre unausgesprochene Frage.

„Aber ... aber warum?“

„Schweig! Ab sofort wirst du nur noch reden, wenn ich dich dazu auffordere. Verstanden?“

„Verdammt, was soll ...“, begann Maline zu protestieren, brach jedoch ab, als er sie fest am Arm packte und sie drohend ansah.

„Du wirst ab jetzt gehorsam sein, wie es sich für ein Weib gehört. Ich dulde künftig keine Widerworte.“

Malines Herz klopfte wild, als er sie auf das unruhige Pferd setzte und sich dann hinter sie schwang. Mit einer Hand fasste er sie um die Mitte, mit der anderen Hand lenkte er den Hengst vom Hof. Ihr Blick fiel auf Alda, die mit einem Korb auf dem Hof stand und sie hasserfüllt ansah. Galdur schien den mordlüsternen Blick der Wikingerin nicht zu bemerken oder es kümmerte ihn nicht. Unbeirrt lenkte er das Pferd auf den kleinen Pfad, der hinter dem Haus in den Wald führte.

Sie brauchten zwei Stunden bis zu der kleinen Jagdhütte. Er dirigierte das Pferd zu dem kleinen Stall, der neben der Hütte stand und stieg ab. Hilfreich streckte er Maline die Hände entgegen.

„Das kann ich allein!“, fauchte Maline und kletterte vom Rücken des großen Hengstes herunter.

Galdur zuckte nur mit den Schultern, sattelte das Pferd ab und versorgte. es. Maline sah sich um. Es gab einen kleinen Bachlauf und einen kleinen Auslauf hinter dem Stall. Die Hütte war winzig. Unter dem Dachvorsprung war Brennholz aufgestapelt, im Hauklotz steckte ein Beil, und über der Tür hing ein Elchgeweih.

Sie musterte Galdur, der mit dem Rücken zu ihr stand und frisches Stroh einstreute. Da es heute warm war, trug er nur eine ärmellose Tunika und knielange Hosen. Er sah viel zu anziehend aus, und sie ertappte sich dabei, dass sie ihn nahezu lüstern anstarrte. Entschlossen wandte sie sich ab und ging zum Bach. Das Wasser war kristallklar und eisig, wie sie feststellen musste, als sie die Hand hineintauchte. Eine schimmernde Forelle, die im Wasser gestanden hatte, huschte aufgeschreckt davon.

Plötzlich tauchte Galdurs Spiegelbild neben ihrem eigenen auf, und sie zuckte erschrocken zusammen. Sie hatte ihn gar nicht kommen hören. Wie konnte ein so großer und schwerer Mann sich so lautlos bewegen?

„Komm jetzt in die Hütte. Wir werden noch einiges zu tun haben, wenn wir es heute Nacht behaglich haben wollen“, sagte Galdur und schritt davon.

Seufzend stand Maline auf, klopfte sich den Sand und ein paar Blätter vom Kleid und folgte Galdur dann ins Innere der kleinen Jagdhütte.

Am Abend saßen sie an dem kleinen Tisch auf grob gezimmerten Hockern und aßen ihr mitgebrachtes Brot und den Käse. Unter Galdurs kritischen Blicken hatte Maline die Hütte gesäubert, und die Felle und Decken vor der Hütte über einem Ast ausgeklopft. Sie fühlte sich immer unbehaglicher, je näher der Zeitpunkt rückte, in der sie zu Bett gehen würden. Dass er sich ihr nähern würde, war gewiss, und bei dem Gedanken daran begann sie zu zittern, allerdings nicht aus Angst, sondern aus einer nicht zu unterdrückenden Vorfreude. Maline hasste sich selbst für die Hitze, die in ihrem Schoß aufstieg, wenn er sie ansah, und sie hatte Angst, diesem sinnlichen Mann mit Haut und Haaren zu verfallen. Wo war nur ihr Stolz geblieben, dass sie sich so erniedrigte?

„Ich werde dir in den nächsten Tagen Gehorsam und Unterwerfung beibringen“, sagte Galdur nach dem Essen. „Du bist eine Lady von Stand gewesen, deshalb fällt es dir offenbar schwer, dich in deine niedere Position einzufügen – aber wenn ich mit dir fertig bin, wirst du deinen Platz kennen und allen meinen Wünschen Folge leisten.“

„Nein!", widersprach Maline mit mühsam beherrschter Stimme. „Da musst du mich schon totschlagen, dass ich mich dir auf solche Weise unterwerfe."

„Ich habe noch nie ein Weib verprügelt und gedenke nicht, jetzt damit anzufangen. Es gibt andere Wege, dich gefügig zu machen."

„Kannst du dich nur stark fühlen, wenn du eine Frau unterdrückst und ihr deinen Willen aufzwingst?", fragte Maline und blickte ihn verächtlich an.

„Du bist nicht mein Weib, sondern nur eine Sklavin. Wärst du mein Weib, würde ich deine Meinung wert schätzen und respektieren. – Aber du bist nun einmal meine Sklavin und hast somit keine Rechte. Ich misshandle dich nicht, und ich verschaffe dir Lust. Mehr kannst du nicht von mir erwarten. Du hättest es schlechter treffen können. Wärst du Björn dem Einäugigen in die Hände gefallen, wäre es dir deutlich schlechter ergangen. Er hat einer seiner Sklavinnen im letzten Sommer die Zunge abgeschnitten, weil sie Widerworte gegeben hat, und er nimmt seine Sklavinnen, ohne ihnen Vergnügen zu schenken."

„Es ist nie ein Vergnügen, zu solchen Dingen gezwungen zu werden. Auch du handelst gegen meinen Willen, also bist du keinen Deut besser."

„Willst du abstreiten, Lust zu empfinden, wenn ich dich berühre? Ist es nicht vielmehr so, dass du Angst hast, zu viel Lust dabei zu empfinden?"

Das war leider nur allzu wahr. Maline hatte dem nichts mehr entgegenzusetzen. Mit hochrotem Kopf saß sie da und empfand eine panische Angst vor ihren eigenen Gefühlen. Schlimm genug, dass sie diese sündige Lust verspürte, aber dass er darum wusste, war beschämend. Sie fühlte sich hilflos und ohnmächtig.

Galdur war zufrieden, ihre Widerworte vorerst gestoppt zu haben. Er stand vom Tisch auf und öffnete das Bündel, das er mitgebracht hatte. Klirrend kam eine Kette zum Vorschein, feiner gearbeitet als die üblichen Ketten für Sklaven, aber stabil genug, dass sie nicht von einer Frau zu zerstören war. Maline entfuhr ein entsetzter Schrei, als er sich ihr mit der Kette näherte.

„Zieh dich aus!"

„Oh nein! Das werde ich nicht. Ich lass mich auch nicht anketten", schrie Maline und sprang vom Hocker hoch.

Galdur packte sie und zerriss das wunderschöne Kleid, das er ihr am Morgen noch gegeben hatte. Seine Miene war entschlossen, und ein begehrlicher Funke blitzte in seinen blauen Augen auf, als er ihren halb entblößten Leib betrachtete. Gnadenlos zerrte er ihr das Gewand vom Körper und drückte sie zurück auf den Hocker. Er ging vor ihr auf die Knie, legte ihr blitzschnell die gepolsterte Schelle um den Fuß und verschloss sie. Maline war wie gelähmt. Fassungslos und mit Tränen in den Augen sah sie zu, wie er das Ende der Kette an einem Ring in der Wand befestigte und verschloss. Dann kam er wieder zu ihr und musterte sie zufrieden lächelnd.

„Jetzt zieh mich aus!“, verlangte er und schaute ihr fest in die Augen.

Maline schüttelte trotzig den Kopf.

„Wenn du es nicht tust, wirst du die Konsequenzen tragen müssen“, warnte er.

„Ich denke, du schlägst keine Frauen?“, fragte Maline provozierend.

„Tu ich auch nicht. Aber ich könnte dich an Björn den Einäugigen verkaufen. Du würdest ihm gefallen – allerdings bezweifel ich, dass er dir gefallen würde.“

Maline erbleichte. Meinte er seine Drohung ernst? Wollte sie ihn wirklich auf die Probe stellen und dabei riskieren, dass er seine Drohung wahr machte?

„Ein letztes Mal – zieh mich aus!“

Mit zitternden Fingern begann Maline die Verschnürung seiner Tunika zu lösen und streifte ihm das Kleidungsstück über den Kopf. Himmel, wenn er doch nur nicht so wunderbar gebaut wäre. Sein muskulöser Oberkörper wirkte wie aus Stein gemeißelt. Seine Haut hatte einen bronzefarbenen Ton, und sie hätte beinahe die Hand ausgestreckt, um ihn zu berühren.

Galdur bemerkte Malines Zerrissenheit und lachte rau.

„Die Hose auch!“

Maline schluckte. Sie versuchte an etwas anderes zu denken, als sie ihm die kurzen Hosen auszog und seine stolz aufgerichtete Männlichkeit entblößte.

„Bleib auf den Knien – sieh ihn an!“

Als Maline weiter auf seine Füße starrte, wurde er eindringlicher und packte sie beim Schopf.

„Sieh ihn an!“

Mit geröteten Wangen hob sie den Blick und sah ihn an. So groß, so machtvoll und doch wusste sie, wie weich seine Haut sich dort anfühlte, wie empfindlich er war.

„Fass ihn an – wie ich es dir gezeigt habe!“

Zögernd nahm Maline seinen Schwanz in die Hand und begann ihn unsicher zu liebkosen. Ärgerlicherweise verspürte sie eine wachsende Erregung bei ihrem Tun. Der Wunsch, wieder all die verbotenen Sinnesfreuden zu erleben, war so stark, dass sie kaum noch dagegen ankämpfen konnte. Es fühlte sich so gut an, wie er unter ihren zärtlichen Liebkosungen noch weiter wuchs. Sie hörte ihn leise stöhnen.

„Küss ihn!“, raunte er erregt. „Tu es!“ Es klang eher wie eine Bitte, denn wie ein Befehl.

Vorsichtig senkte Maline ihre Lippen auf sein Glied, hauchte scheue Küsse auf den prallen Schaft und die gerötete Eichel. Galdur zuckte und stöhnte laut auf. Von ihrer eigenen Sehnsucht übermannt, ließ sie ihre Zungenspitze über sein Glied gleiten, nahm seinen herben, männlichen Geschmack auf. Galdurs Finger krallten sich schmerzhaft in ihren Schopf und sie spürte, dass er zitterte. Hatte sie solche Macht über ihn? Die Erkenntnis traf sie wie eine Offenbarung. Ja! Sie hatte Macht über diesen riesigen, wilden Mann. Ein leises Lächeln spielte um ihre Lippen, und sie liebkoste ihn mit einer neu erwachten Kühnheit. Sanft knetete sie seine Hoden und ließ die Eichel ein Stück weit zwischen ihre Lippen gleiten, neckte mit der Zungenspitze die winzige Öffnung. Galdur stieß ein unbeherrschtes Keuchen aus und packte sie noch fester. Halb besinnungslos vor Lust schob er sich tiefer in ihren Mund. Maline war erst ein wenig erschrocken, doch dann fasste sie sein bestes Stück beherzt mit einer Hand und ließ es rhythmisch in ihren Mund hinein und wieder hinaus gleiten. Sie lauschte seinem immer schneller werdenden Atem und beschleunigte ihr Tempo. Er hatte sich längst nicht mehr unter Kontrolle, stöhnte und flüsterte leise Worte, die sie nur zum Teil verstand. Als er seinen Samen in ihr verspritzte, nahm sie ihn bereitwillig auf, von ihrer neu entdeckten Macht seltsam berauscht.

Galdur zog sein Glied aus ihr heraus und ging in die Knie, begab sich auf gleicher Höhe mit ihr, sie mit verklärtem Blick ansehend. Malines Herz schlug schnell, und sie hatte nur noch den Wunsch, mit ihm zu verschmelzen. Wie lange brauchte ein Mann, um wieder bereit zu sein?

„Du kannst doch sehr gehorsam sein, wenn du willst“, flüsterte er heiser und streckte eine Hand nach ihr aus, strich über ihre Brüste, deren Warzen vor Erregung steil emporragten.

Langsam senkte sich sein Mund auf ihre Lippen. Er küsste sie auf eine genussvolle, langsame Art und Weise, sehr sinnlich. Maline lehnte sich an ihn, strich mit den Händen verlangend über seinen Körper, jeden Muskel erkundend. Bestimmt drückte er sie zu Boden und legte sich zwischen ihre Schenkel. Seine Finger erkundeten zielstrebig ihre weiblichen Geheimnisse, glitten in sie hinein, während sein Kuss immer fordernder und wilder wurde.

Maline schmolz unter seinen Berührungen dahin, ihr Leib war entflammt, und es gab kein Zurück mehr, nur dieses Zustreben auf den Gipfel, der in greifbare Nähe rückte. Sein Zungenspiel glich sich dem Rhythmus seiner Finger an, während sein Daumen ihre Klitoris reizte, bis sie zu fliegen glaubte. Er brachte sie mit den Fingern zu einem berauschenden Höhepunkt, sah ihr in die wunderschönen Augen, als sie den Gipfel erreichte. Nie zuvor hatte es ihn derart berührt, eine Frau zu befriedigen, zu sehen, wie sie ihn mit diesem Blick ansah, der halb unschuldiges Erstaunen und halb laszive Sinnlichkeit ausdrückte. Er war bereits wieder hart geworden und schob sich weiter über sie, um mit einem kraftvollen Stoß in sie einzudringen. Die Begierde, die ihn erfüllte, glich der Raserei im Kampf. Sie übernahm die Kontrolle, löschte sein Denken aus, allein der uralte Trieb beherrschte sein Tun, als er sie hart und schnell nahm. Entfernt hörte er sie wimmern, aber er war unfähig, sich zu beherrschen.

Malines erste Reaktion auf seine brutalen Stöße war ein verzweifelter Versuch, ihn von sich zu schieben. Doch plötzlich löste seine wilde Glut etwas tief in ihrem Inneren aus. Sie schlang ihre Beine um seine Mitte und krallte sich mit den Fingern in sein hartes Fleisch. Das Blut rauschte wie flüssiges Feuer durch ihre Adern – sie schrie, bettelte und flehte. Die Intensität ihrer Gefühle ließ sie schluchzen. Sie spürte nicht den harten Boden unter sich, nur die alles verzehrende Ekstase, die sie fortriss, scheinbar ohne Chance auf einen Halt. Doch dann war er da, sah sie an, und sein Blick drang tief in ihre Seele. Zusammenhangslose Worte der Leidenschaft drangen an ihr Ohr, und plötzlich fand sie ihren Halt in dem wirbelnden Chaos ihrer Gefühle. Sie hielt sich an seinem Blick fest, folgte der stummen Aufforderung mit ihm zu gehen, und gemeinsam erstürmten sie den Gipfel, der alles bisher Gewesene in den Schatten stellte.

Als Galdur langsam wieder zur Besinnung kam, betrachtete er die Frau, die unter ihm lag. Sie hatte die Augen geschlossen, Tränen glänzten auf ihren geröteten Wangen. Was war da gerade mit ihm geschehen? Er hatte vollkommen die Kontrolle verloren, hatte sie genommen wie ein Tier – ohne Rücksicht. Dennoch hatten sie den Gipfel gemeinsam erstürmt. Noch immer spürte er die Stärke des gerade erlebten Rausches. Eine Frau wie sie war ihm noch nie begegnet, er sollte jetzt vollkommen befriedigt sein, nachdem er gerade zweimal gekommen war, aber dem war nicht so. Das Durcheinander seiner Gefühle verwirrte ihn. Es konnte nicht sein, dass er ...! Nein er hatte sich nicht ...! – Er fluchte leise. Das durfte nicht sein. Niemals! Und doch schien es fast so – er hatte sich in seine irische Sklavin verliebt.

Seine Drohung, sie an Björn den Einäugigen zu verkaufen, würde er niemals wahr machen. Allein der Gedanke daran, dass ein anderer Mann sie berühren könnte, ließ sein Blut vor Zorn kochen. Er würde jeden töten, der Hand an sie legte. Die Erkenntnis traf ihn wie ein Schlag. Er war mit ihr hierher gekommen, um sie zu zähmen, zu unterwerfen, stattdessen schien es gerade umgekehrt zu sein. Dieses zierliche Wesen mit dem Herzen einer Löwin hatte ihn bezähmt. Ihn, den großen Krieger, Galdur, der Wilde, gefürchtet von seinen Feinden als ein Mann, der die Berserkerwut in sich trägt. Fassungslos starrte er auf Maline hinunter. Wo war sein Hass geblieben? Wo die Gleichgültigkeit, die er sonst Frauen gegenüber empfand? Oh, er mochte Frauen – schon immer. Ihre weichen, nachgiebigen Leiber, ihren Geruch, ihre feuchte Hitze. Er hatte nie bei einer Frau Gewalt angewandt, weil er mehr davon hatte, ihre Leidenschaft zu erregen. Ein selbstsüchtiger Grund, der nichts mit Gefühlen wie Zuneigung oder gar Liebe zu tun hatte. Doch die Gleichgültigkeit, die er stets nach dem Liebesakt empfand, wollte sich bei ihr nicht einstellen. Vielmehr hatte er den unbegreiflichen Wunsch, sie nie wieder loszulassen. Das durfte er nicht zulassen.

Bewusst führte er sich seinen Hass vor Augen, den er damals empfunden hatte, als seine kleine Welt zusammengestürzt war, seine Familie zerbrach. Die Mutter, wie sie am Arm des Vaters auf ihn zukam, gebrochenen Blickes, geschunden an Leib und Seele. Sein Schwur, den er mit seinem Blut besiegelt hatte. – Irin! – Sie war eine Irin. Niemals durfte er das vergessen. Er ballte die Hände zu Fäusten und sprang auf. Maline schlug erschrocken die Augen auf und sah ihn an. Seine Augen loderten voller Hass, und sie zuckte unwillkürlich zusammen. Nach allem, was zwischen ihnen geschehen war, verstand sie die Welt nicht mehr.

Galdur rannte aus der Hütte, nackt und ohne sich noch einmal nach ihr umzudrehen.

Maline erhob sich zitternd vom Boden. Die Ketten klirrten, als sie sich bewegte, und Tränen der Wut und Enttäuschung liefen über ihre Wangen. Sie hatte sich vor ihm erniedrigt, aber das würde nie wieder geschehen! Auch sie konnte hassen.

Na warte, Wikinger! Du wirst dich noch wundern, wie stur eine Irin sein kann!

Als Galdur die Hütte betrat, war es bald Mitternacht. Maline schlief, sich unruhig auf dem Lager aus Fellen hin und her wälzend. Dadurch war die Decke verrutscht, und ihr vollkommener Körper erhitzte erneut sein Blut. Er war stundenlang nackt durch den Wald gerannt, hatte auf Bäume eingeschlagen, war in seiner Raserei einen Abhang hinuntergestürzt und hatte sich am Kopf verletzt. Das Blut lief ihm über das Gesicht, aber davon merkte er nichts.

Er starrte auf seine irische Sklavin, spürte, wie sein Schwanz sich verlangend aus seinem Schlaf erhob. Das Blut rauschte in seinen Ohren, sein Herz schlug wild in seiner Brust. Mit einem Satz war er beim Lager angelangt und stürzte sich wie ein tollwütiges Tier auf Maline, zerrte ungeduldig die störende Decke beiseite und erstickte ihren erschrockenen Schrei mit seinem Mund. Brutal bahnte sein qualvoll pochendes Glied sich seinen Weg in ihr Inneres. Sie wehrte sich nach Leibeskräften, doch vergeblich. Schmerz und unwillkommene Sehnsucht erfüllten sie. Warum konnte sie nicht einmal jetzt das Begehren unterdrücken, das in ihr aufstieg? Er befriedigte sie nicht, dazu war er viel zu grob, doch er erreichte, dass sie sich danach sehnte, die gleichen Freuden wie vorhin zu erleben. Galdur hörte auf, seinen Mund auf ihre Lippen zu pressen. Er legte den Kopf in den Nacken und schloss die Augen. Blut lief an seiner Schläfe hinab, er bot einen wilden, animalischen Anblick. Ohne nachzudenken streckte Maline die Hand aus, um das Blut wegzuwischen.

Er öffnete die Augen, blickte sie seltsam entrückt an, dann ein Funken des Erkennens in seinen Augen, eine unausgesprochene Bitte, ihm zu verzeihen. Sie zog seinen Kopf zu sich herunter, presste ihre Lippen auf die seinen, schmeckte sein Blut, schluckte sein kehliges Stöhnen. Endlich entzündete sich die Glut, die in ihrem Inneren die ganze Zeit geschwelt hatte, und sie fühlte, wie die Lust den Schmerz ablöste, Hitze, die sie verbrannte, Feuchte, die ihn leichter in sie gleiten ließ und ein leises Schmatzen erzeugte. Sein hungriger Kuss ließ ihr kaum Luft zum Atmen, und ihr schwindelte. Dann spürte sie die ersten Beben, die den nahenden Höhepunkt ankündigten. Als die Welt über ihr zusammenbrach, spürte sie, wie auch er kam und sich zuckend in ihren Schoß ergoss.

12
Lust zu dritt und böse Omen

Die allabendlichen Geschichten der Skalden, die in der Halle des Jarls vorgetragen wurden, interessierten Leif heute nicht. Er war seltsam unruhig und konnte sich keinen Reim darauf machen. So machte er sich auf den Weg zu seinem eigenen Langhaus. Es brannte noch Licht in seiner Halle und Leif lächelte. Rigana wartete auf ihn und würde ihn sicherlich von seinen unsinnigen Grübeleien ablenken. Von Vorfreude erfüllt öffnete er die Tür und trat ein. Rigana lag auf dem Bärenfell vor der Feuerstelle und hatte selig die Augen geschlossen. Zwischen ihren weit gespreizten Schenkeln lag Aude, eine weitere Sklavin seines Haushaltes. Leif schloss vorsichtig die Tür, um die beiden Frauen nicht aufzuschrecken, und setzte sich leise auf einen Stuhl. Er merkte, wie sich sein Glied in seiner Hose zu regen begann, doch er wollte noch nicht in das sinnliche Spiel eingreifen. Erregt beobachtete er, wie Audes Zunge aufreizende Kreise über Riganas rosige Blüte zog. Rigana stöhnte leise und hob ihren Schoß der zärtlichen Zunge entgegen. Ihre Hände massierten ihre wundervollen Brüste, und sie warf den Kopf zur Seite. Ihre Augen öffneten sich und erblickten ihn. Ein laszives Lächeln erschien auf ihren Lippen, und er erwiderte es.

Aude ließ zwei Finger in Riganas schlüpfrige Grotte gleiten und züngelte immer wilder über Riganas Lustperle. Das Rein- und Rausgleiten ihrer Finger wurde von schmatzenden Geräuschen begleitet. Rigana bäumte sich auf, stöhnte immer lauter und stieß einen spitzen Schrei aus, als der Orgasmus in ekstatischen Wellen über sie kam. Erneut blickte sie Leif an und streckte die Hand nach ihm aus.

Leif erhob sich von seinem Stuhl und ging auf die Frauen zu, die sich auf die Knie erhoben, um ihm beim Auskleiden behilflich zu sein. Vier zärtliche Hände, die ihn geschickt entkleideten, ihn liebkosten und erregten. Er stöhnte heiser, als Aude seinen Schwanz in ihre zarten Hände nahm und massierte, während Rigana ihre Zunge über seinen Brustkorb gleiten ließ und an den harten Brustwarzen saugte. Welch ein Genuss, von zwei so sinnlichen Frauen verwöhnt zu werden. Er ließ es zu, dass sie ihn auf das weiche Fell niederdrückten. Die Hände und Lippen der beiden Frauen schienen überall gleichzeitig zu sein. Seine Zehen wurden sanft massiert, während sein Schwanz zwischen zwei weichen Lippen verschwand. Er stöhnte erneut und fasste nach einem Paar weicher Brüste, knetete sie, zwirbelte die steifen Nippel, bis ein süßes Stöhnen an seine Ohren drang. Das war Rigana – oder doch Aude? Er öffnete die Augen. Es war Rigana, die sein bestes Stück so meisterlich verwöhnte, und deren Brüste er in den Händen hielt. Sie ließ sein Glied aus ihrem Mund gleiten und lächelte ihn verführerisch an. Langsam rutschte sie an ihm hoch und brachte sich über seinem Kopf in Position, sodass ihre rosige Scham über seinem Gesicht schwebte. Er packte sie bei den festen Hinterbacken und zog sie tiefer. Seine Zunge begann ein erregendes Spiel, leckte die duftende Feuchtigkeit von ihrer Spalte, bohrte sich in ihre heiße Öffnung.

Unterdessen war auch Aude weiter hochgerutscht und setzte sich auf ihn. Langsam ließ sie seinen Schaft in ihre feuchte Höhle gleiten und begann sich auf ihm zu bewegen, sodass ihre vollen Brüste dabei auf und ab hüpften.

Rigana keuchte, von Leifs kundiger Zunge an den Rand der Erfüllung getrieben. Ein paar schnelle Zungenschläge, und die Welt um sie herum zerbarst in bunte Splitter, ließen sie laut seinen Namen rufen. Sie glitt von ihm herunter und küsste ihn, schmeckte ihren eigenen Geschmack.

Aude glitt von Leif herunter, und Rigana nahm ihren Platz ein, allerdings setzte sie sich anders herum auf ihn, während Aude vor ihr mit weit gespreizten Beinen auf alle viere ging. Rigana beugte sich vor, mit einer Hand auf dem Boden abstützend, die andere Hand zu Audes Klitoris wandernd. Sie reizte den prall geschwollenen Kitzler mit den Fingern, während sie mit der Zunge die vor ihr liegende Weiblichkeit und den empfindlichen Anus liebkoste. Aude stöhnte laut und ließ verlangend ihr Becken kreisen.

Leif hob rhythmisch sein Becken, stieß immer schneller in Riganas heiße Höhle, den Blick unverwandt auf das erregende Spiel der Frauen gerichtet. Ihre ungezügelte Lust, so bar jeglicher falscher Scham erregte ihn, und er kam laut schreiend zum Orgasmus, fast zeitgleich mit Rigana und Aude, und die Schreie der drei vermischten sich in der vom Liebesduft geschwängerten Halle.

Leif hatte ein Fässchen Wein aus dem Vorratslager geholt und drei kostbare Kelche damit gefüllt. Nun saßen die drei verschwitzten und angenehm befriedigten jungen Leute vor dem heruntergebrannten Feuer und tranken im Schein der roten Glut den edlen Tropfen, den Leif von einer Handelsreise in die Normandie mitgebracht hatte.

Es klopfte an der Tür, und Leif forderte den Unbekannten zum Eintreten auf. Olaf kam herein und grinste beim Anblick der nackten Gruppe.

„Ich störe euch nur ungern bei euren Vergnügungen, aber ich muss etwas mit dir besprechen Leif."

Leif gab den beiden Frauen einen Klaps auf die appetitlichen Hinterteile, und sie huschten kichernd aus der Halle. Sicher würden die beiden sich noch weiter miteinander vergnügen.

„Was gibt es denn so Wichtiges?", fragte Leif, bot Olaf einen Stuhl und Wein an und kleidete sich rasch wieder an.

„Ein schlechtes Zeichen hat Galdurs Hof heimgesucht. Bertha konnte nicht schlafen und ging in die Halle, als plötzlich Galdurs Axt von der Wand fiel und sich in seinen Stuhl bohrte. Sie ist sofort schreiend zum Haus des Jarls gerannt und hat davon berichtet. Der Jarl hält es für ein Zeichen, dass deinem Bruder Gefahr droht, und möchte zur Jagdhütte aufbrechen. Ich soll dich bitten, umgehend mitzukommen. Sie beraten derzeit noch darüber."

„Ich bin in einer Stunde bei ihm. Richte es ihm aus."

„Gut. Ich werde es ihm sagen und dann meine Waffen und mein Pferd holen. Wir treffen uns dann beim Jarl in einer Stunde. Ich hoffe, die dunkle Vorahnung möge sich nicht als richtig erweisen."

„Das hoffe ich auch. Dennoch beunruhigen mich die Vorgänge zutiefst. Doch was auch immer an der Vorahnung dran sein mag, wir müssen es herausfinden."

Olaf erhob sich und stürzte den Rest Wein herunter, wischte sich über den Mund und wandte sich zum Gehen. Vor der Tür drehte er sich noch einmal um und schaute Leif an.

„Odin liebt deinen Bruder. Er wird seine Hand über einen seiner mächtigsten Krieger halten. Noch ist die Zeit für ihn nicht gekommen, um den Platz an Odins Tafel einzunehmen."

Dann öffnete Olaf die Tür und verschwand. Der Morgen würde in kurzer Zeit über Kalhar hereinbrechen und eine Schar der besten Krieger würde aufbrechen, dem Sohn des Jarls zu Hilfe zu eilen, sollte sich dies als notwendig herausstellen.

13
Einsichten und eine Entführung

Sie hatten sich die ganze Nacht hindurch immer wieder geliebt. Mal sanft und langsam, mal wild und hastig. Der Geruch ihrer Liebe schwängerte die Luft, und Maline war wund, müde und zufrieden eingeschlafen. Sie hatte es aufgegeben, gegen ihn zu kämpfen, und fühlte eine tiefe Befriedigung, genoss, was er ihr gab. Weder Maline, noch Galdur hatten über ihre Gefühle gesprochen, doch im Innersten wussten sie es beide.

Galdur war hellwach. Maline schlief, selig in seine Arme geschmiegt, eine Hand auf seiner Brust. Seit sie sich das letzte Mal geliebt hatten, lag er nun wach und grübelte. Wann hatte es angefangen? Wie war das gekommen? Langsam, schleichend oder plötzlich? Er konnte sich selbst keine Antwort darauf geben. Einzig, dass es passiert war, wusste er. – Er liebte sie.

Aber was empfand sie für ihn? Dass sie ihn begehrte, war ja offensichtlich, aber hegte sie auch für ihn tiefere Gefühle, so wie er für sie? Sie hatte eine erstaunliche Hingabe bewiesen, und ihre Glut stand der seinen in nichts nach, das bewiesen zahlreiche tiefe Kratzer, die sie ihm zugefügt hatte. Er grinste. Ja, für eine so zarte Person hatte sie ein enormes Temperament – und Ausdauer. Er wusste nicht, wie oft sie heute Nacht übereinander hergefallen waren, aber es war sehr oft gewesen.

Selbst jetzt war sein bestes Stück nicht voll entspannt, lauerte auf eine neue Gelegenheit, sich zu seiner vollen Größe auszudehnen und erneut nach dem Paradies zu streben. Vielleicht würde ein kaltes Bad Abhilfe schaffen. Galdur löste sich behutsam von Maline und erhob sich vom Lager. Nackt, wie er war, ging er geradewegs zu dem klaren Bach nach draußen. Wagemutig legte er sich auf den steinigen Grund des Wasserlaufs. Das Wasser war eisig, aber es schien sein heißes Blut tatsächlich abzukühlen, und so blieb er noch ein wenig liegen, wobei ihm die Zähne vor Kälte klapperten.

Maline streckte schlaftrunken die Hand aus, tastend, suchend. Nichts! Sie schlug die Augen auf. Er war nicht da. Seufzend rollte sie sich auf den Rücken, über die vergangenen Stunden der Leidenschaft nachsinnend. Es hatte keinen Zweck, das Offensichtliche zu leugnen – sie liebte ihn.

Was mochte er für sie empfinden? Er hatte sich als leidenschaftlicher Liebhaber erwiesen. Mal liebte er sie mit zügelloser Wildheit, mal mit zärtlicher Hingabe, doch war da außer dem Begehren noch mehr? Hegte er dieselben zärtlichen Gefühle für sie, die ihr Herz gefangen hielten? Die Frage quälte sie. Sie erhob sich von der zerwühlten Bettstatt und stöhnte leise, als ihr gewahr wurde, welche Nachwirkungen die lange Liebesnacht hatte. Ihre Glieder schmerzten, und zwischen ihren Beinen fühlte sie sich wund. Trotzdem bereute sie nicht eine Sekunde der erlebten Freuden. So hatte sie sich die körperliche Liebe nicht vorgestellt. Ein wenig beschämte sie ihr zügelloses Verhalten. Sie hatte ihn nicht nur gewähren lassen, nein, sie hatte ihn überall mit ihren Händen und Lippen liebkost, seinen Samen getrunken und eine Lust empfunden, die sicherlich einer sittsamen Frau nicht zustand. Die schlimmste ihrer Sünden war jedoch, dass sie sich ihm ohne Eheversprechen hingegeben hatte. *Du bist nicht mein Weib, sondern nur eine Sklavin. Wärst du mein Weib, würde ich deine Meinung wert schätzen und respektieren.* Seine damals gesprochenen Worte hallten in ihr nach. Sie war nicht sein Weib, kein heiliges Gelöbnis rechtfertigte ihr Tun. Sie konnte nicht einmal guten Gewissens sagen, er hätte sie gezwungen. Heute Nacht war sie mehrmals diejenige gewesen, die die Initiative ergriffen hatte. Sich da herausreden zu wollen, war zwecklos.

Sie ging zum Tisch, um sich etwas Met zu genehmigen. Ein vernehmliches Klirren erinnerte sie daran, dass sie noch immer angekettet war. Warum hatte er sie noch nicht von den Ketten befreit? War das nicht ein untrügliches Zeichen dafür, dass er für sie keinerlei tiefe Gefühle hegte? Wenn er ihr nicht vertraute, konnte er sie doch nicht lieben. Niedergeschlagen setzte sie sich auf einen der Hocker und trank in langen Zügen von dem Met.

Galdur traute sich erst wieder aus dem eiskalten Wasser, als sein ganzer Körper vor Kälte taub war. Er setzte sich an das Ufer des Baches und grübelte über seine Lage nach. Seine kleine Sklavin hatte sein Blut ganz schön zum Kochen gebracht. Normalerweise konnte er sein Verlangen besser kontrollieren, und er verstand die Welt nicht mehr. Was war ihr Geheimnis, ihr Reiz, der ihn so an sie fesselte? Sie war schön, ja, aber er hatte schon viele schöne Frauen bestiegen, ohne sich in sie zu verlieben. Hatte die Göttin Frigg ihre Hände da mit im Spiel? Wollte sie ihn dafür strafen, dass er so viele Herzen gebrochen hatte, dass sie ihn nun an eine Frau band, die seine Feindin war, die ihn bekämpfte? Oder war es das Werk des boshaften Loki?

Galdur beschloss auf die Jagd zu gehen, sie brauchten ohnehin etwas zu essen. Er erhob sich und ging zurück zur Hütte, um sich anzukleiden.

In der Hütte fand er Maline schlafend am Tisch vor. Der Geruch des kräftigen Mets hing in der Luft, und er musste grinsen. Vorsichtig nahm er die schlafende Maline auf seine Arme und legte sie auf die Lagerstatt zurück. Sie murmelte etwas Unverständliches im Schlaf und rollte sich dann wie ein Baby zusammen. Mit einer für ihn unbekannten Zärtlichkeit deckte er sie zu und hauchte einen Kuss auf ihre Schläfe. Als er nach seinen Sachen greifen wollte, fiel sein Blick auf die Kette. Er hatte sie noch immer nicht losgekettet. Unschlüssig schaute er auf die Schlafende. Sollte er ihr vertrauen? Wenn sie weglief, konnte ihr etwas zustoßen. *Ist das wirklich der einzige Grund, warum du nicht ihre Fesseln lösen willst?*, fragte er sich. Ursprünglich hatte er nicht vorgehabt, sie zu behalten, wollte nur eine Weile die Freuden der Sinneslust mit ihr genießen, doch nun musste er sich eingestehen, dass er sie nicht mehr hergeben wollte. Was wäre, wenn er sie zu seinem Weib machen würde? Konnte er sich eine bessere Braut wünschen? Sie war klug, mutig und nach Aussage seiner kleinen Schwester hatte sie viel Humor. Sie erregte seine Sinne wie keine andere Frau zuvor, und er war sich sicher, wenn es eine Frau gab, die ihn dauerhaft zu fesseln vermochte, dann sie. Entschlossen löste er die Fessel an ihrem Fuß. Trotz der Polsterung war ihr Fußgelenk blau geworden, und er bekam ein schlechtes Gewissen.

Ärgerlich auf sich selbst wandte er den Blick ab und begann sich hastig anzuziehen. Er nahm seinen Jagdbogen von der Wand und verließ die Hütte.

Als Maline erwachte, war sie noch immer allein in der Hütte. Sie bemerkte, dass seine Kleidung nicht mehr auf dem Boden lag und auch der Bogen, der sonst an der Wand hing, war fort. Offenbar war er jagen gegangen. Gut, so konnte sie noch eine Weile allein sein und über ihre Situation nachdenken. Sie stand auf und ging zur Feuerstelle, um ein paar Scheite in die Glut zu legen. Sie würden ein Feuer brauchen, wenn er mit Beute zurückkam. Als sie wieder zum Bett zurückging, um es in Ordnung zu bringen, fiel ihr Blick auf die Kette, die auf dem Boden lag. Verwundert blieb sie stehen und starrte auf die leere, offene Fußschelle, dann an sich hinab. – Keine

Kette mehr. Er hatte sie losgemacht. Aufgeregt klopfte ihr Herz, und sie musste sich erst einmal setzen. Dann stand sie auf und zog sich mit zitternden Händen an.

Was hatte das zu bedeuten? Vertraute er ihr jetzt, nachdem sie so viele lustvolle Stunden miteinander verbracht hatten? Sie war frei. Er war nicht da und sie war – frei! Sie konnte gehen, wohin sie wollte – Flucht – sie konnte fliehen. Aber wohin? Wollte sie es wirklich – ihn verlassen? Ihre Gedanken überschlugen sich förmlich. – Es war eine Probe! Er stellte sie auf die Probe, wissend, dass sie ohnehin kaum eine Chance hatte, weit zu kommen. Selbst wenn sie sein Pferd nahm, konnte er zurück nach Kalhar und einen Suchtrupp organisieren. Sie würde nicht genug Vorsprung erlangen können, um die erfahrenen Männer, die sich im Gegensatz zu ihr in dieser Gegend auskannten, abzuschütteln. Galdur würde sie jagen, das wusste sie. Niemals würde er sie ziehen lassen – und sie? Wollte sie den Mann verlassen, der ihr so süßes Vergnügen geschenkt hatte? – Konnte sie als seine Sklavin glücklich sein? Ohne den Segen der Kirche mit ihm zu leben war etwas, was sie vielleicht akzeptieren konnte, sie hatte sich ihm ja ohnehin schon hingegeben, aber was würde geschehen, wenn er sich irgendwann vermählen würde? Was würde dann aus ihr? Die Geliebte eines verheirateten Mannes? Wollte sie das wirklich? – Nein, ich will seine Braut sein, sagte eine Stimme in ihrem Herzen. Aber genau das würde nie passieren. Er hasste die Iren, und sie war nun einmal eine Irin. Einfacher wäre ihre Situation, wenn sie ihn auch hassen könnte. Er hatte ihr Schiff überfallen, ihren Verlobten über Bord geworfen, sie versklavt und entehrt. Waren das nicht genug Gründe, ihn zu hassen? Aber er hatte sie auch mit erstaunlicher Nachsicht und Milde behandelt, und er hatte sie sehr behutsam entjungfert. Sie selbst hatte den letzten entscheidenden Schritt getan, hatte sich auf ihn gesetzt, ihn bereitwillig in sich aufgenommen. Sie brauchte sich nichts vorzumachen –sie hatte es gewollt und über alle Maßen genossen!

Während sie so überlegte und zu keinem Ergebnis zu kommen schien, schlichen fünf bis an die Zähne bewaffnete Krieger auf die Jagdhütte zu. Zwei Mann postierten sich am einzigen Fenster an der Rückseite der Hütte, die anderen drei stürmten durch die Vordertür.

Maline sprang mit einem lauten Schrei auf. Wo war Galdur nur? Sie hatte nicht einmal eine Waffe, um sich zu wehren. Dann blickte sie zu ihrem Erstaunen in ein bekanntes Gesicht.

„Viktor! Was ... wie ...?“

„Maline, Liebste. Der Herr sei gepriesen – du lebst!“

Viktor machte einen großen Schritt auf Maline zu und riss sie in seine Arme. Er presste seinen Mund auf ihre Lippen, und Maline hing wie gelähmt in seinen Armen. Im selben Moment wurde die Tür erneut aufgerissen. Galdur sprang mit einem wütenden Schrei in die Hütte, das Schwert zum Schlag erhoben. *Sie ist eine Verräterin!* Er hatte gesehen, wie willig Maline in den Armen ihres Verlobten lag und sich von ihm küssen ließ. Er wollte Viktor töten, doch zwei riesige Kerle, dänische Söldner, stellten sich ihm in den Weg. Vom Kampfeslärm angelockt kamen auch die beiden anderen Krieger angelaufen, die hinter der Hütte gewacht hatten. Galdur kämpfte verbissen, doch in den Dänen hatte er ebenbürtige Gegner, und sie waren zu viert. Maline war noch immer geschockt, starrte auf die grausame Szene. Ihr Geliebter kämpfte einen aussichtslosen Kampf. Dann erwachte sie aus ihrer Lethargie.

„Viktor, nein! Sag ihnen, sie sollen aufhören!“ Sie riss an Viktors Ärmel, Tränen liefen ihr über das Gesicht. „Bitte, aufhören!“

„Nein! Das Schwein, das dir Gewalt angetan hat, muss sterben. Dann bringe ich dich zu deinem Vater.“

„Aber er hat ...“ Maline brach mitten im Satz ab, als sie sah, dass Galdur aus zahlreichen Wunden blutete.

Sein Gesicht war hochkonzentriert, in seinen Augen stand wahre Mordlust. Dann geschah das Unfassbare. Nachdem Galdur einen der Männer außer Gefecht gesetzt hatte, indem er ihm den Schwertarm abschlug, stieß einer seiner Gegner sein Schwert von hinten in seinen Rücken. Galdur stöhnte auf – und brach zusammen.

Maline schrie.

Schrill klang ihr Schrei durch den Raum, wollte nicht enden, bis Viktor ihr eine schallende Ohrfeige verpasste. Augenblicklich verstummte sie und brach ohnmächtig zusammen.

Viktor befahl einem der Männer, seine Braut zu den Pferden, die sie im Wald versteckt hatten, zu tragen. Dann trat er auf die leblose Gestalt des verhassten Wikingers zu. Er sah, dass er noch lebte, doch er würde schon bald der schweren Verwundung erliegen. Die Dänen hatten die Hütte schon verlassen, und Viktor kniete sich vor seinen gefallenen Konkurrenten.

„Hörst du mich, Wikinger?“

Galdur stöhnte. Gleich würden ihn die Walküren holen, um ihn nach Walhalla zu bringen. Aber er wollte noch nicht gehen.

„Maline“, röchelte er mit letzter Kraft.

„Oh!“, sagte Viktor möglichst beifällig. „Sie ist schon zu ihrem Vater geeilt. Sie hatte es verdammt eilig, von hier wegzukommen, Wikinger. Ich werde sie heiraten und jede Nacht ihren vollkommenen Leib genießen.“

Galdurs Hände ballten sich mit letzter Kraft zu Fäusten, aber er war nicht mehr in der Lage, sie zu erheben. Sein Herz schmerzte ihn noch mehr als die Schwertwunde. Ihm wurde kalt, der Tod griff nach ihm. Er konnte es fühlen.

„Eines solltest du noch wissen, Wikinger. Sollte sie ein Balg von dir erwarten, werde ich es eigenhändig töten!“ Viktor lachte gehässig.

Wie er es genoss, den mächtigen Wikinger so hilflos vor sich liegen zu sehen.

Er stand auf und spuckte auf den verhassten Feind.

Galdur erhob den Kopf und blinzelte. Vor seinen Augen tanzten schwarze und rote Flecken – dann brach er endgültig zusammen.

Viktor verließ laut lachend die Hütte und marschierte gut gelaunt auf den Waldrand zu. Dort warteten die käuflichen Dänen mit seiner Braut. Ja, bald würde sie rechtmäßig ihm gehören.

14
Heimkehr

Maline glaubte den Verstand zu verlieren. Galdur war tot. Sein Bild, wie er blutüberströmt auf dem Boden der Jagdhütte lag, in der sie ihre Liebe zu ihm entdeckt hatte, verfolgte sie. Sie saß auf einem Pferd vor Viktor und nahm nichts wahr, außer diesem betäubenden Schmerz. Irgendwann endete der Ritt, und sie hob ein wenig den Blick, sah ein Schiff und einen Mann, der mit eiligen Schritten auf die kleine Gruppe zukam.

„Vater ...“, brachte sie mühsam hervor, dann glitt sie zur Seite und stürzte in finstere Dunkelheit.

Mit ein paar flinken Sätzen war Peter bei ihr und sank in die Knie.

„Maline! Um Gottes Willen, Tochter, was haben diese Teufel dir nur angetan?“

„Sie musste Schreckliches durchmachen. Es wird Zeit brauchen, bis sie die furchtbaren Erfahrungen verarbeitet hat“, sagte Viktor, der nun von seinem Pferd abgestiegen war.

Peter sah seinen Schwiegersohn dankbar an und griff nach seinem Arm.

„Ich danke dir, Viktor. Du hast mir meine geliebte Tochter wiedergebracht. – Du hast recht, es wird Zeit brauchen, aber mit unserer Hilfe wird sie genesen und dieses furchtbare Unglück vergessen. – Schaffen wir sie auf dein Schiff und sehen zu, dass wir dieses gottverdammte Land verlassen."

Als Maline erwachte, blickte sie in das geliebte Gesicht ihres Vaters. Er sah besorgt aus und sein Lächeln, mit dem er sie bedachte, wirkte kläglich.

„Maline, Tochter. Gott der Herr sei gepriesen, dass ich dich in diesem Leben noch sehen darf. – Ich war außer mir vor Sorge, als Viktor mir von dem furchtbaren Überfall berichtete. Wir haben uns sofort auf den Weg gemacht, um dich zu befreien. Dass wir dich in dieser Hütte mit diesem Wüstling allein angetroffen haben, war ein von Gott geschicktes Glück. So konnte Viktor mit seinen Männern den Schurken überwältigen und dich aus seinen Händen retten."

„Nein", stöhnte Maline gequält. Tränen rannen über ihr Gesicht.

„Sei still, Liebes. Du musst dich noch ausruhen. Du bist jetzt auf Viktors Schiff in Sicherheit. Ich werde jemanden schicken, der dir einen Schlaftrunk und etwas Brühe bringt."

Peter erhob sich und ließ Maline allein. Immer wieder sah sie die gleiche Szene vor ihrem inneren Auge: Galdur, wie er tödlich verwundet zusammenbrach. Das Grauen griff mit eisiger Hand nach ihrem Herzen, und sie zog sich in einen verborgenen Winkel ihres Herzens zurück, an einen Ort, wo ihr Geliebter noch lebte und ihr unsägliche Freuden schenkte.

Seit drei Wochen war Maline wieder daheim. Seit dem schrecklichen Vorfall in der Jagdhütte hatte sie kaum ein Wort gesprochen. Sie war stets geistesabwesend und starrte blicklos vor sich hin. Ihre Eltern machten sich große Sorgen um sie, und Viktor kam jeden Tag zu ihr, um ihr seine Liebe zu versichern, doch sie reagierte nicht. Nachts wurde sie von Albträumen gepeinigt und wachte stets mit dem gleichen Schrei auf den Lippen auf: „Galdur!"

Peter und seine Gemahlin Enya hielten sich im kleinen Zimmer auf. Draußen war die Sonne soeben untergegangen, und man hatte Fackeln im Hof angezündet. Peter stand vor dem Fenster und grübelte.

„Ich muss dir etwas sagen, mein Gemahl", brach Enya die Stille.

„Sprich, Weib."

„Es geht um Maline. Sie ist – in anderen Umständen."

Peter zuckte bei den Worten zusammen und ballte die Fäuste. Er hatte es schon vermutet, aber gehofft, es würde sich nicht bestätigen.

„Wie weit?"

„Das ist schwer zu sagen, zumal sie mir nicht sagen will, seit wann ihre Blutung ausgeblieben ist, aber es ist äußerlich noch nichts zu erkennen."

„Sie kann dieses Kind der Schande und der Schmerzen unmöglich behalten! Wir werden uns überlegen müssen, was mit dem Balg zu geschehen hat."

Enya seufzte und erhob sich aus ihrem Sessel, um hinter ihren Gatten zu treten. Sanft legte sie ihm die Hand auf den Arm.

„Es wird dir nicht gefallen, aber ich glaube, sie liebt den Vater des Kindes."

„Unmöglich!", polterte Peter und drehte sich zu ihr um. „Nein, das glaube ich nicht! Niemals würde meine Tochter sich freiwillig diesem Menschen hingeben! – Niemals, sage ich dir! Das ist vollkommen ausgeschlossen!"

„Sie wacht jede Nacht aus einem bösen Traum auf und ruft seinen Namen – Galdur – so lautet sein Name. Er mag ein Barbar sein, aber er hat einen Namen und unsere Tochter ruft ihn jede Nacht!"

„Natürlich ruft sie den Namen ihres Peinigers, der sie noch im Schlaf quält", wandte Peter ein.

„Nein, so ist es nicht. Sie ruft ihn, wie man jemanden ruft, den man liebt und der einem durch ein furchtbares Unglück genommen wurde. Wenn wir das nicht akzeptieren, verlieren wir unsere Tochter – willst du das?"

Peter lief vor Wut rot an.

„Und ich sage dir – das ist vollkommen unmöglich! Wenn dieser Hurensohn nicht schon tot wär, würde ich ihn noch einmal eigenhändig umbringen für das, was er meiner Tochter angetan hat! Das ist mein letztes Wort, und ich will nie wieder etwas darüber hören! Habe ich mich klar und deutlich ausgedrückt?"

Enya zitterte. Sie wollte etwas erwidern, besann sich dann jedoch eines Besseren. Mit ihrem Gatten war vorerst nicht darüber zu reden, und so zog sie sich zurück.

Als sie gegangen war, fing Peter an zu schluchzen. Unter Tränen brach er vor dem Fenster zusammen.

„Oh Maline, meine Tochter – Gott steh uns bei in dieser schweren Stunde."

Zwei Wochen später saß Maline in ihrem Sessel vor dem Fenster und starrte hinaus, als die Tür sich öffnete und Enya leise in den Raum trat. Sie zog sich einen Sessel neben ihre Tochter und setzte sich.

„Liebes. Hörst du mich? Ich mache mir Sorgen um dich. Du isst fast gar nichts, das ist nicht gut für dein Kind. Sein Vater würde nicht wollen, dass du seinetwegen die Gesundheit seines Kindes gefährdest. Es braucht dich – bitte Maline, sei doch vernünftig!"

Maline zuckte zusammen. Die Worte ihrer Mutter waren zu ihr vorgedrungen und trafen auf eine schmerzhafte Wunde. Galdur war tot! Sie war aus dem Traum gerissen worden, in dem sie beide glücklich waren. Die Realität, die sie so lange ausgesperrt hatte, holte sie ein. Sie lebte, sein Kind lebte – er war tot!

Tränen liefen über ihre blassen, eingefallenen Wangen, und Enya wischte sie sanft weg.

„Du hast ihn geliebt?"

Maline nickte kaum merklich.

„Es tut mir so leid, Liebes. Aber wir können nicht ungeschehen machen, was ihn dir genommen hat. Doch du musst weiterleben und für sein Kind sorgen. Du musst essen und wieder am Leben teilnehmen. Komm mit mir nach unten und nimm wieder deinen Platz an unserer Tafel ein. Dein Vater macht sich schreckliche Sorgen, und auch Viktor erkundigt sich jeden Tag nach dir. Er will dich immer noch heiraten."

„Nein!", sagte Maline mit neu erwachter Entschlossenheit. „Er hat Galdur auf dem Gewissen – ich hasse ihn!"

„Ist schon gut! Reden wir nicht über Viktor. Doch ich bitte dich, mit mir zum Essen herunterzukommen. Willst du mir diesen Gefallen tun?"

Maline seufzte leise und erhob sich aus dem Sessel. Enya nahm ihre Tochter am Arm, und so gingen sie beide nach unten.

Die Morgensonne schien in das kleine Zimmer und veranlasste Maline, von ihrer Stickarbeit aufzusehen und einen Blick aus dem Fenster zu werfen. Der Herbst hatte die Blätter in den schönsten Farben eingefärbt, und der makellos blaue Himmel versprach einen schönen Tag. Wehmütig fragte Maline sich, wie es jetzt wohl in Kalhar aussehen mochte. Die Ernte würde schon eingebracht sein, und alle würden sich auf den langen harten Winter vorbereiten. Nie würde sie sehen wie das Langhaus im hohen Schnee aussah, und ihr Kind würde nicht mit der fröhlichen Kinderschar von Kalhar Schneebälle werfen und von Bertha mit heißer Honigmilch verwöhnt werden. Wie lieb sie die Menschen dort gewonnen hatte, merkte sie erst jetzt, da sie wusste, dass sie diese nie wieder sehen würde. Der Jarl würde gar nicht wissen, dass ihm ein Enkel geboren worden war.

Sanft strich Maline über ihren Bauch, der nur ein wenig gerundet war und in ihrem Gewand fast gar nicht auffiel. Bald würde sie das Leben darin spüren können. Es machte sie traurig, dass ihr Vater sich so vehement weigerte, das wachsende Leben in ihr zur Kenntnis zu nehmen. Er konnte es nicht verwinden, dass sie einen Wikinger liebte und sein Kind, das in Sünde gezeugt worden war, unter ihrem Herzen trug.

Die Tür öffnete sich, und Viktor trat herein. Maline bebte innerlich. Sie konnte ihm nicht verzeihen, dass Galdur durch seine Schuld den Tod gefunden hatte, und obwohl er die letzte Zeit sehr zurückhaltend und höflich zu ihr gewesen war, widerte seine Nähe sie an.

„Hier bist du, meine Liebe. Ich habe mich gefragt, ob du mich vielleicht auf einen Spaziergang begleiten magst. Es ist heute so ein wunderbares Wetter."

„Ich fühle mich nicht wohl und würde es vorziehen, allein zu bleiben. Trotzdem danke für deine liebenswerte Einladung", sagte sie tonlos.

„Ich mache mir große Sorgen um dich. Auch wenn du, dem Allmächtigen sei Dank, wieder zu essen begonnen hast, so siehst du noch immer sehr kränklich aus. Auch deine Familie ist sehr besorgt."

Viktor fasste sie vertraulich am Arm, doch Maline schüttelte ihn unwillig ab.

„Ich weiß euer aller Fürsorge zu schätzen, aber ich leide lediglich an der Unpässlichkeit, die mit der Schwangerschaft manchmal einhergeht", entgegnete sie gereizt und starrte demonstrativ aus dem Fenster.

Viktors Miene wurde plötzlich verächtlich, und er schaute sie aus kalten Augen an.

„Richtig, dein – Zustand. Ich ... ich kann noch immer nicht begreifen, wie ... wie du dich diesem ... diesem Mörder und Barbaren hingeben konntest."

„Wenigstens war dieser Mann nicht zu feige, gegen eine Übermacht anzutreten, um mich zu schützen!", zischte Maline aufgebracht und spielte damit auf Viktors eigene Feigheit an, als er bei dem Überfall den Schwanz eingezogen hatte.

Viktor lief dunkelrot an. Er ballte die Hände zu Fäusten und stand kurz davor, Maline ins Gesicht zu schlagen. Was bildete diese verzogene Göre sich eigentlich ein? Kam in diesem Zustand der Schande nach Hause und anstatt froh zu sein, dass er bereit war, sie trotz ihres Zustandes immer noch zu ehelichen, griff sie ihn an und beleidigte ihn.

„Wäre ich damals nicht so besonnen gewesen und hätte diesen feigen Überfall nicht überlebt, hätte ich dich jetzt nicht retten können!"

Maline kochte innerlich. Langsam erhob sie sich und blickte Viktor hasserfüllt in die Augen.

„Ich wollte gar nicht gerettet werden! Begreifst du es nicht? Ich war glücklich! Wie hast du überhaupt erfahren, wo ich war? Wie habt ihr die Hütte gefunden?"

„In Kalhar gab es ein Vögelchen, das mir ins Ohr gezwitschert hat, was ich wissen musste. Eine blonde Wikingerin, sehr hübsch, und sie hat mein Geld gern genommen und mir euer Liebesnest verraten!"

„Du hast mir das Wertvollste in meinem Leben genommen, und das werde ich dir niemals verzeihen! Ich werde dich nicht heiraten, niemals! Verschwinde endlich aus meinen Augen – mir wird schlecht, wenn ich dich sehe!"

„Dein Vater will diese Verbindung. Wir werden ja noch sehen, wer hier vor wem zu Kreuze kriechen wird, Maline! – Und glaube nur nicht, dass ich diesen Bastard an meiner Brust nähren werde. Ich habe deinem Liebsten versprochen, als er seinen letzten Atemzug tat, dass ich seinen Bastard töten werde!"

Maline wollte gerade zum Schlag ausholen, da öffnete sich schwungvoll die Tür und Liam, Malines Bruder, stürmte in den Salon. Mit vor Wut verzerrtem Gesicht stürzte er sich auf Viktor und streckte ihn mit einem gezielten Faustschlag nieder. Viktor lag benommen am Boden und hielt sich seine blutende Nase.

„Wage es ja nicht mehr, meiner Schwester und ihrem Kind zu drohen – sonst bringe ich dich eigenhändig um!", drohte er und spuckte verächtlich auf den am Boden liegenden Mann.

„Das wird euch noch leid tun!", schrie Viktor und rappelte sich auf.

„Mir tut es nur leid, dass ich nicht schon eher eingegriffen habe. Es war ja offensichtlich, dass du meine Schwester mit deinen Besuchen nur aufregst. Aber sei gewiss, dass ich von nun an meine Schwester nicht aus den Augen lassen werde, und du bist in diesem Hause nicht mehr willkommen. Solltest du dich noch einmal hier blicken lassen, wirst du den Tag verwünschen, an dem du geboren wurdest. Ich werde meinem Vater hiervon in Kenntnis setzen, und er wird es nicht gut heißen, wie du meine Schwester behandelt hast, also hoffe nicht auf seine Unterstützung – und nun verschwinde!"

Als Viktor gegangen war, nahm Liam seine Schwester in die Arme. Maline zitterte am ganzen Körper und brach schließlich in Tränen aus. Vorsichtig geleitete Liam sie zu ihrem Sessel.

„Ich werde dir etwas zu trinken holen. Bleib hier sitzen. Es wird alles gut, das verspreche ich dir. Dieser Kerl wird dich nie wieder belästigen."

„Danke", flüsterte Maline unter Tränen.

Liam verschwand, und kurz darauf kam Flora, die Köchin, höchstpersönlich mit einem Tablett in das Zimmer und musterte Maline besorgt. Liebevoll strich sie Maline, die sie schon von Kind auf kannte, über das Haar.

„Dein Bruder ist außer sich. Es ist eine Schande, dass dieser aufgeblasene Gockel dich in deinem Zustand so aufgeregt hat. Jetzt trink erst einmal etwas von meinem Spezialtrunk. Er wird dich beruhigen, und dann legst du dich ein wenig hin und vergisst die ganze Aufregung. Dein Kind braucht jetzt auch Ruhe. Hier nimm das", sprach die Köchin auf Maline ein und reichte ihr einen dampfenden Becher mit gewürztem Wein.

Dankbar nahm Maline den Trunk entgegen und setzte ihn an die bebenden Lippen. Der heiße Alkohol und die Kräuter beruhigten sie allmählich, sie ließ sich von Flora zu ihrem Zimmer führen, und die mütterliche Köchin steckte sie dort ins Bett und deckte sie gut zu.

Nach einem leisen Klopfen kam Malines Mutter ins Zimmer und eilte an das Bett ihrer Tochter.

„Maline, mein armes Kind. Liam hat mir erzählt, was sich zugetragen hat. Ich bin gerade mit deinem Vater von einem Ausritt zurückgekommen. Vater ist mit Liam zum Anleger geritten, um sich zu vergewissern, dass Viktor wirklich abreist. Er wird dich nie wieder aufregen."

„Ich bin müde, Mama."

„Natürlich, Liebes. Schlaf jetzt erst einmal. Ich schaue später noch einmal nach dir. Ich möchte, dass du weißt, dass deine Familie immer für dich da ist, was auch geschehen ist, niemand macht dir mehr einen Vorwurf daraus. Auch dein Vater nicht. Er hat begriffen, dass du diesen Mann geliebt hast und auch, wenn er nicht glücklich darüber ist, so hat er es nun akzeptiert."

„Es tut so schrecklich weh", flüsterte Maline.

„Ich weiß, Liebes. Aber wir können es leider nicht ungeschehen machen. Du musst jetzt an dein Kind denken. Es ist ein Teil von ihm, etwas, was dir von ihm geblieben ist, und für das du jetzt sehr stark sein musst."

„Ich will es versuchen. Wenn ... wenn es ein Junge wird, werde ich ihn Galdur nennen – nach seinem Vater."

„Ja, mein Engel. Jetzt schlaf", sagte Enya leise und strich Maline über den Kopf.

Maline schloss die Augen und rief sich Galdurs Bild vor Augen. Nicht das furchtbare Bild, das sie in letzter Zeit immer wieder heimsuchte, sondern den Mann, der sie voller Wärme ansah, als sie damals in der kleinen Jagdhütte in seinen Armen eingeschlafen war. Sie glitt langsam in den Schlaf, und zum ersten Mal wurde sie nicht von den Geistern der Vergangenheit gepeinigt.

15
Winter

Es war Mitte Dezember, als es zu schneien begann. Erst waren es nur kleine vereinzelte Flöckchen, dann kamen immer mehr und immer dickere Flocken aus der weißgrauen Wolkendecke herunter. Die weiße Pracht legte sich auf die Bäume und Sträucher, bedeckte die Dächer und ließ das Grün der Wiesen unter einer Decke verschwinden. Maline stand am Fenster und schaute auf die verzauberte Landschaft. Sie dachte an Kalhar, und wie es dort wohl jetzt aussehen mochte. Der Winter in Norwegen war hart. Härter als in Irland, und die Menschen würden sich in ihre Langhäuser zurückziehen und den Geschichten der Skalden lauschen. Immer wieder fragte sie sich, wie alles gekommen wäre, wäre Viktor nicht mit den mörderischen Dänen aufgetaucht, um sie zu holen. Wäre ihre Schwangerschaft für Galdur ein Grund gewesen, sie zu seinem Weib zu machen? Würde sie jetzt mit ihm am Feuer sitzen, als Herrin über ihre eigene Halle, und nachts die Freuden genießen, die Galdur ihr zu schenken vermochte? Sie seufzte leise. Wie viele Tränen sie auch vergoss, Galdur war tot, und ihre wehmütigen Träume würden nie Wirklichkeit werden. Manchmal, wenn sie abends in ihrem Bett lag, streichelte sie sich selbst und dachte dabei an ihn, doch es war nur ein schwacher Abklatsch dessen, was sie beim Liebesspiel mit dem leidenschaftlichen Wikinger erlebt hatte.

Sie hatte dem Hauspriester der Familie gebeichtet und von ihrem unschicklichen Treiben ohne Ehegelöbnis erzählt, und der fromme Mann hatte sich erstaunlich verständnisvoll gezeigt. Auch wenn der Heilige Stuhl diesbezüglich strenge Ansichten hatte, so vertrat der Priester die Auffassung, dass zwei liebende Menschen vor Gott auch ohne Zeremonie als Mann und Frau galten, und das hatte Maline wieder ihren Seelenfrieden gegeben. Trotzdem hatte sie für ihre

Absolution den halben Tag auf Knien mit dem Priester beten müssen.

Im Januar begann sich Malines Leib langsam zu runden, und sie verbrachte viele Stunden mit ihrer Mutter damit, ihre Kleider zu ändern und Babysachen anzufertigen. Ihr Vater beäugte diese Beschäftigungen mit deutlichem Unbehagen, und es schmerzte Maline sehr, dass er sich von ihr zurückzog. Liam zeigte zwar Verständnis für seine kleine Schwester, aber auch er litt offensichtlich unter Malines Schande. Er verbrachte viel Zeit mit Maline, aber auf ihren Zustand kam er nie zu sprechen, er ignorierte ihn genauso wie sein Vater.

Im Februar fegte ein Schneesturm über das Land. Liam kämpfte sich durch den dichten Schnee zum Wirtshaus. Er wollte sich ein wenig vergnügen und der drückenden Stimmung im Herrenhaus entkommen. Schneeverwehungen brachten ihn immer wieder vom Weg ab, doch dann erreichte er die Schenke und trat ein. Drinnen war es behaglich warm, und er setzte sich an einen Tisch in der Nähe des Feuers. Es waren nur wenige Gäste im Raum, das Wetter hielt die meisten Menschen zu Hause. Am Nebentisch saßen drei Kerle, die schon reichlich betrunken waren, und an einem weiteren Tisch war ein Gast mit dem Kopf auf dem Tisch eingeschlafen und schnarchte leise.

Die Schankmagd, ein hübsches blondes Ding mit offenherzigem Ausschnitt, der einen beachtlichen Busen erkennen ließ, und großen blauen Augen kam an Liams Tisch und lächelte ihn freundlich an. Sie versprach sich ein kleines Nebeneinkommen von dem gutaussehenden Gast. Die anderen Gäste waren ihr zuwider, aber Liam gefiel ihr.

„Was darf ich dir bringen?“

„Ale und auch ein wenig Brot, bitte.“

Die Magd verschwand mit schwingenden Hüften und kehrte wenig später mit der Bestellung zurück. Sie stellte alles vor Liam hin und setzte sich auf den Rand des Tisches. Ihr hochgerutschter Rock entblößte ein wohlgeformtes Bein, und ihr Busen schien fast aus dem Ausschnitt zu kullern, als sie sich ein wenig zu ihm beugte.

Liam, der für die Reize der Magd durchaus nicht unempfänglich war, spürte, wie es ihm langsam eng in der Hose wurde. Er würde zwar bezahlen müssen für das, was ihm da angeboten wurde, aber das störte ihn nicht. Dafür würde es auch keine Verpflichtungen geben. Er hatte einige Zeit eine Geliebte gehabt, und das war sehr anstrengend gewesen. Da war ihm diese Art der käuflichen Liebe schon angenehmer.

„Ich habe in einer Stunde Feierabend. Wenn du magst, kannst du noch mit auf mein Zimmer kommen. Ich kann dir einiges bieten."

Eine Hand der Magd legte sich auf seinen Schenkel und strich langsam nach oben. Liam hatte Mühe, ein Stöhnen zu unterdrücken, als sie über sein steifes Glied strich und dann die Hand auf der Beule ruhen ließ. Sie zog eine wohlgeformte Augenbraue hoch und lächelte kokett.

„Das fühlt sich ja vielversprechend an. Der Allmächtige hat dich reich beschenkt – aber mich auch, wie du siehst", sagte sie und kam noch etwas näher, um ihm einen noch besseren Blick auf ihren Busen zu gewähren.

„Ja, wirklich großzügig", raunte Liam und starrte auf das weiche, weiße Fleisch.

Einer von den drei Kerlen am Nebentisch, ein Mann mit roten Haaren, sah zu Liam herüber und sprang plötzlich auf.

„He. Deine Schwester ist doch die kleine Hure, die es mit den Wikingern treibt, oder? Muss ein ganz schön ausgeleiertes Loch haben, nachdem so viele riesige Kerle über sie drübergestiegen sind, he?" Er lachte dreckig.

Liam zuckte zusammen und schob die Magd beiseite.

„Niemand beleidigt ungestraft meine Schwester", sagte er gefährlich leise. „Erst recht nicht so ein Abschaum wie du, dessen Mutter für jeden, der eine Münze auf den Tisch legt, die Beine breit macht."

Jetzt sprangen auch die anderen beiden Kerle auf, doch der Rothaarige befahl ihnen, sich wieder zu setzen. „Den mach ich allein fertig", sagte er.

Liam erhob sich langsam vom Tisch. Der Rothaarige holte zu einem Schlag aus, doch Liam duckte sich geschickt und versetzte dem Kerl einen Schlag in den Magen, und als dieser sich krümmte, schlug er ihm mit der Handkante ins Genick. Der Kerl brach zusammen, die anderen sprangen nun wieder auf und gingen zu zweit auf Liam los.

„Der Blonde hat ein Messer", schrie die Schankmagd auf.

Ein verbissener Kampf begann. Liam musste einige unangenehme Treffer einstecken, doch er teilte auch gut aus. Das Messer verletzte ihn an der Seite. Der Stich sollte ihn ins Herz treffen, aber er konnte gerade noch so weit ausweichen, dass es ihn nur streifte. Blut färbte sein Hemd rot, doch er achtete nicht darauf. Er wollte den Kerl entwaffnen. Ein Schlag des anderen ließ ihn taumeln, und er wäre beinahe gestürzt, doch ein Tisch in seinem Rücken fing ihn ab. Er trat nach dem Angreifer und traf ihn in die Weichteile. Der Mann jaulte auf und zog sich erst einmal zurück. Der Blonde holte erneut mit dem Messer aus, und diesmal gelang es Liam, ihm die Waffe aus der Hand zu schlagen. Ein gezielter Schlag auf die Nase ließ den Kerl schwanken. Blut spritzte, und der Blonde keuchte.

„Du Schwein hast mir die Nase gebrochen!“

„Ich brech dir noch viel mehr, wenn du nicht sofort von hier verschwindest. Und nimm deine Freunde mit.“

Der Wirt kam hinzu und schaffte die Kerle nach draußen. Die Magd beäugte besorgt Liams Verletzung.

„Ist nicht so schlimm. Nur ein Kratzer“, sagte Liam und grinste.

„Trotzdem muss die Wunde behandelt werden. Komm. Ich werde mich darum kümmern.“

Sie zog Liam mit sich, und er folgte ihr in den oberen Stock, in dem die Magd eine kleine Kammer bewohnte. Das Zimmer war nur mit dem Notwendigsten ausgestattet, aber zu Liams Erleichterung sehr sauber. Er setzte sich auf das Bett und schaute die Magd an.

„Wie heißt du eigentlich?“

„Morna. Und du?”

„Liam.“

„Ich hol frisches Wasser und saubere Tücher. Ich bin gleich wieder da.“

Nach einer Weile kam Morna zurück, hatte auch seinen Umhang mitgebracht, den er im Schankraum liegen gelassen hatte und legte ihn auf einen Stuhl, dann kniete sie sich vor Liam hin. Sie half ihm sein Hemd auszuziehen und begann die Wunde zu säubern. Tatsächlich war der Schnitt nicht sehr tief. Trotzdem bestand sie auf einen Verband, und Liam ließ es geschehen. Er empfand es als sehr angenehm, von ihr versorgt zu werden. Ihre Hände waren trotz der harten Arbeit zart, und der Blick auf ihren vollen Busen ließ ihn seine Schmerzen vergessen. Als sie den Verband angelegt hatte, fasste er nach den weichen Kugeln und massierte sie. Morna stöhnte leise und ließ sich willig von ihm entkleiden. Mit geübten Griffen hatte sie auch ihn bald ausgezogen, und sie legten sich nackt auf das schmale Bett. Morna lag auf ihm und kusste ihn. Ihre Zunge spielte mit der seinen, und er umfasste sie bei den Hüften. Das Adrenalin des Kampfes pulsierte noch in ihm, und er fühlte sich wie berauscht. Seine Wunde pochte dumpf, genauso wie sein Schwanz, der sich hart an ihren weichen Leib presste. Morna ließ ihr Becken kreisen, und er stöhnte an ihren Lippen. Seine Hände glitten tiefer, umfassten die runden Hinterbacken, die sich perfekt in seine Hände schmiegten. Er fühlte, wie ihre Nässe seinen Schwanz benetzte, und ihr Moschusduft lag wie ein berauschendes Parfüm in der Luft.

„Ich schlafe nicht mit jedem“, flüsterte sie und blickte ihn an.

„Ich weiß.“

Sie ließ eine Hand zu seinem harten Schaft gleiten und umfasste ihn.

„Du hast so einen wunderbaren Schwanz. Ich will ihn schmecken."

Langsam und aufreizend glitt sie an seinem Körper hinab und betrachtete ausgiebig sein bestes Stück, während sie mit der Hand am Schaft auf und ab fuhr. Ihre Zunge streifte zart die pralle Eichel, und er stöhnte auf. Sie umspielte die rosige Spitze und fuhr dann den Schaft hinab, um seine Hoden zu necken. Sie nahm einen in den Mund und saugte daran.

„Das ist gut – mach weiter!", forderte er erregt.

Morna widmete sich dem zweiten Hoden mit der gleichen erregenden Aufmerksamkeit, dann glitt ihre Zunge wieder den Schaft hinauf und ließ seinen Schwanz in ihrem Mund verschwinden. Liams Finger krallten sich in die Haare der Schankmagd, während sein hartes Glied immer wieder in ihren Mund hinein und wieder hinausglitt. Schließlich ließ Morna von ihm ab und schob sich über ihn. Langsam setzte sie sich auf ihn und ließ den prallen Schaft in ihrer schmatzenden Höhle verschwinden.

„Du bist so wunderbar feucht und heiß", keuchte Liam und bewegte sein Becken, um noch fester in ihre samtige Möse zu stoßen.

Morna massierte ihre großen Brüste, während sie ihn ritt. Ihre Finger spielten mit den steifen Nippeln. Während ihr Ritt immer wilder wurde, schaukelten ihre runden Brüste aufreizend auf und nieder. Sie hatte den Kopf in den Nacken gelegt und die Augen geschlossen, gab sich ganz dem Rausch der Leidenschaft hin. Ihre kleinen, spitzen Schreie erregten ihn noch mehr. Er stand kurz vor der Explosion.

Das Bett knarrte und ächzte unter ihnen. Liam packte sie fester um die Hüften und stieß konzentriert in sie hinein. Gleich. Gleich war es soweit. Er hörte sie schreien, spürte die heftigen Kontraktionen ihrer Scheide, als sie kam, und das Blut rauschte in seinen Ohren. Die geballte Lust, die sich in seinen Lenden angestaut hatte, entlud sich in einem heftigen Orgasmus, der ihn für einen Moment Zeit und Raum vergessen ließ und wie flüssige Lava durch seine Venen rauschte. Er bäumte sich auf, und sein Samen entlud sich in ihren zuckenden Schoß. Morna sank auf ihn herab, und er hielt sie in seinen Armen.

In diesem Winter schlich er noch öfter zum Wirtshaus und stillte seine Lust an der willigen Schankmagd mit den wundervollen Brüsten.

16
Noch eine Entführung

Der Mond stand fast voll am Himmel.

Maline schlief unruhig, ebenso wie das Kind, das sich nun, da sie im sechsten Monat war, immer mehr in ihr zu regen begann. Sie wurde jäh aus dem Schlaf gerissen, als sich eine Hand auf ihren Mund legte. Erschrocken riss sie die Augen auf. Die schemenhafte Gestalt, die sie in der Dunkelheit erkennen konnte, kam ihr seltsam vertraut vor. Sie musste noch immer träumen.

„Du musst still sein, dann nehme ich die Hand weg. Versprichst du es?", sagte eine leise Stimme.

Maline nickte.

„Galdur? – Das ... du bist ... wie ..."

„Still!", zischte er leise. „Ich bin gekommen, dich zu holen."

Maline fing an zu schluchzen. Ungläubig starrte sie auf den Mann, den sie seit Monaten betrauerte, den sie für tot gehalten hatte.

„Ich ... ich dachte, du wärst – tot?"

„Ich war auch mehr tot als lebendig, als mein Vater und mein Bruder mich fanden", knurrte Galdur. „Aber Odin hat mich noch nicht haben wollen. Monatelang war ich zu schwach, um aufzustehen, und ich konnte dir nicht folgen. Es war die schlimmste Zeit in meinem Leben. Als es mir besser ging, konnte ich wegen des Winters nicht aufbrechen, musste mich bis zum Tauwetter gedulden – und ich bin kein sehr geduldiger Mensch!"

„Und ich habe die ganze Zeit um einen Mann getrauert, der noch lebt? – Ich wäre vor Gram fast gestorben, einzig das Kind gab mir Kraft, weiterzuleben."

„Welches Kind?", fragte Galdur begriffsstutzig.

„Das Kind, das ich unter meinem Herzen trage."

Galdur schaute sie an und schüttelte dann verwirrt den Kopf, um schließlich entschlossen die Bettdecke von ihrem Leib zu ziehen. Fassungslos starrte er auf ihren gewölbten Leib.

„Ist ... ist es ... mein ...?"

„Natürlich, du Schuft von einem Wikinger. Von wem wohl sonst?", brauste sie auf.

„Nicht so laut! Du weckst noch das ganze Haus auf. Das Letzte, was ich will, ist, gegen deine Familie zu kämpfen!"

„Was hast du jetzt vor?"

„Ich werde dich dorthin bringen, wo du hingehörst. Erst recht, wenn du meinen Sohn unter deinem Herzen trägst."

„Es könnte auch eine Tochter sein", gab Maline zu bedenken.

„Auch gut! Dann müssen wir es nämlich noch mal versuchen“, sagte Galdur mit einem anzüglichen Grinsen.

„Was ist, wenn ich mich weigere mitzukommen?“

„Dann entführe ich dich eben mit Gewalt. Ich bin fest entschlossen!“

„Schon gut, ich komme ja mit. Aber ich muss mich ankleiden und ein paar Sachen mitnehmen.“

„Weiber!“, schimpfte Galdur. „Du musst dich aber beeilen, ich weiß nicht, wie lange meine Männer den verdammten Priester noch halten können.“

„Was für einen Priester? Ich verstehe nicht.“

„Der Priester, der uns zu Mann und Weib verbinden soll. Ich dachte mir, dass du auf den Segen eines Dieners deines Gottes Wert legen würdest.“

„Ihr habt einen Priester entführt?“, fragte Maline ungläubig.

„Nun ja, wir haben ihn kurzweilig – festgesetzt.“

Plötzlich waren auf dem Flur Schritte zu vernehmen. Galdur bedeutete Maline still zu sein und schlich zur Tür. Malines Herz schlug schneller. Hatte man sie gehört?

Die Tür öffnete sich leise, und Flora trat in den Raum.

„Maline Liebes. Ich dachte, Stimmen gehört zu haben. Was ...“

Sie verstummte, als sie Galdur erblickte und öffnete den Mund zu einem Schrei.

Galdur reagierte blitzschnell und fasste die füllige Frau um die Mitte, mit der anderen Hand hielt er ihren Mund zu und erstickte den Schrei, den sie ausstieß.

Maline sprang aus dem Bett und schloss schnell die Tür.

„Sei still Flora. Wenn du mich liebst, dann sei still!“

Flora nickte, und Galdur ließ sie los.

Ungläubig musterte die Köchin den Mann, der mit seinen gewaltigen Körpermaßen beängstigend aussah.

„Ist ... ist er das?“

Maline nickte und nahm die zittrige Hand der Köchin.

„Ja, Flora, das ist Galdur. Der Mann, den ich liebe, und der der Vater meines Kindes ist.“ Sie lächelte Galdur verliebt an. „Er ist gar nicht tot“, erklärte sie überflüssigerweise.

„Bei allen Heiligen!“, stieß Flora aus. „Was habt ihr jetzt vor?“

„Ich nehme Maline mit mir“, sagte Galdur mit einer Stimme, die keine Widerrede zuließ.

„Wir werden heiraten – vor einem Priester. Sag Mama und Papa nicht, wo ich bin. Papa könnte sonst eine Dummheit begehen. Ich werde mich zu gegebener Zeit selbst erklären.“

Maline gab der Köchin einen Kuss auf die Wange und begann sich anzukleiden. Flora gab sich einen Ruck und half ihr dabei, danach packten sie zusammen ein paar Sachen ein. Als alles fertig war, umarmte Maline die Köchin und beide vergossen Tränen über den bevorstehenden Abschied.

„Komm, wir müssen aufbrechen“, mahnte Galdur zur Eile.

Eine verwirrte Flora zurücklassend, huschten Maline und Galdur aus dem Haus.

Die Trauung wurde in aller Eile vollzogen, wobei der Priester Malines deutlich gerundeten Leib mit offenkundigem Missfallen musterte. Dann ließen sie den Priester gefesselt und geknebelt in der kleinen Kapelle zurück, um im Schutz der Dunkelheit zu der Stelle zu schleichen, an der Galdurs Drachenboot versteckt lag. Die Stelle lag gut eine halbe Stunde von Malines Geburtshaus entfernt. Als das schnelle Schiff mit geblähten Segeln und der Kraft der starken Ruderer durch dass Wasser glitt, begriff Maline erst so richtig, was geschehen war. Galdur lebte, und sie hatten sich von einem Priester trauen lassen. Sie war sein Weib vor Gott und der Welt und trug sein Kind in ihrem Leib. Und sie segelten nach Hause.

Als die Magd Milla am Morgen das Schlafzimmer ihrer jungen Herrin leer vorfand, dachte sie sich noch nichts dabei. Vielleicht war Miss Maline ja schon frühzeitig aufgestanden. Sie begann das Bett zu machen und das Zimmer aufzuräumen. Eine der großen Truhen stand offen, und so ging sie darauf zu, um sie wieder zu schließen. Sofort bemerkte sie, dass mehrere Gewänder verschwunden waren, auch die bereits angefertigte Kinderwäsche und einige kleinere Utensilien fehlten.

„Heilige Jungfrau Maria, steh uns bei“, entfuhr es ihr, und sie eilte aus dem Zimmer, um der Herrschaft von ihrer Entdeckung zu berichten.

„Wo kann sie denn nur hin sein?“, schluchzte Enya verzweifelt.

Man hatte das ganze Anwesen durchsucht, keinen Winkel hatte man ausgelassen, aber von Maline fehlte jede Spur. Falls es Spuren gegeben hatte, so hatte der Regen sie in der Nacht verwischt.

Die Köchin kämpfte mit ihrem Gewissen. Sie hatte Maline versprochen nichts zu verraten, was sich in der Nacht zugetragen hatte – doch andererseits bekümmerte es sie zu sehen, wie Malines Familie litt. Die Herrin war ein heulendes Elend, der Herr tobte und wütete, und der junge Herr grübelte vor sich hin.

„Sie muss entführt worden sein!“, schoss es aus Peter heraus, während er im Salon auf und ab ging. „Vielleicht hat Viktor sie mit Gewalt zu sich genommen. Er schien mir sehr ungehalten über die aufgelöste Verlobung.“

Plötzlich meldete sich Liam zu Wort, der die ganze Zeit zuvor – versunken in seinen eigenen Gedanken – geschwiegen hatte. „Du hast recht, Vater, Maline wurde entführt – jedoch nicht von Viktor.“

„Von wem denn sonst? Wer könnte sonst einen Nutzen davon haben, meine Tochter bei Nacht aus meinem Haus zu entführen?“

„Das ist doch wohl naheliegend. Der Vater ihres ungeborenen Kindes – der Wikinger.“

„Der ist tot. Von einer solchen Wunde kann er unmöglich genesen sein, und an Geister glaube ich nicht“, winkte Peter entschieden ab.

„Wenn er aber nun doch die Verwundung überlebt hat? Was läge da näher, als dass er hierherkommt und sich holt, was seiner Meinung nach ihm gehört? Wenn Maline sich in ihn verliebt hat, ist es doch nicht unwahrscheinlich, dass auch er sie liebt.“

„Das ist doch ungeheuerlich!“, polterte Peter und schlug wütend mit der Faust auf den Tisch, an dem er gerade vorbeigehen wollte. „Dieser Halunke hat kein Anrecht auf meine Tochter. Niemals!“

„Aber Peter, Lieber! Wenn sie sich nun einmal lieben? Immerhin erwarten sie ein Kind – unser Enkelkind“, meldete sich Enya zu Wort.

In diesem Moment öffnete sich die Tür und Harkon, einer von Peters Wachen, kam herein.

„Herr? Ich habe Neuigkeiten.“

Peter fuhr herum, und sein Gesicht drückte eine unbestimmte Furcht aus. Würden die Neuigkeiten vom Tode seiner Tochter künden oder gab es möglicherweise eine Lösegeldforderung?

„Nun sprich schon!“

Harkon nestelte verlegen an seinem Waffenrock herum.

„Man hat den Priester von Rudolph dem Weißen gefesselt in seiner Kapelle aufgefunden. Er sagte aus, Wikinger hätten ihn gezwungen, eine Trauung vorzunehmen.“

Peter wurde blass. Es war offensichtlich, was diese Nachricht zu bedeuten hatte.

„Nun ja“, sprach Harkon weiter, „bei der Braut handelte es sich um Miss Maline.“

Einen Augenblick dachte Liam, die Botschaft hätte seinen Vater zu Stein erstarren lassen, so unbeweglich stand dieser da, doch dann brach der Zorn aus dem sonst eher besonnenen Mann heraus, und er brüllte den armen Harkon an, dass dieser sichtlich zusammenschrumpfte.

„Wozu habe ich Leute, die Haus und Hof schützen sollen, wenn so ein gottverdammter Wikinger hier einfach hereinmarschieren und meine Tochter rauben kann? Warum wurde ihr Schiff nicht bemerkt? Ich will sofort alle Männer hier haben, die heute Nacht Wache hatten – unverzüglich!"

Harkon beeilte sich aus dem Raum zu kommen. Gott möge den armen Teufeln beistehen, die sich nun vor dem Herrn würden verantworten müssen. So wütend hatte er den Herrn noch nie zuvor erlebt.

Als das Drachenschiff in den Fjord einlief, hatten die Bewohner von Kalhar sich schon eiligst versammelt. Einige Nachzügler kamen noch herbeigerannt, um zu sehen, wie der Sohn des Jarls mit seiner Braut heimkehrte. Jubel brach aus, als Galdur und Maline von Bord gingen. Mit so einem herzlichen Willkommen hatte Maline nicht gerechnet, und sie vergoss Tränen der Rührung. Auf der Fahrt hatte Maline schon festgestellt, dass Galdur noch immer sehr schwach war. Die schwere Verwundung hatte an ihm gezehrt, und er hatte abgenommen, auch wenn er noch immer recht beeindruckend aussah. Auch jetzt, wo sie an seinem Arm auf den Jarl zuschritt, merkte sie, dass Galdur Mühe hatte aufrecht zu gehen. Es würde schwierig werden, den wilden Wikinger dazu zu bringen, sich in den nächsten Wochen noch zu schonen.

Der Jarl blickte ernst und würdevoll. Maline kamen Bedenken, wie er sie als seine Schwiegertochter aufnehmen würde, immerhin war sie einst als Sklavin nach Kalhar gekommen und entstammte auch keinem bedeutenden Geschlecht. Er hatte keinen Grund, die Verbindung zu begrüßen. Ihr Blick wanderte zu Galdurs Bruder, der sie freundlich anlächelte. An seiner Seite hüpfte Inga freudig auf und ab und winkte ihnen zu.

Maline straffte trotzig die Schultern und zwang sich, Galdurs Vater offen in das Gesicht zu sehen, doch als sie bei ihm angekommen waren, senkte sie beklommen den Blick. Erik umarmte seinen Sohn und gab Maline einen Kuss auf die Stirn, dann wandte er sich an die versammelten Menschen, die atemlos darauf warteten, dass der Jarl das Wort erhob.

„Leute von Kalhar. Viele Jahre bin ich nun euer Jarl, und ihr habt mit eurer Hände Arbeit dafür gesorgt, dass es uns nie an etwas gefehlt hat. Heute möchte ich die Verantwortung für Kalhar und seine Menschen in die Hände meines Sohnes legen. Leif hat schon vor einiger Zeit bekundet, dass er nicht an meiner Statt zu treten wünscht. Er möchte sich weiter dem Schiffbau widmen. Darum begrüßt mit mir euren neuen Jarl – meinen Sohn Galdur und seine Braut."

Jubel und Hochrufe tönten durch den Fjord, doch zwei Menschen blieben still und starrten Galdur und seine Braut hasserfüllt an. Thorstein und Alda kehrten der Menge den Rücken und zogen sich zurück. Niemand bemerkte etwas davon, alle Aufmerksamkeit richtete sich auf den neuen Jarl, den man nun zum Langhaus des alten Jarls begleitete. Man musste das Ereignis gebührend feiern, und das bedurfte einiger Vorbereitungen.

Die Halle des alten Jarls war voll mit Menschen. Wer keinen Sitzplatz hatte, stand um die lange Tafel herum, einige hatten sich auch im Hof versammelt, in dem Sklaven noch zusätzliche Tische und Bänke um ein großes Feuer herum gestellt hatten. Es war laut und stickig in der Halle, es roch nach Essen, schwitzenden Menschen und Rauch. Die Sklaven hatten alle Hände voll zu tun, den Wünschen der zahlreichen Feiernden nachzukommen. Met und Ale flossen in Strömen, was dazu führte, dass der Geräuschpegel immer mehr anschwoll.

Maline warf einen besorgten Blick auf Galdur. Er hatte, wie die meisten Anwesenden, dem Alkohol kräftig zugesprochen, aber seine ungesunde Gesichtsfarbe rührte eindeutig eher von seinem immer noch geschwächten Zustand. Die Feierlichkeiten schienen kein Ende nehmen zu wollen, und Maline konnte kaum noch ein Gähnen unterdrücken. Sie wusste nicht mehr, wie viele Trinksprüche sie über sich ergehen lassen hatte, die insbesondere der Tatsache galten, dass sie das Kind des neuen Jarls unter dem Herzen trug.

„Fühlst du dich nicht wohl?", fragte Galdur und musterte sie besorgt. „Vielleicht sollten wir uns langsam zurückziehen. Ich habe deinen Zustand nicht bedacht. Du musst dich schonen."

Maline war eigentlich nur etwas müde, aber wenn ihr Zustand dafür sorgen konnte, dass ihr geschwächter Gemahl endlich sein Bett aufsuchte, so sollte es ihr recht sein.

Galdur erhob sich von seinem Stuhl und blickte in die Runde.

„Aus Rücksicht auf den Zustand meiner Gattin werden wir uns nun zur Ruhe begeben. Sie ist verständlicherweise von der Reise sehr erschöpft und braucht ein wenig Erholung."

Die Anwesenden nickten verständnisvoll und erhoben ihre Trinkhörner und Kelche, um dem Paar noch ein paar gute Wünsche mit auf den Weg zu geben.

Draußen legte Galdur fürsorglich den Arm um Malines Schultern. Er machte sich Sorgen, dass er seiner schwangeren Gemahlin nach der beschwerlichen Reise zu viel zugemutet haben könnte.

„Kannst du noch reiten? Wir könnten auch hier übernachten“, schlug er vor und schaute Maline besorgt an.

Maline kuschelte sich seufzend in seine Arme. Sie war froh, der lauten und stickigen Halle entkommen zu sein, und genoss die kühle Abendluft.

„Nein, lass uns nach Hause gehen“, antwortete sie, und als ihr gewahr wurde, was sie gerade gesagt hatte, lächelte sie. Ja, hier war sie nun zu Hause!

17
Ein guter Anfang

Die freundliche Begrüßung in Galdurs Heim nahm Maline kaum noch wahr. Sie war müde und wollte nur noch mit dem Geliebten Arm in Arm in den Schlaf gleiten. Wie lange hatte sie Abend für Abend einsam im Bett gelegen und den vermeintlich toten Geliebten betrauert. Wie schmerzlich hatte sie sich nach seiner Nähe gesehnt und leise seinen Namen in die Dunkelheit geflüstert. Jetzt konnte sie kaum glauben, dass sie sein rechtmäßiges Weib war und den Rest ihres Lebens mit ihm würde verbringen dürfen. Sie stellte sich vor, wie eine Horde Kinder durch die Halle fegte, und musste lächeln.

„Was hat dieses Lächeln auf deine Lippen gezaubert?“, wollte Galdur wissen.

„Ich dachte gerade daran, wie es sein wird, wenn unsere Kinder durch diese Halle toben.“

Jetzt lächelte auch Galdur. Er stand vor Maline und nahm ihr Gesicht in seine großen Hände, strich mit den Daumen über ihre Mundwinkel. Zärtlich schaute er ihr in die Augen.

„Da werden wir noch einiges dran zu arbeiten haben.“ Er ließ eine Hand zu ihrem gerundeten Leib gleiten und strich zärtlich darüber. „Dies ist erst der Anfang.“

Maline hob ihm ihre Lippen entgegen, und er folgte der Aufforderung. Ihre Münder fanden sich zu einem zärtlichen Kuss, der schließlich immer leidenschaftlicher wurde, bis Galdur sich von ihr löste und sie aus dunklen Augen verlangend ansah.

„Ich bin fast verrückt geworden – ohne dich“, gestand er leise.

„Ich auch. Ich dachte ... ich dachte, ich hätte dich für immer – verloren“, schniefte Maline, und Galdur küsste sanft ihre salzigen Tränen fort.

„Ich hatte Angst, man würde dich mit diesem anderen Mann verheiraten, ehe ich dich finde.“

„Was hättest du dann gemacht?“

„Ich hätte dich trotzdem geraubt“, sagte Galdur nach einer kurzen Pause bestimmt.

„Ich sollte ihn wirklich heiraten – aber ich habe mich geweigert.“

„Komm, Geliebte. Ich will dich endlich in meinen Armen halten. Ich habe dich schon viel zu lange entbehrt“, flüsterte Galdur heiser.

„Aber deine Verwundung ...“, wollte Maline einwenden.

„Ist längst verheilt“, winkte Galdur ab.

„Das ist nicht wahr. Glaubst du, ich merke nicht, wie schwach du noch immer bist, und wie du bei jeder Bewegung vor Schmerz den Mund verziehst?“

Galdur riss sie in seine Arme und schaute sie eindringlich an.

„Ich werde dir zeigen, dass ich so schwach nicht mehr bin. Ich kann noch immer meine Pflichten erfüllen. Was die Schmerzen angeht – die werden zwischen deinen Schenkeln vergehen.“

Er hob sie auf seine Arme, ehe sie protestieren konnte und eilte mit ihr in seine Kammer, die nun auch die ihre war. Dort stellte er sie vor der Bettstatt auf die Füße und zerrte ungeduldig an ihrem Gewand, bis es schließlich zerriss.

„Da siehst du, was du angestellt hast“, klagte Maline vorwurfsvoll.

Galdur ignorierte ihren tadelnden Blick und presste seine Lippen auf ihre.

„Ich werde dich mit kostbaren Gewändern überhäufen“, murmelte er undeutlich zwischen den Küssen, mit denen er ihren Mund überschüttete.

Maline fühlte süße Hitze in sich aufsteigen und legte die Arme um seinen Hals. Ihre Zunge schlängelte sich zwischen Galdurs Lippen und kostete den Geschmack seines Mundes aus. Er schmeckte nach Wein und ein wenig nach dem süßen Honigkuchen, den er zuletzt vertilgt hatte.

Galdur zog ihr die letzten Reste ihrer zerfetzten Kleidung aus und dirigierte sie auf die weichen Felle. Ihre makellos weiße Haut hob sich von dem dunklen Ton des Bärenfells ab, auf dem sie lag. Auf dem gerundeten Leib waren zart ein paar blaue Äderchen zu sehen, sodass ihre Haut wie kostbarer Marmor anmutete. Ohne sie aus den Augen zu lassen, zog er sich aus. Unterhalb des Rippenbogens prangte eine hässliche Narbe. Die Wunde war zwar genäht worden, aber wer auch immer es getan hatte, war nicht so präzise zu Werke gegangen, wie Maline damals bei der Wunde, die er durch den Bären erlitten hatte.

Besorgt musterte Maline die Narbe.

„Ich bestehe darauf, dass ich mir deine Narbe morgen früh einmal genau ansehe."

„Denk jetzt nicht mehr dran", grollte Galdur und stieg zu ihr ins Bett.

Als sein Kopf zwischen ihren Schenkeln verschwand, und er ihre Spalte mit feuriger Leidenschaft leckte, vergaß sie alles um sich herum – auch seine Verletzung. In ihrem Unterleib pulsierte es, sie hob sich ihm wollüstig entgegen und vergrub ihre Finger in seinen Haaren.

„Was machst du nur mit mir – mein geliebter Wikinger?", flüsterte sie und stöhnte auf, als er über ihre Perle züngelte.

„Ich huldige nur meinem Eheweib", murmelte er undeutlich an ihrem Schoß und setzte sein Werk fort, bis Maline glaubte, vor Lust und Verlangen sterben zu müssen. Die Freude, den Totgeglaubten wiederzuhaben, endlich wieder seine überwältigende Nähe zu spüren, zauberte Tränen des Glücks in ihre Augen. Endlich fühlte sie sich lebendig, war nicht mehr nur Teil eines zerbrochenen Ganzen, sondern ein Teil einer Einheit. Sie wollte ihn in sich spüren, von ihm ausgefüllt werden.

„Komm zu mir. Ich will dich in mir haben."

Galdurs leises Lachen kitzelte an ihrer Scham.

„Noch immer so ungeduldig, meine Schöne?"

Maline begann an seinen Haaren zu zerren.

„Wir haben noch alle Zeit der Welt für Spielchen, aber jetzt braucht dich dein Eheweib. Willst du deine Pflicht verweigern?"

Galdur rutschte über sie und grinste sie frech an.

„So, mein Eheweib möchte, dass ihr Gatte seine Pflicht erfüllt? Ganz schön fordernd bist du, meine Liebe. Bringt man euch irischen Mädchen nicht bei, eurem Gatten unterwürfig zu dienen – und zu schweigen?", neckte er.

„Wenn du ein unterwürfiges Weib haben willst, hättest du dir eine andere Braut aussuchen sollen", schmollte Maline und boxte ihm gegen die Brust.

Galdur lachte und schüttelte belustigt den Kopf.

„Ich sehe schon – das wird eine sehr interessante Ehe. Aber jetzt will ich dem Wunsch meiner fordernden irischen Frau nachkommen und meine Pflicht erfüllen."

Er rutschte noch ein wenig höher, bis sein Glied sanft an ihre Pforte klopfte. Ihre seidene Feuchtigkeit öffnete sich bereitwillig für ihn, und er drang langsam in sie ein. Er stöhnte befreit, als er endlich ganz in ihr war und verharrte einen Moment, genoss das Gefühl, sie endlich wieder zu besitzen – sein Weib.

Maline schlang ihre Beine um seine Mitte und legte eine Hand auf seine feste Hinterbacke. Unruhig bewegte sie sich unter ihm, und als er sich langsam in ihr zu bewegen begann, seufzte sie und eine weitere Träne stahl sich aus ihrem Auge. Galdur küsste sie fort, bedeckte ihr ganzes Gesicht mit zärtlichen Küssen. Maline fühlte sich wie in einem Traum, alles schien so unwirklich. War sie wirklich hier bei ihm, als sein Weib? Wie lange hatte sie ihn tot geglaubt. Ein Gefühlschaos entstand in ihrem Inneren und noch mehr Tränen flossen. Sie krallte sich mit Beinen und Armen an ihn, musste ihn so intensiv wie nur möglich spüren, um glauben zu können, dass es Wirklichkeit war.

„Ich liebe dich", schluchzte sie unter Tränen, und er verschloss ihre Lippen mit einem verzehrenden Kuss. Auch seine Gefühlswelt war ein Durcheinander von erlebtem Schmerz und Freude über den Moment. Er liebte sie verbissen, und Schweiß tropfte von seiner Stirn. Ihre Liebe glich der tobenden See, brach mit gewaltigen Brechern über ihnen zusammen, riss sie mit sich. Hilflos trieben sie auf den Wogen der Leidenschaft, bis der Himmel zu bersten schien und sie den Moment höchster Glückseligkeit gemeinsam erlebten. Ihre Schreie vermischten sich zu einem Schrei – ihre Leiber verschmolzen zu einem Leib und ihre Seelen zu einer Seele.

Kraftlos rollte Galdur von ihr herunter und lag mit klopfendem Herzen da, eine Hand mit ihrer Hand verschlungen. Auch ihr Herz pochte wild in ihrer Brust. Was sie so eben erlebt hatte, übertraf alles bisher Erlebte um Längen. War es für ihn auch so gewesen? Sie drehte den Kopf zur Seite und musterte sein Profil. Er hatte die Augen geschlossen, sein Brustkorb hob und senkte sich unter seinen heftigen Atemstößen, und sie wusste – es war für ihn genauso neu gewesen wie für sie. Glücklich lächelnd schmiegte sie sich in seine Armbeuge, und er zog sie dicht an sich heran.

„Bei den Göttern – was war das?", keuchte er noch immer atemlos.

„Ich weiß es nicht", wisperte Maline und strich über seinen Brustkorb. „Ich hatte das Gefühl, mit dir verschmolzen zu sein. Ich wusste nicht mehr, wo ich aufhöre und du anfängst."

„Ging mir auch so. Frigg scheint es gut mit uns zu meinen, sie hat unserer Ehe ihren Segen gegeben."

Maline schloss die Augen und gähnte.

„Schlaf jetzt. Du musst sehr müde sein", sagte Galdur zärtlich und küsste sie auf die Stirn.

Maline seufzte und kuschelte sich noch dichter an ihn.

„Ja, aber du brauchst auch Schlaf."

Nur ein paar Atemzüge später war sie eingeschlafen. Galdur lag noch wach und betrachtete seine schlafende Gattin. Wie sehr diese zarte Frau ihn doch in ihren Bann gezogen hatte. Er musste lächeln. Sie war wirklich in jeder Hinsicht ungewöhnlich, und sie war sein Weib – für immer.

Maline runzelte die Stirn über das, was sie soeben von einem der Sklaven erfahren hatte. Alda war über Nacht verschwunden, und auch Thorstein wurde vermisst. Sie wusste nicht so recht, was sie davon halten sollte. Eine ungute Ahnung beschlich sie. Sie hatte Galdur nichts davon erzählt, dass Alda sie damals vermutlich an Viktor verraten hatte. Nun rang sie mit sich, ob sie angesichts der neuen Umstände weiter darüber schweigen sollte. Gab es eine Verbindung zwischen Alda und Thorstein? Waren sie Komplizen in einem gefährlichen Spiel? Maline beschloss, Galdur am Abend alles zu erzählen. Er war mit seinem Bruder und einigen Männern mit dem erst gestern fertig gestellten neuen Drachenboot auf dem Meer, um es zu erproben. Das Schiff war nach einem von Leif entworfenem Bauplan hergestellt worden, und Leif schwor, dass es noch schneller und sicherer fuhr als die bisher gebauten Schiffe.

Mit beiden Händen drückte Maline die Erde um das dünne Stämmchen fest. Galdur hatte von einem Händler einen Rosenstock erworben, und Maline hatte ihn an ihrem Lieblingsplatz hinter dem Haus eingepflanzt. Zufrieden betrachtete sie ihr Werk, als ein Schatten über sie viel.

„Das guter Platz. Viel Sonne hier", erklang eine Stimme hinter ihr.

Maline drehte sich um und erblickte Arienne, die sie freundlich anlächelte.

„Guten Tag, Mutter. Ich freu mich, dich zu sehen." Maline erhob sich und wischte ihre Hände an der Schürze ab. „Komm ins Haus. Ich werde uns etwas zu trinken besorgen. Es ist ziemlich heiß heute." Sie wischte sich mit dem Handrücken den Schweiß von der Stirn.

„Guten Tag, Tochter. Alles gut?“ Sie deutete auf Malines stark gewölbten Bauch.

Maline strich sich über die riesige Kugel und lächelte versonnen.

„Ja, es geht uns gut. Dein Enkel hält mich die ganze Nacht auf Trab.“

Die beiden Frauen gingen in die Halle, und Maline besorgte saure Milch mit frischen Erdbeeren. Sie setzte sich zu ihrer Schwiegermutter an die lange Tafel und nippte an dem erfrischenden Getränk. Ein Milchbart blieb auf ihrer Oberlippe hängen, den sie mit der Zunge entfernte.

„Was führt dich zu uns, Mutter? Ist bei dir alles in Ordnung?“

„Ich bleiben bis Kind da. Ich helfen dir.“

Maline umarmte Arienne spontan und drückte ihr einen Kuss auf die Wange.

„Ich freu mich, Mutter. Du bist hier herzlich willkommen. Galdur wird sich über die Ankündigung freuen.“

Galdur strahlte bei seiner abendlichen Heimkehr bis über beide Ohren.

„Leif ist unschlagbar! Sein neues Schiff fährt schneller als der Wind und liegt so sicher auf dem Wasser wie kein anderes“, sprudelte es aus ihm heraus. Dann erst fiel sein Blick auf seine Mutter, und er lächelte sie warm an. „Guten Abend, Mutter. Schön, dass du uns besuchst.“

„Guten Abend, Sohn.“

Galdur ging zu seiner Mutter und küsste sie auf die Stirn, dann stellte er sich hinter Malines Stuhl und legte ihr die Hände auf die Schultern, sie auf den Scheitel küssend.

„Wie geht es unserem Kleinen?“

„Es wird immer unruhiger“, sagte Maline mit einem Lächeln in der Stimme.

„Ah, er will raus und mit dem neuen Schiff seines Oheims über die Meere fliegen.“

Maline wollte protestieren, doch dann lächelte sie nur und genoss Galdurs Hände, die begonnen hatten, ihre Schultern zu massieren. Ein kleiner Seufzer entglitt ihrem Mund, und Arienne bedachte das verliebte Paar mit einem zufriedenen Lächeln.

Als sie nach dem Spätmahl in ihrer Kammer allein waren, berichtete Maline ihrem Gatten von Aldas und Thorsteins Verschwinden und erzählte auch von dem, was Viktor ihr anvertraut hatte. Galdur hörte stirnrunzelnd zu, und je mehr sie erzählte, umso mehr verfinsterte sich seine Miene.

„Du hättest mir eher davon berichten müssen, dass Alda uns verraten hat. Jetzt ist sie fort und heckt mit Thorstein sicher nichts Gutes aus“, warf er Maline vor.

„Was hättest du denn mit Alda gemacht, wenn ich es dir erzählt hätte?“, hakte Maline nach.

„Ich hätte sie getötet!“

Maline seufzte.

„Siehst du. Genau deshalb habe ich geschwiegen. Es gibt keinen Beweis dafür, dass Alda es war. Es gibt viele blonde Frauen in Kalhar.“

„Aber keine außer Alda hatte einen Grund dafür. Sie ist schon lange darum bemüht gewesen, mein Weib zu werden. Durch dich ist sie diesem Ziel noch weiter entrückt. Alda war es – das weiß ich genau!“

„Was werden wir jetzt tun?“

„Ich werde einige Männer nach ihnen suchen lassen, und wir werden in Bereitschaft sein, dass uns ein Angriff oder eine List bevorsteht. Sie könnten uns die Dänen auf den Hals schicken oder dafür sorgen, dass sich ein Mörder hier einschleicht. Irgendetwas wird auf jeden Fall geschehen, da bin ich mir sicher!"

Maline hatte sich entkleidet und schlüpfte unter die Decken.

„Komm zu mir mein Gatte. Lass uns für eine Weile das Ganze vergessen."

Mit verlangendem Blick schaute sie ihren Mann an, der sich nun ebenfalls entkleidet hatte und im schwachen Schein der Öllampen unschlüssig vor dem Bett stand. Wie schön er war. Wie sehr sie diesen Mann liebte, der sie geraubt und verführt hatte. Er war ein gnadenloser Krieger, aber er war auch ein sanfter Liebhaber, und sie hatte auch seinen Humor schätzen gelernt.

„Meinst du, wir sollten wirklich noch ...“

Er sah zweifelnd auf die enorme Kugel, die sich unter der Decke nur allzu deutlich abzeichnete.

Maline lächelte.

„Wenn es mir gut geht, geht es auch deinem Kind gut. Komm, mein Held! Liebe mich!“

Galdur löschte das Licht in den beiden Schalen an der Wand und kroch zu ihr unter die Decke. Sie schmiegte ihren Hintern an seine Lenden, und er streichelte sie zärtlich. Seine Finger zeichneten die Linien ihres Rückgrades nach, während er ihre Schultern und ihren Nacken mit zärtlichen Küssen bedeckte. Ein wohliger Schauer lief ihr über den Leib, und sie stöhnte leise, als er an ihrem Ohr knabberte und schließlich seine Zunge in ihre Muschel gleiten ließ. Seine kundigen Finger fanden den Weg zu ihrem gelockten Dreieck und spielten mit dem weichen Flies. Durch die fortgeschrittene Schwangerschaft war Malines Scham kräftiger durchblutet, und so fühlte sie alle Berührungen noch intensiver. Sie öffnete die Schenkel, um ihm den Zugang zum Zentrum ihrer Lust leichter zu machen. Als ein Finger sich in ihre feuchte Höhle schob, presste sie die Beine einen Moment zusammen, um ihn noch intensiver zu spüren, dann öffnete sie die Beine wieder und presste ihre pulsierende Scham gegen seine Hand, rieb sich an ihm.

„Soll ich deine Blüte lecken?“, fragte er leise an ihrem Ohr.

Sie schüttelte den Kopf.

„Nein, heute nicht. Ich will dich in mir fühlen, komm zu mir“, bat sie rau.

Galdur ersetzte seinen Finger durch seinen harten Schwanz, der mühelos in sie glitt. Ihre Säfte flossen reichlich und begleiteten sein Eindringen mit einem schmatzenden Geräusch. Er bewegte sich sachte in ihr, während seine Finger mit ihrem Kitzler spielten.

„Gut so?“, fragte er und biss ihr spielerisch in den Nacken.

„Ja“, flüsterte sie und drängte sich noch fester an seine Lenden. „Ich liebe es, wenn du in mir bist.“

Galdur stieß sie etwas fester und verstärkte die Massage an ihrer Klitoris. Er genoss ihr Stöhnen, ihre Lust, die sie ihm so offen zeigte. Er sog ihren Duft ein, der ihn jedes Mal aufs Neue berauschte, kannte jeden Zoll ihres verführerischen Leibes, jede kleine Falte, das winzige Mal an ihrem linken Schulterblatt oder den kleinen Fleck über ihrer rechten Pobacke, der wie ein winziges Herz aussah, wusste, wie sie schmeckte, wo sie besonders empfindlich war und wie er ihren Höhepunkt ausdehnen konnte.

Galdur zwang sich, seine eigene Lust zu unterdrücken, um sich voll auf Malines Lustgewinn zu konzentrieren. Er spielte mit ihr, trieb sie immer wieder an den Rand der Erfüllung, um dann innezuhalten und sie aufs Neue zu reizen.

„Du gemeiner Kerl, spiel nicht mit mir“, keuchte Maline, als er ihr wieder einmal die Erfüllung vorenthielt.

Galdurs leises Lachen kitzelte an ihrem Nacken.

„Soll ich dich erlösen, mein schamloses Weib?“, fragte er rau.

„Ja, ich kann nicht mehr“, japste Maline und presste ihr Hinterteil an seine Lenden.

„Bitte mich!“

„Was? Du bist unausstehlich!“, empörte sich Maline.

„Bitte mich“, flüsterte er erneut in ihr Ohr und knabberte an ihrem Hals, was ihr eine Gänsehaut bescherte.

„Bitte“, flüsterte sie kaum hörbar, dann energischer: „Bitte, erlöse mich!“

Galdur verstärkte den Druck auf ihrer Klitoris, und seine Stöße wurden fester und schneller. Er spürte, dass auch er sich nicht mehr länger beherrschen konnte. Ihre kleinen Schreie heizten ihn noch zusätzlich an, und als ihr Muskel sich rhythmisch um seinen Schaft zusammenzog, spritzte sein Samen aus ihm heraus, und sein Keuchen vermischte sich mit ihrem Schrei.

„Ich liebe dich, Weib!“

„Und ich liebe dich!“

Sie blieben eng verbunden und glitten in den Schlaf.

18
Überraschung

Die Sonne schaffte es kaum, durch die dichte Wolkendecke zu dringen. Ein scharfer Wind kam vom Meer, und Maline beeilte sich, nach Hause zu kommen. Es würde sicher bald Regen kommen, und da wollte sie lieber in ihrer gemütlichen Halle sitzen.

Sie zog ihren Umhang fester um sich und eilte weiter. Sie war bei Lina gewesen, die sich auch gut in Kalhar eingelebt hatte und mittlerweile ebenfalls schwanger war. Olaf schien sie gut zu behandeln, und seine Freude über die Schwangerschaft schien offensichtlich.

Als Maline die lange Zufahrt zum Langhaus beschritt, schoss ihr plötzlich ein scharfer Schmerz in den Leib. Waren es Seitenstiche vom schnellen Laufen? Nein, es war eine Wehe, die ihren runden Bauch hart werden ließ und sie nötigte anzuhalten und sich zusammenzukrümmen. Sie bemühte sich tief durchzuatmen, und als der Schmerz nachließ, eilte sie weiter.

Als sie die Halle betrat, peinigte sie eine neue Wehe, und sie verzog das Gesicht, sich am Türrahmen festhaltend. Bertha, die gerade die Lampenschalen an den Wänden nachfüllte, erfasste die Situation sofort und stellte die Ölkanne auf den Tisch, um zu Maline zu eilen. Sie fasste ihre Herrin unter den Arm und stützte sie, bis die Wehe vorbei war.

„Es geht los“, stöhnte Maline.

„Ich weiß!“, antwortete Bertha und führte Maline in ihre Kammer.

Arienne kam in den Raum geeilt. „Geht los?“

„Ja. Ich hole die Hebamme und sag dem Herrn Bescheid", sagte Bertha und eilte aus der Kammer.

Maline setzte sich auf die Bettstatt und legte die Hand auf den Bauch. Sie war froh, dass es nun endlich soweit war, auch wenn sie vor Angst fast wahnsinnig wurde. *Wenn es doch nur schon vorbei wäre,* dachte sie und stöhnte, als eine neue Wehe kam. Arienne strich ihr fürsorglich eine Haarsträhne aus dem Gesicht.

Bertha eilte aus dem Haus. Ein Blick auf den düsteren Himmel sagte ihr, dass sie wohl nicht trocken wieder nach Hause kommen würde. Der Wind zog an ihrem Wollumhang, und sie beeilte sich. Sie hatte einen Sklaven damit beauftragt, den Herrn zu suchen und ihm Bescheid zu geben. Nun war sie auf dem Weg zur alten Dörthe, einem Kräuterweib, die schon unzähligen Kindern auf die Welt verholfen hatte. Hoffentlich schaffte die alte Frau den Weg durch den Sturm zurück. Es war ein gutes Stück zu laufen.

Endlich kam die abseits vom Dorf gelegene Hütte der Alten zwischen den Bäumen in Sicht. Bertha hastete weiter und stürmte ins Innere der Hütte, ohne sich mit Anklopfen aufzuhalten.

Dörthe saß an der Feuerstelle und fuhr erschrocken aus ihrem Dämmerschlaf. Als sie Bertha erblickte, nickte sie wissend.

„Die Herrin?"

„Ja."

„Gut. Verlieren wir keine Zeit", sagte sie und blickte dann mit zusammengekniffenen Augen aus dem Fenster. „Heute wird eine Familie zusammengeführt!"

Bertha machte sich keine Mühe, über den merkwürdigen letzten Satz der Alten nachzusinnen, und half Dörthe, ihren Korb zu packen, über den sie ein Tuch breitete und festknotete. Dann verließen sie die Hütte. Da die Alte schon über siebzig war, kamen sie nur langsam voran, und die ersten dicken Tropfen fielen vom schwarzen Himmel herab.

„Es wird ein Mädchen", sagte die Alte und kicherte.

„Warum lachst du?", wollte Bertha wissen.

„Das Mädchen wird dem Jarl eine Menge grauer Haare bescheren. Es hat das Temperament ihres Vaters und die Schönheit ihrer Mutter."

Die alte Dörthe blieb stehen und wandte sich in Richtung des Meeres um, das man von ihrem Standpunkt zwar nicht sehen, aber hören konnte.

„Der Wind trägt die Freude mit sich, aber es wird auch Ärger geben. – Gefahr! Gefahr! Gefahr! Das ist es, was die Wellen mit sich tragen." Dann wandte sie sich plötzlich wieder um und schritt weiter.

„Aber es wird alles gut!", sagte sie, und Bertha wollte am liebsten nachhaken, wusste aber, dass sie von der Alten heute nicht mehr erfahren würde.

Maline wanderte in der Kammer umher wie ein Tier in einem Käfig. Immer, wenn eine neue Wehe kam, krümmte sie sich und verfluchte Galdur dafür, dass er ihr das angetan hatte. So hatte sie sich das nicht vorgestellt. Erschöpft ließ sie sich auf das Bett fallen und starrte auf die Tür. Wo blieb Bertha mit der Hebamme, und wo zum Teufel trieb sich ihr verdammter Gatte herum, der ihr das alles eingebrockt hatte? Sie würde ihm gehörig die Meinung sagen.

Arienne war in die Küche gegangen, um dafür zu sorgen, dass genügend Wasser aufgesetzt und alles für die Geburt vorbereitet wurde.

Schnelle Schritte ertönten, und dann wurde die Tür aufgerissen. Galdur stürmte in den Raum, das Haar hing ihm wild ins Gesicht, und er war kreidebleich. Er stürzte auf Maline zu und warf sich vor ihr auf die Knie.

„Ich ... ich bin so schnell gekommen, wie ich konnte", ächzte er unter heftigen Atemstößen. Er sah sie erschrocken an, als sie vor Schmerz das Gesicht verzog und sich erneut zusammenkrümmte. „Was ... was ist? Kommt es jetzt?"

„Ja, du Esel!", zischte Maline und funkelte ihn wütend an. „Du Ochse, du verdammter Wilder, selbstsüchtiger Barbar – du hast mir das eingebrockt!"

Galdur erbleichte noch mehr und schaute sie hilflos an.

Die Tür wurde erneut geöffnet, und Bertha betrat mit einer alten Frau den Raum. Galdur sprang erleichtert auf und blickte verzweifelt zwischen seiner Frau und der Hebamme hin und her. Was sollte er jetzt tun? Es zerriss ihm das Herz, Maline so leiden zu sehen. Er hätte mit Freuden allen Schmerz auf sich genommen.

Die alte Dörthe gab Bertha den Auftrag, heißes Wasser und Tücher zu besorgen, dann trat sie vor Galdur hin und blickte ihn an.

„Du siehst aus, als würdest du gleich umfallen, Herr. Dies ist kein Ort für Männer. Geh und betrink dich, wie ihr Männer es in solchen Fällen immer zu tun pflegt, und lass uns Frauen die Arbeit machen. Na los!"

Galdur warf noch einen Blick auf Maline, dann flüchtete er aus dem Raum in die Halle, wo Leif schon vor einem Krug Wein saß und ihm wortlos etwas einschenkte, nachdem Galdur sich auf seinen Stuhl fallen gelassen hatte.

Die Hebamme untersuchte Maline, die froh war, sich endlich in kundigen Händen zu befinden. Sie hatte panische Angst, dass etwas schief gehen könnte.

„Ist alles normal. Wir werden noch ein paar Stunden warten müssen, bis du dich genug geöffnet hast, um das Kind herauszulassen“, sagte die alte Dörthe und ließ sich auf einen Stuhl fallen.

„Ein paar Stunden? Ich muss diese Tortur noch Stunden aushalten?“, fragte Maline entsetzt.

„Du bist jung und gesund – alles ist normal – du wirst es überleben, Herrin“, brummte die Alte.

Arienne sah Maline mitfühlend an.

„Ich wissen, du vergessen Schmerz, wenn alles vorbei. Glaub mir!“

„Ich wünschte, es wäre schon vorbei!“, seufzte Maline.

Galdur stürzte schweigsam seinen Wein hinunter. Leif musterte ihn besorgt.

„Du siehst aus wie der Tod persönlich, Bruder. Die alte Dörthe wird dein Kind schon sicher auf die Welt bringen.“

Galdur schnaubte. Er goss sich noch mehr Wein ein und leerte den Becher erneut.

„Was weißt du schon! Du hast ja nicht gesehen, wie sie leidet. Sie hat große Schmerzen, und ich bin schuld!“

„Das ist normal! Alle Frauen gebären im Schmerz. Hinterher ist alles vergessen.“

„Aber ich bin schuld!“, stöhnte Galdur.

Leif kicherte. „Hat sie dich beschimpft?“

„Ja! Sie hat mich Ochse, verdammter Wilder und selbstsüchtiger Barbar genannt“, klagte Galdur und griff erneut zum Weinkrug.

„Wenn du so weitermachst, wirst du zu betrunken sein, um dein Kind zu begrüßen, wenn es da ist“, stellte Leif fest. „Glaub mir, es ist alles normal. Wenn sie erst mal das Kleine im Arm hält, hat sie alles vergessen, auch ihre Wut auf dich.“

Stunden später erfüllte ein zorniger Schrei das Langhaus. Leif und Galdur fuhren erschrocken hoch. Sie hatten mit vom Wein umnebelten Köpfen auf der Tischplatte geschlafen.

„Schätze, du bist Vater“, nuschelte Leif und klopfte seinem kreidebleichen Bruder auf die Schulter.

Bertha kam in die Halle geeilt. Beim Anblick der beiden Männer und der zahlreichen geleerten Weinkrüge rümpfte sie missmutig die Nase.

„Herr, deine Tochter ist da. Willst du sie nicht begrüßen?“

Galdur blickte Leif an und erhob sich dann mühsam. Sein Schädel brummte, und ihm war flau im Magen. Er konnte es noch gar nicht fassen – er hatte eine Tochter. Schlagartig ernüchtert schüttelte er sich und eilte zu seiner Kammer, wohin Bertha schon wieder verschwunden war. Zaghaft öffnete er die Tür.

Maline lag auf dem Bett und hielt ein Bündel in ihrem Arm. Die Hebamme wusch sich die blutverschmierten Arme, und Bertha entsorgte einen Haufen blutgetränkter Tücher. Galdur musste schlucken.

„Keine Sorge“, beruhigte die alte Dörthe, als sie Galdurs entsetzten Blick auf die blutigen Tücher sah. „Ist alles gut verlaufen, deiner Frau und deiner Tochter geht es gut.“

Galdur trat vorsichtig an das Bett. Maline sah so erschöpft aus, aber dann lächelte sie ihn an und hielt ihm das Bündel entgegen. Vorsichtig nahm er seine Tochter auf den Arm. Sie erschien ihm so winzig. Stolz und Freude erfüllten sein Herz, und Tränen liefen ihm über das Gesicht.

„Wie wollen wir sie nennen?“, fragte er mit belegter Stimme.

„Ich dachte an Mirja Arienne“, sagte Maline.

Galdur sah seine Mutter an, die lächelte stolz, und er nickte.

„Gut, so soll es sein – Mirja Arienne.“ Er gab seiner Mutter das Kind und setzte sich an Malines Seite auf das Bett.

„Mein Herz ist sehr froh, dass es dir und meiner Tochter gut geht“, sagte er und fügte leise hinzu: „Kannst du mir verzeihen?“

Maline sah ihn erstaunt an. „Was soll ich dir verzeihen?“

„Das du ... das du wegen mir so schreckliche ...“

„Scht!“, unterbrach ihn Maline. „Verzeih mir meine Worte, die ich im Schmerz sprach. Ich liebe dich und unsere Tochter – die du mir geschenkt hast. Ich danke dir.“

Plötzlich erklangen draußen auf dem Hof aufgeregte Rufe. Wenig später kam Olaf herein, blieb kurz erstarrt an der Tür stehen und trat dann auf Galdur zu.

„Ich ... ich gratuliere ... ähm ... da kommt ein Schiff, es ist keines, dass wir kennen.“

Galdur sprang auf, warf einen sehnsüchtigen Blick auf seine Frau und sein Kind und sagte: „Ich komme.“ Er beugte sich über Maline und küsste sie kurz. „Ich werde so schnell wie möglich wieder bei euch sein.“

„Wird es einen Kampf geben?“, fragte Maline besorgt.

„Ich weiß es nicht, aber ich werde versuchen, dass es nicht dazu kommt. Mach dir keine Sorgen, wir haben viele starke Männer, die Kalhar schützen.“

Als Galdur gegangen war, stand Arienne auf und gab Maline das Kind. „Gehe machen Trunk für dich, Tochter.“ Sie strich Maline zärtlich über die Wange und drückte ihrer Enkelin einen Kuss auf die runzelige Stirn, dann eilte sie aus dem Zimmer.

Galdur blickte stirnrunzelnd auf das sich nähernde Schiff. Noch waren keine feindlichen Aktionen auf dem Deck auszumachen, auch wenn er einige bewaffnete Männer sah. Ein Mann stand am Bug und blickte in seine Richtung. Der Wikinger und der Mann am Bug hielten Blickkontakt, fixierten sich, bis das Schiff schließlich anlegte. Da es mehr Tiefgang als die Drachenboote hatte, musste es etwas weiter draußen ankern, und die Boote wurden zu Wasser gelassen. Der Mann am Bug, zu dem sich jetzt ein jüngerer gesellt hatte, bestieg das erste Boot mit einigen Kriegern. Galdur gab seinen Männern Zeichen, sich ruhig zu verhalten, doch die Stimmung im Hafen war zum Zerreißen gespannt. Galdur wartete, bis das Boot landete, und die Männer ausstiegen. Der Mann vom Bug war mittleren Alters und hatte braune Haare und braune Augen, mit denen er Galdur argwöhnisch musterte. Irgendwie kam Galdur dieser Mann vertraut vor. Der Jüngere hatte rote Haare und – die gleichen grünen Augen wie – Maline! Plötzlich wusste er, wen er da vor sich hatte und stieß einen leisen Seufzer aus. Das würde schwer werden, er hatte es mit einem wütenden Vater und Bruder zu tun. Er konnte es den beiden nicht einmal verübeln. Er würde den Mann, der seine Schwester rauben würde, sofort töten.

„Wir suchen den Wikinger, den man Galdur nennt, bist du das?“, fragte der Ältere mit einer Stimme, die verriet, dass er es gewohnt war, Befehle zu geben.

Der Jüngere musterte Galdur ehrlich interessiert, war aber auf der Hut und beobachtete abschätzend die Männer, die sich im Hafen versammelt hatten und bis an die Zähne bewaffnet waren.

Galdur sah den älteren Mann an und nickte.

„Ja, man nennt mich Galdur Eriksson, ich bin der Jarl von Kalhar. Was führt dich hierher, Ire?“

„Ich bin gekommen, um mich zu vergewissern, dass es meiner Tochter gut geht. Ich möchte von ihr hören, dass sie freiwillig hier ist und nicht gezwungen wurde.“

Wieder nickte Galdur. „Das ist dein gutes Recht als Vater. Ich würde es nicht anders machen, ginge es um meine Tochter. Komm. Ich führe dich zu ihr.“

Erleichterung machte sich auf dem Gesicht des Jüngeren breit. Er sah seinen Vater an, sie nickten sich zu, dann folgten sie Galdur.

Maline war schrecklich nervös. Immer wieder lauschte sie, ob Kampfgeräusche zu hören waren, aber es blieb still. Es war eine Stille, die an ihren Nerven zerrte. Die kleine Mirja Arienne nuckelte zufrieden an ihrem Daumen und gab hin und wieder glucksende Geräusche von sich. Liebevoll strich Maline ihrer Tochter über den dunklen Haarflaum.

Plötzlich hörte sie Stimmen und Schritte im Haus. Die Tür zur Kammer öffnete sich, und Galdur betrat mit zwei Männern den Raum.

„Vater!“

Peter eilte an das Bett zu seiner Tochter und zog sie in seine Arme, dann wurde die freudige Begrüßung von lautem Protestgeheul unterbrochen. Jetzt erst gewahrte Peter das kleine Bündel neben seiner Tochter.

„Du bist Großvater“, sagte Maline sanft und drückte seine Hand.

Andächtig betrachtete Peter sein Enkelkind, und auch Liam war an die Seite seines Vaters getreten. Er beugte sich über Maline und küsste sie auf die Stirn.

„Ich bin froh zu sehen, dass es dir gut geht“, sagte er.

„Was ist es ...?“, begann Peter mit vor Rührung belegter Stimme.

„Ein Mädchen. Mirja Arienne.”

19

Der Angriff

Zwei Wochen, nachdem Malines Vater und Bruder nach Kalhar gekommen waren, geschah etwas Fürchterliches. Maline schreckte aus dem Schlaf, weil sie aufgeregte Rufe vernahm. Auch Galdur war sofort hellwach und sprang aus dem Bett. Eilig zog er sich an und gab Maline einen kurzen Kuss, ehe er aus dem Raum eilte. Maline erhob sich von ihrem Lager, um sich ebenfalls anzuziehen. Sie wollte herausfinden, was los war. In der Halle traf sie auf Bertha, die Waffen an die Sklaven verteilte. Wenn Sklaven mit Waffen ausgestattet wurden, konnte das nur eines bedeuten: sie wurden angegriffen.

Malines Herz begann sich zu überschlagen, und die Knie drohten ihr nachzugeben. Bertha entdeckte Maline und eilte mit besorgter Miene zu ihr.

„Herrin! Du solltest dich besser in deine Kammer zurückziehen. Wir werden von den Dänen angegriffen. Die Sklaven werden den Hof bewachen, aber du solltest dich sicherheitshalber nicht nach draußen begeben. Noch findet der Kampf nur im Hafen statt, aber sie könnten sich weiter vorkämpfen oder einzelne Krieger durch die Reihen schicken."

„Galdur!", schrie Maline entsetzt. „Ich muss wissen, was mit Galdur ist! Was ist mit meinem Vater und meinem Bruder?"

Bertha nahm sie sanft, aber bestimmt am Arm. „Nein, Herrin!", sagte sie entschlossen. „Sie sind alle zum Hafen, um zu kämpfen. Deine Aufgabe ist es, dich um das Kind zu kümmern. Der Herr wird diesen Angriff schon abwehren – ist ja nicht der erste."

Doch Maline riss sich los, schnappte ihren Umhang und eilte aus dem Haus. Verzweifelt versuchte Bertha sie zurückzuhalten, doch vergebens. Maline rannte bereits an den erstaunten Sklaven vorbei, den Weg zum Dorf hinunter. Bertha rang verzweifelt die Hände. Was für ein Unglück! Sie konnte nur hoffen, dass der Herrin nichts passieren würde. Wenn einer der Männer sie entdeckte, würde er sie zurückbringen, und noch einmal würde Bertha sie nicht entwischen lassen.

Malines Herz vollführte wahre Purzelbäume in ihrer Brust, und es war ihr, als wäre ihre Kehle zugeschnürt. Sie konnte nur noch an ihre Lieben denken, die in diesem Moment gegen einen Gegner zu kämpfen hatten, der als grausam und äußerst kampferprobt galt. Schon einmal hatten dänische Krieger ihr fast den Liebsten genommen. Sie mochte gar nicht daran denken. Plötzlich fiel es ihr wie Schuppen von den Augen. – Natürlich! Die Dänen waren dafür bekannt, für jeden zu kämpfen, der sie gut bezahlte. – Alda und Thorstein! – Sie waren verschwunden, und jetzt fielen die Dänen über Kalhar her. Das war kein Zufall!

Kalte Angst griff nach Malines Herz und riss schmerzhaft daran. Maline keuchte, hatte Seitenstiche, doch sie rannte immer schneller, strauchelte und stürzte unsanft auf den Schotterweg. Sie merkte nicht, dass ihre Knie und Handflächen aufgescheuert waren, sondern rappelte sich panisch wieder auf und lief weiter.

Galdur kämpfte mit verbissener Wut und der Kraft der legendären Berserker gegen zwei Dänen. Geschickt wich er aus, parierte und schlug zu. Bald lief dem einen Dänen das Blut aus einer Wunde an der Stirn über das Gesicht und behinderte seine Sicht. Ein Vorteil für Galdur, der als geübter Kämpfer sofort die Gelegenheit erkannte und sich auf den Verwundeten konzentrierte, ihn ermüdete und mit einem sauberen Hieb enthauptete. Der Zweite stürzte sich mit einem lauten Wutgeheul auf ihn, und Galdur hatte keine Zeit, über seinen Sieg zu triumphieren. Er wich einem Hieb aus, der ihn beinahe selbst den Kopf gekostet hätte, und duckte sich unter dem Schwertarm des Gegners weg, um ihm die Streitaxt in die ungeschützte Seite zu rammen. Der Däne brüllte vor Schmerz und sank in die Knie. In diesem Moment erblickte Galdur Maline. Sie stand neben einem Lagerhaus und blickte entsetzt auf das Kampfgeschehen. Galdur erbleichte. Was bei Loki hatte sie hier verloren? Angst und Sorge traten in seine Augen, und der verwundete Däne folgte seinem Blick, grinste teuflisch und schrie seinen Männern etwas zu. Entsetzt musste Galdur mitansehen, wie sich drei Männer auf den Ruf hin seiner Frau näherten. Ein Schrei entrang sich seiner Kehle, und er wollte zu ihr laufen, doch vier weitere Dänen stellten sich ihm in den Weg, und er war gezwungen sie abzuwehren, was ihn davon abhielt, seiner Frau zu Hilfe zu kommen. Er fluchte innerlich, und seine Verzweiflung spornte ihn an. Gnadenlos schlug er um sich, geriet in zornige Raserei.

Maline blickte wie erstarrt auf das Kampfgetümmel. Zu sehen, wie Galdur mit zwei Gegnern gleichzeitig kämpfte, hatte ihr das Blut in den Adern gefrieren lassen. Dann sah es so aus, als würde der eine Däne, nachdem sein Kumpan gefallen war, Galdur mit seinem Schwert den Kopf abschlagen, doch dann war ihr Gatte geschickt abgetaucht und hatte seine Axt in die Seite des Mannes geschlagen. Selbst aus der Entfernung konnte sie sehen, wie das Blut spritzte und Galdurs Kettenhemd mit roten Flecken besprenkelte. – Dann hatte er sie entdeckt. Sie hörte den Verwundeten etwas rufen, hörte Galdurs markerschütternden Schrei , und sah, wie er von vier muskelbepackten Dänen aufgehalten wurde.

Maline stöhnte innerlich. Wie sollte er sich gegen vier von diesen Kerlen behaupten? Die drei Dänen, die sich an sie ranschlichen, bemerkte sie erst, als sie schon unmittelbar vor ihr waren und sie mit höhnischen Blicken ansahen. Erst jetzt wurde sie sich bewusst, in welche Gefahr sie sich begeben hatte, als sie auf das Schlachtfeld rannte. Sie wich zurück, sah sich hektisch nach der besten Fluchtmöglichkeit um, doch sie hatte die Lagerhalle im Rücken und der einzige halbwegs sichere Fluchtweg führte durch das Schweinegatter. Sie überlegte nicht länger, raffte ihre Röcke und sprintete los, drehte sich nicht um, um keine Zeit zu verlieren, doch sie wusste auch so, dass ihre Verfolger dicht hinter ihr waren. Sie konnte deren schweren Atem hören. Mit aller Kraft rollte sie sich über das Gatter hinweg, wäre fast hängengeblieben, rannte durch die quiekenden Schweineleiber, rutschte fast auf dem morastigen Boden aus und erklomm das zweite Gatter. Diesmal jedoch blieb sie tatsächlich mit dem Rock hängen und stürzte unsanft in den Dreck.

Galdur versuchte verzweifelt seine Gegner abzuwehren und gleichzeitig Malines Flucht zu verfolgen. Als er sah, wie sie an dem Gatter hängenblieb, erstarrte er und wäre fast dem Hieb einer Streitaxt zum Opfer gefallen, wäre nicht plötzlich Liam neben ihm aufgetaucht, der dem Angreifer den Arm abschlug. Seite an Seite hieben sie auf die Gegner ein.

„Maline!“, schrie Galdur im Kampfgetümmel und deutete in Richtung des Schweinegatters.

Liam sah in die angedeutete Richtung und stieß einen Fluch aus. Verbissen schlug er auf die Dänen ein. Sie mussten seiner Schwester zu Hilfe eilen, doch es war kein Durchkommen. Es war zum Verzweifeln.

Ein stechender Schmerz durchfuhr Maline, als sie sich wieder aufrappeln wollte. Sie hatte sich den Knöchel verstaucht. Schon war der erste Verfolger bei ihr und warf sich auf sie. Er grinste sie boshaft an und entblößte eine Reihe verfaulter Zähne. Sein durchdringender Körpergeruch nahm Maline schier den Atem. Sie schrie auf, kratzte und schlug um sich, doch der Däne schlug ihr derb ins Gesicht, und sie verlor das Bewusstsein.

Entsetzt beobachtete Galdur, wie Maline, die offensichtlich bewusstlos war, auf eines der drei Drachenboote der Dänen geschleppt wurde. Einige Dänen begannen sich zurückzuziehen und das Boot zur Flucht klarzumachen, die anderen Dänen kämpften weiter, um den Rückzug zu decken. Galdur und Liam kämpften verbissen, doch sie kamen nicht durch, konnten nicht verhindern, dass das Drachenboot mit seiner kostbaren Ladung Fahrt aufnahm. Galdur stieß einen markerschütternden Schrei aus. Er schlug wild um sich und schickte einen weiteren Dänen in den Tod, indem er sein Schwert auf die Schulter des Mannes herabsausen ließ und seinen Torso bis zur Brust in zwei Hälften trennte. Unglauben und Entsetzen trat in die Augen des Mannes, und er sank mit einem gurgelnden Geräusch zu Boden.

Galdur sah sich um. Viele Männer waren verwundet, die Dänen zogen sich immer mehr zurück, ein zweites Drachenboot legte ab, und dann geschah etwas Unfassbares. Die Männer auf dem Boot setzten das dritte Boot und ebenso Galdurs Flotte mit Pfeilen in Brand, somit war eine Verfolgung erst einmal ausgeschlossen, doch auch die noch kämpfenden Dänen saßen in der Falle, und die Männer von Kalhar und die Iren von Malines Vater ließen ihre Wut grausam an den Unglücklichen aus. Es war ein unsägliches Blutbad.

20
Gefangen

Fürchterliche Kopfschmerzen ließen Maline gequält aufstöhnen, als sie das Bewusstsein wiedererlangte. Dunkel erinnerte sie sich an den Angriff und ihre Flucht vor den Dänen. Sie versuchte die Augen zu öffnen, schloss sie jedoch sofort wieder, denn die helle Sonne schmerzte. Ihr Mund fühlte sich unangenehm pelzig an, und sie plagte ein schrecklicher Durst. Man hatte sie achtlos in der prallen Sonne liegen lassen, und sie spürte schmerzhaft, dass ihre Haut verbrannt war. Dem Schlingern nach befand sie sich auf dem Schiff der Dänen. Verzweiflung überkam sie. Man hatte sie entführt. Wie war der Kampf ausgegangen? War Galdur noch am Leben? Quälende Fragen marterten ihr Gehirn. Sie fühlte sich so entsetzlich schwach, und sie war sicher, dass sie sofort wieder ohnmächtig werden würde, sollte sie versuchen, sich aufzusetzen. Ihr Kind kam ihr in den Sinn. Wer würde ihre Tochter jetzt nähren? Sie spürte sofort, wie der Gedanke an ihr Kind ein schmerzliches Ziehen in ihren Brüsten auslöste, und austretende Milch ihr Gewand benetzte.

Die Geräusche um sie herum klangen seltsam verzerrt, und sie spürte, wie die Schwärze wieder von ihr Besitz ergriff, sie hinabzog in die Tiefen der Bewusstlosigkeit.

Als Maline wieder aus ihrer Bewusstlosigkeit erwachte, merkte sie sofort, dass etwas anders war. Es schlingerte nicht mehr, und sie lag auch nicht auf den Planken eines Schiffes, sondern auf etwas

Kratzigem. Sie schlug vorsichtig die Augen auf und erblickte nur Dunkelheit. Es dauerte eine Weile, bis sich ihre Augen an die Finsternis gewöhnt hatten, und sie erkannte, dass sie in einem kleinen Verschlag lag. Ihre kratzige Unterlage bestand aus muffigem Stroh, auf das man sie gelegt hatte. Außer dieser kargen Bettstatt gab es nichts in dem winzigen Raum, außer einem Eimer, der offensichtlich für ihre Notdurft gedacht war, und allerlei Krabbeltiere. Es gab kein Fenster, nur durch die Ritzen und unter der Tür fiel spärliches Licht in den Raum.

Von draußen drang Hundegebell zu ihr herein, ein paar Hühner gackerten. Hin und wieder ertönte ein Ruf, doch verstehen konnte sie nichts. Es war zu weit weg, offenbar hielt sich niemand in ihrer Nähe auf. Vielleicht lag dieser Verschlag etwas abseits.

Maline hätte so gern etwas getrunken, und auch ihr Magen war schmerzlich leer, doch man hatte ihr keinerlei Verpflegung dagelassen. Ihre Zunge klebte an ihrem Gaumen, ihre Lippen waren aufgerissen. Verzweiflung krampfte ihr Herz zusammen, und sie fing leise an zu weinen. Würde sie jemals ihren Mann und ihre Tochter wiedersehen? Lebten sie überhaupt noch? Sie stöhnte gequält auf und rollte sich wie ein Kleinkind auf ihrem Lager zusammen.

Alda hing mit nach oben gefesselten Händen an dem Strick, der an einem der Deckenbalken der Scheune befestigt war. Ihre Füße waren weit gespreizt, und sie war nackt. Hinter ihr stand Thorstein mit drei Dänen, die mit lüsterner Faszination auf das Schauspiel starrten, das Thorstein ihnen darbot. Dieser stand mit einer Peitsche bewaffnet breitbeinig da und ließ die lederne Schnur immer wieder durch die Luft surren, um gezielt auf Aldas Rücken, Hintern und Schenkel zu treffen. Alda stöhnte. Schmerz mischte sich mit köstlicher Erregung, und das Wissen, dass die drei Dänen das Schauspiel mit gierigen Blicken verfolgten, heizte sie zusätzlich an. Voller Vorfreude dachte sie daran, alle vier Schwänze in sich zu spüren, hart rangenommen zu werden. Sie war sich sicher, dass sie schon hart und erregt waren. Heiß quoll ihr Lustsaft aus ihrer Spalte, rann an den Innenseiten ihrer Schenkel herab, sichtbares Zeichen ihrer Lust für die vier Männer. Einer der Dänen trat hinter sie, vergrub seine Hand in ihrem Haar und zog ihren Kopf in den Nacken. Seine andere Hand legte sich um sie herum auf eine ihrer Brüste, knetete, hob sie an, als wollte er ihr Gewicht testen. Seine

Lenden pressten sich an ihren Hintern, sie konnte seine mächtige Erregung spüren. Er rieb seine Härte an ihr, kreisend, fordernd.

Dann zog er ein Messer aus seinem Gurt und schnitt ihre Fessel durch. Nur sein fester Griff bewahrte sie davor, hilflos zu fallen. Er riss sie zu sich herum und drückte sie auf die Knie, dann entledigte er sich seiner Hose und griff erneut in ihren Schopf, um sie an sein aufgerichtetes Glied zu ziehen. Bereitwillig öffnete sie die Lippen und nahm seinen Schwanz in ihrem Mund auf. Thorstein trat hinter sie und hob ihr Gesäß hoch, ließ seine Hand zwischen ihre Schenkel gleiten, um in die feuchte Nässe einzutauchen. Er zupfte an ihren Schamlippen, verrieb den Saft ihrer Gier, vermied es jedoch, sie dort zu berühren, wo sie seine Aufmerksamkeit so schmerzlich erwartete. Der Däne stieß seinen Schwanz immer tiefer in ihren Mund und krallte sich immer fester in ihre Haare. Endlich glitten Thorsteins Finger über Aldas Lustperle, mal mit festem Druck, dann ganz leicht, kaum spürbar. Heiße Wellen der Lust überschwemmten ihren Schoß und ließen sie zittern. Sie ließ ihr Becken kreisen, rieb sich an ihm und stöhnte, als sein Schwanz in ihrer triefenden Möse versank. Er stieß sie hart und tief, während er ihren Hintern mit brennenden, lustvollen Schlägen mit der flachen Hand bedachte. Der Däne schnaufte und knurrte. Sie spürte, wie sein Schwanz zu zucken begann, dann füllte er ihren Mund mit seinem Samen, den sie gehorsam schluckte.

Thorstein rammelte sie immer schneller, eine Hand in ihren Hintern gekrallt, die andere Hand verwöhnte weiter ihre Klitoris, bis Aldas Leib zu zucken begann, und die atemlose Gier ihre Erfüllung fand in einem gigantischen Orgasmus, der sie schreien ließ. Ihre Scheidenmuskeln kontrahierten heftig, molken Thorsteins Schwanz, bis auch er den Gipfel erreichte und sich keuchend in ihr ergoss.

Ein weiterer Däne zog sie hoch und setzte sie auf eine Kiste. Er drängte sich zwischen ihre Schenkel und bog sie weit auseinander. Hastig entkleidete er sich und ging zwischen ihren Schenkeln auf die Knie. Mit gierigen Blicken verschlang er den Anblick ihrer vor Nässe glitzernden Möse mit dem geröteten Fleisch. Er vergrub sein Gesicht zwischen ihren Schenkeln und leckte ihren Saft genüsslich auf, bedachte jede Ritze und auch die Klitoris großzügig mit der Aufmerksamkeit seiner Zunge. Alda stöhnte, als Thorstein hinter sie trat und an ihren steifen Nippeln zupfte, sie zwischen den Fingern hin und her rollte, so fest, dass es leicht schmerzte – doch es war ein lustvoller Schmerz.

Die Zunge des Dänen wanderte zu ihrer hungrigen Öffnung und stieß hinein, fickte sie, während er einen Finger in ihren Anus gleiten ließ. Sein Finger rührte in ihrem engen Loch, und sie stieß kleine

Schreie aus. Unermüdlich fickte er beide Löcher, ließ Zunge und Finger synchron in sie gleiten, während die andere Hand zu ihrer Klitoris wanderte und sie heftig rieb.

Erneut kündigten sich die Wellen der Ekstase in ihrem Leib an, sie ließ sich treiben, versank im hungrigen Schlund der Geilheit, und löste sich auf in purer Wollust, die sie laut stöhnend zum Gipfel brachte.

Der Däne hieß ihr, sich umzudrehen, sodass sie schließlich auf der Truhe kniete und ihm ihr Hinterteil entgegenstreckte. Er verteilte ihre Nässe um ihre Rosette und schob sich in ihren engen Anus. Er hatte zwar einen kurzen Schwanz, aber er war sehr dick, und Alda fühlte sich zum Bersten ausgefüllt. Langsam gewöhnte sich ihre Enge an die Dehnung, und sie kam seinen kräftigen Stößen freudig entgegen. Kurz bevor er sich in ihr verspritzte, schlug er mit den Fingerspitzen auf ihre geschwollene Knospe, und sie kam erneut, während er seinen Saft verströmte.

Als sie sich etwas erholt hatte, drehte sie sich um und schaute den letzten Dänen erwartungsvoll an. Der kam langsam auf sie zu und streckte eine Hand nach ihrer Brust aus. Er nahm eine Spitze zwischen die Finger und zog daran, mit der anderen Spitze verfuhr er genauso. Lustvoller Schmerz durchzuckte sie, und sie stöhnte. Der Däne grinste, dann begann er sich auszuziehen, entblößte langsam den größten Schwanz, den Alda jemals zu sehen bekommen hatte. Erschrocken riss sie die Augen auf und starrte ihn ungläubig an. Der Kerl riss sie auf die Beine und schlang ein Seil um ihren Oberkörper, schnürte sie ein, dass das Seil sich tief in ihre weiche Haut grub. Ein weiteres Seil kam zum Einsatz. Er ließ sie auf der Kiste in die Knie gehen und schlang das Seil kreuz und quer um ihren Leib, bis sie so verschnürt war, dass sie sich nicht mehr regen konnte. Die Seile, die es ihr unmöglich machten, sich zu bewegen, drückten schmerzhaft in ihr Fleisch, doch größer als der Schmerz war die Lust, die Alda in dieser hilflosen Pose empfand. Als der Däne grinsend vor ihr stand, seinen mächtigen Schwanz genau vor ihren Augen, fühlte sie eine gewisse Beklemmung, aber auch Neugier und prickelnde Lust. Er nahm seinen Schwanz in die Hand und schlug ihn ihr auf die Wange, erst rechts, dann links, immer wieder – rechts – links – rechts ...

Dann steckte er seinen Schwanz zwischen ihre hochgeschnürten Brüste und rieb sich an ihr. Thorstein hatte die Peitsche wieder aufgenommen und bearbeitete ihr Hinterteil mit gezielten Schlägen, bis ihr Fleisch ganz rot und heiß war. Sie stöhnte. Der Däne atmete immer heftiger, presste jetzt ihre Brüste zusammen, um die Reibung an seinem Schwanz noch zu erhöhen. Thorstein ließ den Stiel der

Peitsche zwischen Aldas nasse Schamlippen gleiten, rieb über ihre Perle, dass sie vor Lust zusammenzuckte, dann fand der Stiel den Weg zu ihrer hungrigen Möse und glitt hinein. Immer fester und tiefer rammte Thorstein ihr den Peitschenstiel hinein, während er mit der anderen Hand ihren Kitzler rieb. Er nahm die kleine Perle zwischen Daumen und Zeigefinger und zwirbelte sie schmerzhaft, doch der Schmerz verwandelte sich schnell in Lust, und sie schrie auf. Sterne explodierten vor ihren Augen, und ekstatische Wellen gingen durch ihren Körper und schüttelten ihn durch. Der Däne nahm seinen Schwanz zwischen ihren Brüsten hervor und rieb sich, bis sein Saft ihr ins Gesicht und in den halb geöffneten Mund spritzte.

Ein wenig enttäuscht, diesen einmaligen Schwanz nicht in sich gehabt zu haben, schloss sie die Augen.

Die Tür öffnete sich, und Maline blickte auf. Sie blinzelte, um die beiden Gestalten, die im hellen Sonnenlicht in der Tür standen, erkennen zu können.

Hab ich es mir doch gedacht! Alda und Thorstein. Sie stecken hinter dem Überfall.

Die beiden betraten den kleinen Raum, und Maline setzte sich auf. Sie unterdrückte ein Zittern und straffte die Schultern – die beiden sollten ihre Angst nicht merken. Diesen Triumph würde sie ihnen nicht bieten.

„Na, da haben wir ja die Sklavin, die denkt, sie wäre zur Herrin geboren“, ertönte Aldas gehässige Stimme. „Na, wie fühlt sich die feine Dame denn jetzt? Nicht mehr so gut, hm? Wir lassen dich so lange am Leben, dass Galdur, wenn er zu deiner Rettung hierherkommt, dich noch sterben sehen kann, bevor er selbst ins Gras beißt.“

Maline versuchte Ruhe zu bewahren. Galdur war also noch am Leben. Er würde nicht so dumm sein, in diese Falle zu gehen, in der sie der Köder war.

„Er wird nicht in eure Falle gehen“, sagte sie fest. „Er macht sich nichts aus mir. Er hat mich nur des Kindes wegen zum Weib genommen“, versuchte sie zu bluffen.

„Er wird kommen“, mischte sich nun Thorstein ein und riss sie von ihrem Lager. Er presste seine Lippen hart auf Malines Mund, und sie versuchte sich gegen seinen unerwarteten Angriff zu wehren. Sie erinnerte sich an einen Tipp, den ihr Bruder ihr einmal gegeben hatte, zog das Knie hoch – und traf.

Thorstein keuchte und krümmte sich leicht, dann schlug er zu.

Der Schlag traf Maline an der Wange und warf sie gegen die Wand. Ihr Kopf dröhnte, und sie sank stöhnend auf das Stroh.

„Versuch das nie wieder – du irische Hexe!“, sagte er gepresst. „Ich werde dich vor den Augen deines Geliebten nehmen und dir dann das Herz aus der Brust schneiden. Bis dahin bleibst du hier eingesperrt.“

Alda trat dich vor Maline hin und trat ihr in die Seite.

„Du wirst deine Strafe dafür bekommen, dass du unsere Pläne zunichte gemacht hast!“

„Ich ... ich dachte, du liebst ihn“, stöhnte Maline benommen.

Alda lachte verächtlich auf. „Lieben? – Oh, ich hab ihn gern zwischen meinen Schenkeln gehabt. Galdur ist ja schließlich ein stattlicher Mann ... aber lieben ...“

„Aber warum dann das alles?“

„Erzähl ihr nichts!“, zischte Thorstein und wollte Alda zur Tür ziehen, doch Alda riss sich los und trat dicht vor Maline, leicht vorgebeugt. Mit verächtlicher Miene musterte sie die verhasste Irin, an deren Wange sich die zarte Haut bereits von dem Schlag zu verfärben begann.

„Ich wollte die Frau des Jarls werden. Bevor du kamst, hatte ich ihn fast soweit, aber du hast ihm mit deiner falschen Unschuld den Kopf verwirrt. Er würde dich ebenfalls bald leid werden, aber das ist jetzt nicht mehr wichtig. Es ist sowieso alles anders gekommen. Aber ich werde mich dafür rächen, dass er mich deinetwegen verschmäht hat. Es wird mir ein besonderes Vergnügen sein, zu sehen, wie er leidet, wenn Thorstein dich vor seinen Augen nimmt und dann dein verderbtes Herz herausschneidet! – Du bist eine Hexe! Eine verfluchte irische Hexe!“ Die letzten Worte schrie sie fast, und ihre Stimme überschlug sich, dann brach sie in ein höhnisches Gelächter aus und verließ an Thorsteins Seite den Verschlag.

Maline zitterte am ganzen Leib. Die Frau war ja komplett verrückt!

Oh Galdur! Ich hoffe, dass ihr böser Plan nicht aufgeht. Bitte, bitte komm nicht hierher. Vergiss mich und sorge für unsere Tochter. Ach, lieber Gott! Lass meine Tochter nicht auch noch den Vater verlieren. Wenn du meinst, dass meine Zeit gekommen sein soll, dann verschone bitte die, die ich am meisten liebe.

Maline betete zu allen Heiligen, die ihr einfielen und sackte dabei langsam in sich zusammen. Sie schlang die Arme um ihre Knie und wiegte sich hin und her.

Galdur bäumte sich auf. Sechs starke Männer hielten ihn fest, als Olaf das glühende Eisen an die stark blutende Wunde hielt, wo die Axt eines Dänen sich in sein Fleisch gebohrt hatte. Galdur brüllte, Schweiß stand auf seiner Stirn. Der Geruch verbrannten Fleisches erfüllte die Luft der Halle. Dann war es vorbei, und die Männer ließen Galdur los. Wie der Blitz schoss Galdur hoch und schlug Olaf die Faust in das verdutzt dreinschauende Gesicht. Olaf schwankte, schüttelte sich, blieb aber stehen und rieb sich das Kinn.

„Mir scheint, dir geht es wieder gut", knurrte er und schaute Galdur anklagend an, dann verzog sich sein Gesicht zu einem Grinsen, und die beiden Freunde umarmten sich und klopften sich auf die Schulter.

„Was unternehmen wir jetzt?", meldete sich Liam zu Wort, der einen Verband um seinen Oberschenkel trug – eine Schwertverletzung, die aber glücklicherweise nicht sehr tief war.

Galdurs Gesicht verfinsterte sich, und er ballte seine Hände zu Fäusten, bis die Knöchel weiß hervortraten. Die Ader an seinem Hals pulsierte, und sein Gesicht zeigte einen Ausdruck grimmiger Entschlossenheit, als er sagte: „Wir holen sie zurück! Odin sei mein Zeuge, dass ich hiermit schwöre, nicht eher zu ruhen, bis Alda und Thorstein tot sind, und mein Weib wieder dort ist, wo sie geliebt und gebraucht wird."

Er warf einen Blick auf seine Tochter, die friedlich in den Armen einer Sklavin seines Vaters schlief. Die Sklavin hatte vor zwei Monaten ein Kind bekommen und hatte genug Milch für die Tochter des Jarls. Er würde dafür sorgen, dass seine Tochter die Mutter wiederbekam. Er hoffte nur, sie möge nicht so gebrochen zurückkommen wie seine Mutter vor vielen Jahren von ihrer Gefangenschaft bei den Iren. Nein! Er würde nicht zulassen, dass seine kleine Familie zerbrach, wie damals seine Familie zerbrochen war.

„Wir haben kein Schiff mehr!", warf Leif ein und sprach damit das größte Problem an, das sie momentan hatten.

„Das ist deine Aufgabe. Wir brauchen zwei von deinen neuen Schiffen", sagte Galdur und Leif nickte. „Sie werden ihr nichts tun, denn sie wollen mich. Ich bin sicher, wir werden von ihnen hören, indem sie uns ihre Bedingungen nennen."

„Sie werden dir eine Falle stellen, und meine Schwester soll der Köder sein", bemerkte Liam.

Galdur nickte ernst. „Ja, ich weiß. Deshalb müssen wir uns einen guten Plan zurechtlegen. Dafür haben wir genügend Zeit, während die neuen Schiffe gebaut werden. – Olaf, du wirst Männer einteilen, die die dafür in Frage kommenden Bäume aussuchen. Nimm jeden Mann, der dafür geeignet ist, und Leif wird euch die Anweisungen geben. Wir müssen die Schiffe fertiggestellt haben, ehe die Bäume ihre Farbe wechseln. Ich werde die Krieger trainieren und noch zusätzliche Freie ausbilden. Wir brauchen noch mehr Waffen, und die Frauen müssen sich um den reibungslosen Ablauf der Ernte und das Vieh kümmern. Wir werden einige Sklaven brauchen, die uns beim Bau der Schiffe zur Hand gehen. Trotzdem sind wir auf die Ernte angewiesen, wenn wir im Winter nicht darben wollen."

21

Der Lockvogel

Der Bote traf zwei Wochen später ein. Man führte ihn zu Galdur, der gerade die Waffenübungen mit den Kriegern beendet hatte. Gemeinsam gingen sie in die Halle und setzten sich. Bei dem Boten handelte es sich um einen Händler, ihn als Geisel festzusetzen hätte wenig Sinn. Er war wertlos. Trotzdem schien dem Mann seine Aufgabe nicht zu behagen. Er nestelte nervös an seinem Gurt herum und wich Galdurs grimmigem Blick aus.

„Nun, was hast du mir zu sagen, Mann?"

„Ich soll dir dies übergeben", sagte der Bote mit zitternder Stimme und überreichte Galdur ein Stück zusammengerollter Lederhaut.

Galdur nahm die Haut entgegen und löste die Verschnürung. Eine Strähne braunen Haares fiel während der Öffnung der Rolle heraus. Galdur atmete tief durch. Er war erleichtert, dass es nur Haare waren, denn es war durchaus nicht unüblich, in solchen Fällen einen Finger oder ähnliches zu schicken. Auf der Haut war eine Karte gezeichnet. Er studierte sie und rollte die Haut dann wieder zusammen.

„Gibt es noch etwas, das du mir berichten sollst?"

„Man ... man erwartet, dass du allein und unbewaffnet erscheinst. Das rote Kreuz ist der Punkt, an dem man dich erwartet, das blaue Kreuz kennzeichnet den Ankerplatz deines Schiffes, und es soll an dieser Stelle auf die Ankunft deiner Frau warten. Sie wird dorthin gebracht, wenn du dich kampflos gestellt hast. Man erwartet deine Ankunft bis zum Tag des nächsten Vollmondes. Solltest du bis dahin nicht erschienen sein, wird man dein Weib verbrennen und dir die Asche senden. Solltest du dich nicht an die Bedingungen halten, wird sie ebenfalls sterben."

Galdur nickte. Er war sicher, dass man Maline nicht frei lassen würde. Er hatte nur eine Chance – er musste sie befreien. Alles musste schnell und reibungslos verlaufen. Seine Feinde durften weder Verdacht schöpfen, noch durften sie Zeit haben, Maline etwas anzutun, aber es blieb ihm keine andere Wahl. Entweder er war erfolgreich, oder sie würde in jedem Fall sterben.

„Meinst du nicht, wir sollten ihr unter Bewachung ein wenig frische Luft gewähren? Sie geht uns noch ein da in dem Verschlag. Tot nützt sie uns nichts", sagte Alda zu Thorstein.

„Nein! Zum einen will ich kein Risiko eingehen, und zum anderen wäre es vollkommen gleichgültig, wenn sie vorher stirbt, denn bevor Galdur dies bemerken würde, säße er schon in der Falle."

„Aber unsere Rache wäre dann nicht perfekt. Wir wollten, dass Galdur ihren Tod mitansehen muss, ehe er stirbt. Was soll schon passieren, wenn sie bewacht wird. Sie ist nur eine Frau und sehr schwach von dem wenigen Essen und Trinken, das sie bekommt. Sie hat doch keine Chance zu fliehen."

„Ich habe nein gesagt, und das ist mein letztes Wort!", antwortete Thorstein unwirsch und sah Alda zornig an.

„Aber ..."

„Ich mag es nicht, wenn du meine Entscheidungen in Frage stellst!", unterbrach Thorstein wütend und packte Alda fest am Oberarm.

„Aua! Du tust mir weh!"

„Das magst du doch! Du willst doch beherrscht werden, Weib. Ich werde dich jetzt über das Knie legen und danach werde ich dich besitzen, damit du weißt, wer hier das Sagen hat."

Thorstein ließ sich auf das Bett fallen und zog Alda mit sich, sodass sie auf seinem Schoß zu liegen kam. Alda schrie auf, doch sie wehrte sich nur wenig, als Thorstein ihre Röcke hochschob und ihr Hinterteil entblößte. Der erste Schlag war noch leicht, fast ein liebevolles Tätscheln, doch die folgenden Schläge wurden immer härter, und Alda schrie und zeterte, doch dann wandelten sich ihre Schreie in lustvolles Stöhnen, und sie fieberte jedem Schlag entgegen. Ihr Fleisch rötete sich und brannte wie Feuer, und dennoch erzeugten die Schläge ein heißes Kribbeln in Aldas Schoß. Ihre Säfte begannen zu fließen, und ihre Klitoris pochte vor Erregung. Auch Thorstein war erregt und atmete immer schneller.

Der Anblick ihres geröteten Fleisches, das unter seinen Schlägen vibrierte, ließ ihn hart werden.

„Ich wette, du bist schon ganz nass. Du willst doch, dass ich dir wehtue und dich dann richtig hart stoße. Ich werde alle deine Löcher stoßen und dich benutzen. Ich werde dich lehren, meine Entscheidungen zukünftig nie mehr anzuzweifeln und mir keine Widerworte mehr zu geben."

Er gab ihr einen Schubs, und sie landete zu seinen Füßen auf dem Boden.

„Zieh dich aus und zeig dich mir!"

Alda erhob sich mit zitternden Knien und begann, sich mit fahrigen Bewegungen auszuziehen. Thorsteins gnadenloser Blick und der Anblick seiner deutlich ausgebeulten Hose bewirkten, dass ihre Säfte flossen, und ein lustvoller Schauer ließ ihren Körper erbeben. Als sie sich entkleidet hatte, drehte sie sich langsam um ihre eigene Achse, um sich ihm von allen Seiten zu präsentieren.

„Leg dich auf den Boden und zeig mir dein lüsternes Fleisch."

Alda legte sich auf den Boden, die Beine aufgestellt und weit gespreizt. Sie hielt ihre Schamlippen auseinander, um ihm einen guten Einblick in ihre Weiblichkeit zu geben. Ihr Schoß prickelte, und sie war versucht, einen Finger hineinzuschieben, traute sich aber nicht, da er es nicht erlaubt hatte.

Thorstein erhob sich, sie nicht aus den Augen lassend und entkleidete sich rasch. Sein Schwanz stand erwartungsvoll von seinem Körper ab und zuckte.

„Komm her! Als erstes nehm ich mir deinen Mund vor."

Alda erhob sich auf die Knie und öffnete den Mund, den er sofort mit einem Stoß in Besitz nahm. Sie fasste nach einem Hoden und massierte ihn, widmete sich dann dem anderen, während Thorstein sein Glied immer wieder in ihre feuchte Mundhöhle stieß. Seine Hände gruben sich schmerzhaft in ihre Mähne, doch sie genoss es und unterwarf sich seinem festen Willen, konnte es kaum erwarten, dass er seinen herrlichen Schwanz endlich in ihre hungrige Möse versenken würde.

Er ließ von ihrem Mund ab und zog sie auf die Beine, drängte sie rückwärts gegen die Wand. Der raue Lehmputz kratzte an der zarten Haut ihres Rückens und ihrem Po. Hart presste sich Thorsteins Mund auf ihre Lippen, zwang sie, diese zu öffnen und seine Zunge hineinzulassen. Es war ein Kuss, der die totale Unterwerfung forderte, und Alda unterwarf sich. Ihr Leib brannte lichterloh, jeder Nerv ihres Körpers war aktiviert. Thorstein drängte mit dem Knie ihre Beine auseinander und rieb seine Lenden an ihrem Schoß, dann fasste er ein Bein unter dem Knie und hob es an. Zielstrebig drang er mit seinem Schwanz in ihre Scheide ein, und der feste Stoß ließ sie hart gegen die Wand prallen. Sie keuchte vor Schmerz, dennoch drängte sich ihr Unterleib verlangend gegen seine Lenden.

„Das gefällt dir, nicht wahr?“, raunte er in ihr Ohr und biss leicht in ihr Ohrläppchen, dann etwas fester, bis ein Stöhnen über ihre Lippen glitt.

Ihr Rücken scheuerte im Takt seiner Stöße über die raue Wand, doch sie spürte nur noch die grenzenlose Gier nach Erfüllung. Die Spannung, die sich in ihrem Leib aufbaute, wurde immer größer, und sie spürte den erlösenden Gipfel nahen. Thorstein trieb seinen Stab jetzt mit kreisenden Bewegungen in ihre vor Nässe triefende Höhle. Sein schneller Atem an ihrem Ohr heizte sie zusätzlich an, der Damm in ihrem Inneren brach, die Wellen der Ekstase schlugen über ihr zusammen, rissen sie mit sich, und ein kehliger Schrei löste sich aus ihrem Mund. Ihr Leib wurde von der Gewalt des Höhepunktes geschüttelt, ihre Finger krallten sich in das feste Fleisch von Thorsteins muskulösen Oberarmen und hinterließen blutige Striemen.

Sie hatte kaum Zeit sich zu erholen, da glitt Thorstein schon aus ihr heraus und zwang sie auf die Knie in den Vierfüßlerstand. Er verrieb ihren Saft auf dem Damm und schließlich um ihren zuckenden Anus, dann glitt er in ihre Enge. Der faltige Ring schloss sich fest um seinen Schwanz, und er stöhnte vor Lust. Nach ein paar langsamen Stößen beschleunigte er sein Tempo und stieß immer härter zu, während seine Finger sich den Weg zu ihrer Perle bahnten und sie erneut auf den Weg zum Gipfel brachten.

Alda warf den Kopf in den Nacken, Thorstein griff mit einer Hand in ihre Mähne, zog daran wie an einer Leine, sodass sie den Kopf noch weiter zurücklehnen musste. Die andere Hand verwöhnte weiter ihre geschwollene Klitoris.

„Ich werd dir geben, was du brauchst, du kleine Hexe. Du brauchst eine harte Hand.“

Alda keuchte unter seinen festen Stößen, die so tief drangen, dass sie meinte, es fast nicht aushalten zu können. Dann überwältigte sie der Orgasmus mit einer Macht, die ihr die Sinne raubte, und sie schrie laut auf. Thorstein packte ihre Haare noch fester und entlud sich mit einem animalischen Brummen in ihrem Anus. Sein Griff lockerte sich, und Alda brach erschöpft unter ihm zusammen. Zitternd und nach Luft ringend lag sie am Boden, und die Nachbeben der Ekstase schüttelten ihren Körper.

Maline dämmerte im Halbschlaf vor sich hin. Sie fühlte sich so unsagbar schwach. Sie hatte sich angewöhnt, das wenige, was man ihr einmal täglich an Essen und Trinken brachte, in kleine Rationen zu teilen und nicht sofort hineinzuschlingen, so war nicht nur der Hunger besser zu ertragen, sondern es gab ihrem eintönigen Tagesablauf auch ein wenig Struktur, die ihr dabei half, nicht den Mut oder gar den Verstand zu verlieren. Ihre Gedanken kreisten immer wieder um ihren Mann und ihr Kind. Sie betete, dass es ihnen gut ging, und dass Galdur nicht in Aldas und Thorsteins Falle gehen möge. Der Gedanke, Galdur und die kleine Mirja Arienne nie wieder zu sehen, schmerzte Maline, doch noch mehr schmerzte sie der Gedanke, Galdur könne hier den Tod finden. Nein, lieber sollte er leben, auch wenn es dann für sie selbst keine Rettung mehr gab.

Schritte näherten sich dem kleinen Verschlag, die Tür wurde geöffnet und die alte Frau, die ihr jeden Morgen die karge Ration brachte, kam in Begleitung von zwei Wachen herein. Sie ging vor Malines Lager in die Knie und stellte die Schüssel und den Krug auf den Boden und sah Maline mitfühlend an. Nur ganz kurz berührte die faltige Hand Malines Hand, tröstend, dann flüsterte sie leise Worte in Malines Sprache: „Halte durch. Er kommt bald und holt dich hier raus."

Maline sah die alte Sklavin irritiert an. Was wusste diese Frau? Hatte sie Kontakt nach Kalhar? Um der Alten anzuzeigen, dass sie die leisen Worte verstanden hatte, nickte sie kaum merklich, und ein winziges Lächeln glitt über die Züge der alten Frau. Dann stand sie auf und ging zur Tür, an der die beiden Wachen schon ungeduldig wurden und mit der alten Frau schimpften, weil sie so lange gebraucht hatte. Als die Tür sich wieder geschlossen hatte, und die Finsternis wieder von dem Verschlag Besitz ergriff, setzte Maline sich zitternd auf. – Er kommt bald. Galdur kam hier her, um sie zu retten. – Aber hatte er überhaupt eine Chance?

Edward blickte seine Schwester liebevoll an. Er hatte sie seit vielen Jahren nicht gesehen und war froh, dass er ihr einen Dienst erweisen konnte. Trotz der guten Nachrichten, die er überbracht hatte, konnte Ariennes gequältes Lächeln nicht über ihre Sorge hinwegtäuschen.

„Das sind gute Neuigkeiten, Edward. Ich bin froh, dass es Maline den Umständen entsprechend gut geht. Galdur wird sich sehr freuen, das zu hören, wenn er zurückkehrt", sagte Arienne und seufzte dann, ehe sie fortfuhr: „Hoffentlich hatte er mit seiner Mission Erfolg.“

Galdur war zu einem benachbarten Fjord gereist, um bei dem dortigen Jarl um Unterstützung für seine Befreiungspläne zu bitten. Edwards Erkundungen und sein Status als angesehener Händler würden dem Plan sehr zuträglich sein. Man würde seine Mannschaft gegen getarnte Krieger austauschen, die den Kampf unterstützen konnten. Galdur würde wie geplant allein zum vereinbarten Treffpunkt kommen. Die Krieger von Kalhar und die Söldner, die er gerade anzuwerben versuchte, würden vom Landesinneren aus angreifen, während die Männer auf Edwards Schiff den Kampf vom Meer her unterstützen sollten.

„Mach dir keine Sorgen. Wir werden das Mädchen da schon heil rausholen, und auf deinen Sohn kannst du dich verlassen. Ich hoffe nur, sie ist nicht wie ...“, Edward unterbrach sich jäh. Beinahe hätte er gesagt: „... du damals, als du von deinen Entführern zurückkamst.“

Arienne blickte ihren Bruder aufmerksam an.

„Ich weiß, was du sagen wolltest. Du meinst, hoffentlich ist sie nicht in so schlechter Verfassung, wie ich damals. Ich hoffe das auch. Ich habe lange gebraucht, um das Geschehene zu verarbeiten, und meine Ehe ist daran zerbrochen.“ Sie seufzte, und ein paar Tränen kullerten über ihre blassen Wangen. „Diese ganze Sache reißt alte Wunden wieder auf, aber das Schlimmste ist, dass ich mir entsetzliche Sorgen um Maline mache. Immer wieder stelle ich mir die Frage, ob man sie ...“ Ihre Stimme versagte, und sie brach endgültig in Tränen aus.

Edward nahm seine Schwester in die Arme und wiegte sie beruhigend.

„Es scheint ihr gut zu gehen – außer dass man sie in einen dunklen Verschlag gesperrt hat, scheint man ihr kein Leid angetan zu haben. Sicher wird auch sie eine Weile brauchen, das alles zu verarbeiten, aber sie hat eine Familie, die sie trösten und ihr Halt geben wird. Du musst jetzt stark sein, denn nur so kannst du ihr helfen.“

„Ja, ich weiß“, schluchzte Arienne, dann rückte sie ein wenig von Edward ab und wischte sich entschlossen die Tränen aus dem Gesicht. Etwas fester fügte sie hinzu: „Ich werde jedenfalls nicht zulassen, dass sie den gleichen Fehler begeht wie ich damals, und ihre Familie in Stich lässt. Wir alle werden ihr den Rücken stärken und für sie da sein.“

„So ist es richtig!“, stimmte ihr Bruder zu. „Und jetzt könnte ich etwas zu Essen vertragen.“

„Oh, verzeih mir. Bei all der Aufregung hab ich gar nicht daran gedacht, dir
etwas anzubieten. Ich werde schnell in die Küche eilen und dafür sorgen, dass du genug zu essen und zu trinken bekommst." Hastig sprang sie auf und glättete ihr Gewand, dann lief sie aus der Halle.

Die Worte der alten Sklavin gingen Maline in den nächsten Tagen nicht aus dem Kopf. Ein Teil von ihr wünschte sich, Galdur würde kommen und sie befreien, der andere Teil hoffte, er würde dort bleiben, wo er in Sicherheit war – in Kalhar.

Alda war mehrmals in dem kleinen Verschlag aufgetaucht und hatte Maline verhöhnt, doch bei ihrem letzten Besuch hatte sie nur stumm dagestanden und Maline angesehen. Maline glaubte, Mitleid und Bedauern in dem Blick der Wikingerin erkannt zu haben. Alda hatte sich urplötzlich abgewandt und war geradezu aus dem Verschlag geflohen. Das war vor einer Woche gewesen, und seitdem war sie nicht wieder aufgetaucht.

Jemand näherte sich dem Verschlag, die Tür wurde geöffnet. Es war Thorstein in Begleitung von zwei Wachen, die den kleinen Raum betraten. Maline richtete sich auf ihrem Lager auf und versuchte, dem kalten Blick ihres Entführers standzuhalten. Es gelang ihr, doch innerlich zitterte sie.

„Nun, meine kleine Gefangene, jetzt werden wir beide ein wenig Vergnügen haben", verkündete Thorstein mit einem schmierigen Grinsen, das Maline eine eiskalte Gänsehaut bescherte.

Thorstein trat auf sie zu und warf sich auf sie. Maline wehrte sich nach Leibeskräften, aber ihr Peiniger war einfach zu stark. Sie konnte nicht verhindern, dass er seine Lippen hart auf ihren Mund presste, und sie unterdrückte ein Würgen. Ihr Verstand arbeitete fieberhaft an einem Plan, wie sie der drohenden Vergewaltigung entgehen könnte. Körperlich hatte sie keine Chance gegen den kampferprobten Krieger, doch geistig konnte sie vielleicht eine gewisse Überlegenheit erzielen. Als er von ihr etwas abrückte, um sich seiner Hose zu entledigen, warf sie einen betont mitleidigen Blick auf sein Geschlecht und fing an, ihn zu verhöhnen. Es war ein gewagtes Spiel und doch ihre einzige Möglichkeit.

„Soll das etwa alles sein, was du zu bieten hast? Nach Galdurs großem Hammer werde ich dich wohl kaum spüren!" Ihre Stimme triefte vor Spott.

Thorsteins Gesichtszüge entgleisten, und Unsicherheit breitete sich auf seinem Gesicht aus. Dann verengten sich seine Augen, und er schlug ihr ins Gesicht.

„Du Hexe! Dir werde ich schon zeigen, wer hier was zu lachen hat!", schrie er mit sich überschlagender Stimme.

Immerhin habe ich ihn aus dem Gleichgewicht gebracht. Ich muss die Sache jetzt noch weiter treiben.

„Du kannst doch nur, wenn du dich überlegen fühlen kannst. Mich kriegst du nicht klein. Du bist ein Versager, ein Niemand, ein Nichts – weniger, als ein Nichts. – Du bist Abschaum, und Galdur wird dich töten. – Ja, er wird kommen und dich töten, abstechen wie ein Tier. Du wirst dir vor Angst in die Hose machen, weil du ein Feigling bist. Ich habe dich durchschaut und ich habe keine Angst vor einem Niemand. Du kannst mich töten, aber dann nutze ich dir nichts mehr, und mir ist es auch egal. Ich weiß, dass du bald durch die Hand meines Gatten sterben wirst, und das ist das Einzige, was für mich zählt!"

Bei Malines Worten war Thorstein sichtlich zusammengesunken, seine Männlichkeit ragte längst nicht mehr stolz empor, sondern hing schlaff herab. Auch Thorstein bemerkte das, und brennender Hass trat in seine Augen, ehe er sich erneut auf Maline stürzte, diesmal, um sie zu würgen.

Maline zappelte unter Thorsteins Händen, sie merkte, wie ihr langsam die Luft ausblieb, und Sterne flimmerten vor ihren Augen.

Das war es wohl. Ich werde meine Familie nie mehr wieder sehen.

Doch urplötzlich ließ der Griff um ihren Hals nach, sie öffnete flatternd die Augenlider. Ihr Peiniger war aufgesprungen und starrte sie seltsam an.

Maline versuchte, röchelnd Luft zu holen. Ihr Brustkorb schmerzte, ihr war schwarz vor Augen, dann endlich strömte etwas Luft in ihre Lungen. Sie versuchte, sich ganz auf ihre Atmung zu konzentrieren und merkte, wie sie langsam ruhiger wurde. Einatmen – ausatmen – einatmen – ausatmen ...

Finsternis kündigte ihr an, dass Thorstein gegangen war, und man die Tür wieder verschlossen hatte. Mit klopfendem Herzen lag Maline in der Dunkelheit.

Einatmen – ausatmen – einatmen – ausatmen ...

22
Die Befreiung

Der Nebel hüllte die Männer ein, die langsam und leise den Hügel hinabkrochen, und schluckte die leisen Geräusche, die sie von sich gaben. Liam hatte sein Gesicht wie die anderen Krieger mit Lehm eingerieben. Überdeutlich spürte er sein Schwert, das in der ledernen Scheide steckte und darauf wartete, sich in das Fleisch der Feinde, die seine Schwester gefangen hielten, zu bohren und Gliedmaßen von Körper zu trennen. Er war erstaunlich ruhig und hoch konzentriert. Vor ihrem Aufbruch hatte er an einem Ritual teilgenommen und vom warmen Blut eines frisch geschlachteten Stieres getrunken. Es war eine wilde, heidnische Zeremonie gewesen, und er war froh, an der Seite dieser nach Rache dürstenden Männer zu kämpfen – und nicht gegen sie. Nie würde er den Anblick Galdurs vergessen, als der in das warme, pulsierende Herz des geopferten Tieres biss, sein Gesicht mit dem frischen roten Blut beschmierte, den wilden Ausdruck in den stahlblauen Augen, in denen er die legendäre Berserkerwut erkannt hatte. Beinahe konnte man Mitleid mit denen haben, die sich den Zorn seines Schwagers zugezogen hatten, doch auch Liam hatte Zorn in seinem Herzen, und er würde ebenso gnadenlos kämpfen, um Maline zu befreien.

Sie schlichen in sicherem Abstand um ein kleines Dorf herum und verschwanden lautlos in einem dichten Wald. Es lag noch gut eine Stunde Weg vor ihnen, bis sie den Ort erreichen würden, an dem man Maline gefangen hielt. Dort würden sie im Schutze des Waldes warten, bis der Schlachtruf ertönte, und Liam hoffte, dass die Gegner zu überrascht sein würden, um schnell zu reagieren. Sie durften keine Zeit haben, seiner Schwester etwas anzutun, und er hoffte auch, dass Galdur, der unbewaffnet gehen musste, die Schlacht überleben würde. Seine Schwester hatte schon einmal um diesen wilden Wikinger geweint, ein weiteres Mal würde sie wohl nicht überstehen.

Die Männer auf dem Schiff des Händlers Edward gingen ihren normalen Tätigkeiten nach. Nichts deutete darauf hin, dass sie bestens auf einen Kampf vorbereitet waren. Die Waffen waren gut an Deck versteckt und trotzdem schnell greifbar, wenn der Ruf Galdurs ertönen würde, der den Beginn der Schlacht einleiten sollte. Unter den Männern befand sich auch Malines Vater, der es sich trotz einer Verwundung am Bauch nicht nehmen lassen wollte, bei der Befreiung seiner Tochter mitzuwirken. Galdur hatte gar nicht erst versucht, seinen Schwiegervater davon abzuhalten, war es doch für einen Wikinger mehr eine Ehre, denn eine Tragödie, in der Schlacht mit dem Schwert in der Hand zu sterben.

Edward feilschte gerade eifrig mit einem Dänen über den Preis von zwanzig Fässern besten Weines und ließ sich nicht anmerken, dass er vor Spannung fast verging. Jeden Moment konnte es losgehen, doch er wagte nicht, nach Galdur Ausschau zu halten, der den Anweisungen entsprechend allein und unbewaffnet vor der dänischen Festung erscheinen sollte.

Thorstein war guter Laune. Heute würde das Ultimatum auslaufen, und er war sicher, dass Galdur erscheinen würde, um sein Weib auszulösen. Er freute sich auf das Gesicht des verhassten Feindes, wenn er erkannte, dass sein selbstloser Einsatz ihm nichts nützen würde, und sein geliebtes Weib trotzdem sterben musste – vor seinen Augen. Alda, dieses törichte Weib, hatte ihn doch tatsächlich um Gnade für die verdammte Irin gebeten. Nun, sie hatte ihre Abreibung dafür bekommen, und ihr blau geschwollenes Gesicht würde sie wohl eine Weile daran erinnern, wo ihr Platz war, und wessen Wort hier etwas wog. Ohnehin begann sie ihn allmählich zu langweilen. Ihre heimlichen Stelldichein in Kalhar waren ja sehr vergnüglich gewesen, aber seitdem sie Tag und Nacht um ihn herumschlich, war sie ihm allmählich fast zuwider geworden. Jetzt pochten seine Lenden erwartungsvoll, wenn er daran dachte, diese hochnäsige Irin zu nehmen. Diesmal würde er sich von ihr nicht mehr irritieren lassen. Er würde ihr schon zeigen, was es hieß, Thorstein, den Eisernen, zu verspotten. Ihre Schreie würden ihm Genugtuung und Galdur zusätzliche Pein bereiten. Alles war so gut vorbereitet, einschließlich dieses Ortes, in dem seine Schwester Grishild mit einem reichen Bauern verheiratet war. Sie hatte ihm geholfen, die Dänen von einer Zusammenarbeit zu überzeugen. Im Gegenzug würde er ihnen helfen, sich Kalhar anzueignen, wenn der Jarl hier seinen Tod gefunden hatte. Dann würde Thorstein die jüngste Tochter des Königs ehelichen, ein hübsches, blutjunges Mädchen, dass er sich noch erziehen konnte. Natürlich musste er Alda dann endgültig loswerden, aber darüber würde er sich später Gedanken machen. Jetzt war er erst einmal damit beschäftigt, sich seine Rache in den schönsten Bildern auszumalen. Galdur, der Wilde, sollte vor ihm im Staub kriechen und wimmern. Der große, stolze Wikingerjarl. Der grausame Akt der Schändung und Ermordung seiner irischen Hure würde den tapferen Krieger brechen, und es würde Thorstein ein Genuss sein, das mitzuerleben. Ein zufriedenes Grinsen erschien auf seinem Gesicht, und er beschleunigte seine Schritte, als er auf den kleinen Verschlag zuschritt, in dem Maline gefangen gehalten wurde. Die beiden Wachen, die rechts und links neben der Tür standen, nickten ihm zu und öffneten auf sein Geheiß die Tür.

Maline schreckte aus ihrem Dämmerschlaf hoch und gewahrte eine Gestalt im Türrahmen. Einen Moment gaukelte ihre Fantasie ihr vor, es wäre Galdur, der dort stand und auf sie herabblickte. Fast wäre sie aufgesprungen, um sich ihm in die Arme zu werfen, doch dann erkannte ihr von den Entbehrungen vernebelter Geist die Gestalt, und sie zuckte zurück.

Eisige Kälte kroch in ihre tauben Glieder, und sie schüttelte sich. Die boshafte Aura, die Thorstein umgab, war fast greifbar. War er gekommen, um einen erneuten Versuch zu unternehmen, sie zu schänden? Innerlich wappnete sie sich für einen Kampf. Wenn sie doch wenigstens irgendeine Waffe hätte, doch es gab nichts in ihrem Gefängnis, was man auch nur annähernd zur Verteidigung gebrauchen könnte.

„Guten Tag, mein Vögelchen. Weißt du, was heute für ein Tag ist?“, fragte Thorstein gut gelaunt und trat einen Schritt näher.

„Nein, es hat auch keine Bedeutung für mich. Hier ist jeder Tag gleich, was soll es mich da interessieren?“, antwortete Maline tonlos.

„Oh, aber es sollte dich interessieren! Heute ist nämlich der Tag, an dem das Ultimatum ausläuft, das ich deinem Gatten gestellt habe. Entweder kommt er heute allein und unbewaffnet hierher und findet hier den Tod – nachdem er natürlich deinem Tod beigewohnt hat – oder er kommt nicht, und dann wirst du ebenfalls sterben, und ich schicke ihm deinen hübschen Kopf nach Kalhar. So oder so ist heute der Tag, an dem du sterben wirst. – Wie findest du das?“

Maline wurde es noch kälter, aber sie nahm allen ihren Mut zusammen und erhob sich – gerade und aufrecht stand sie vor ihrem Entführer und blickte ihm direkt ins Gesicht.

„Ich habe mit meinem Leben abgeschlossen, seit ich in diesem Loch bin. Ich werde dich weder um Gnade bitten, noch werde ich dir Genugtuung geben, vor dir im Staub zu kriechen! Ich bin eine Irin, und wir Iren sind stark. Ich habe keine Angst meinem Schöpfer gegenüberzutreten.“

Thorsteins Miene verfinsterte sich, und einen Moment lang glaubte Maline, er würde jetzt auf sie los gehen, doch dann fasste er sich wieder und verkündete mit eiskalter Stimme: „Das werden wir ja heute feststellen, nicht wahr? Ich freu mich schon sehr darauf, dich dazu zu bringen, winselnd vor mir zu kriechen und mich um

Gnade anzuflehen – welche ich dir nicht gewähren werde!" Mit diesen Worten drehte er sich um und schloss die Tür hinter sich. Maline hörte, wie der schwere Riegel vorgeschoben wurde, und sie sank zitternd zurück auf ihr Lager. Sie hatte entsetzliche Angst.

Galdur schritt auf die dänische Festung zu. Irgendwo hinter den hölzernen Palisaden hielt man sein Weib gefangen. Er zwang sich zur Ruhe, atmete tief ein und schritt in scheinbar gelassenem Tempo weiter. Er durfte keinen Fehler machen, musste die Wut, die in ihm brodelte, unter Kontrolle halten, bis der richtige Zeitpunkt gekommen war.

Die Wachen auf den beiden Türmen hatten ihn gesehen und machten Meldung. Noch ehe Galdur das hölzerne Tor erreicht hatte, wurde es schon aufgestoßen, und eine Gruppe von zehn bewaffneten Dänen trat heraus auf ihn zu. Sie nahmen ihn in die Mitte und geleiteten ihn in das Innere der Festung. Als sie das Tor passiert hatten, wurde es wieder geschlossen. Galdur hoffte, dass seine Männer die Palisaden schnell durchbrechen konnten, denn jede Minute war kostbar – und Malines Leben sowie auch sein eigenes hing von einem schnellen und reibungslosen Ablauf ab.

Man führte ihn vorbei an gaffenden Menschen zur Mitte des Innenhofes. Hier stand Thorstein und erwartete ihn mit einem siegesgewissen Grinsen.

„Sieh an, sieh an. Der mächtige Jarl von Kalhar gibt uns die Ehre. Der tapfere Krieger ist gekommen, sein holdes Weib zu befreien."

Galdur musterte den Feind mit kaltem Blick und schnaubte verächtlich.

„Wenn du ein Mann wärst, würdest du nicht so viele Ammen brauchen, die dich beschützen", spottete er mit einem höhnischen Blick auf die zahlreichen, bis an die Zähne bewaffneten Krieger, die hinter Thorstein standen.

Thorstein zuckte kaum merklich zusammen, dann lächelte er herablassend.

„Dein Spott wird dir nichts mehr nützen. Du wirst ohne dein Schwert in deinen Händen sterben. Odin wird dich nicht an seine festliche Tafel laden, und niemand wird Ruhmeslieder über dich singen. – Wirklich schade, dass du ein so schändliches Ende nehmen musst."

„Noch bin ich nicht tot – Verräter! Ich glaube nicht, dass dein Plan vorsieht, mich hier und jetzt schon zu töten."

„Ganz recht! – So einfach mache ich es dir nicht. Erst einmal wirst du zusehen, wie ich dein Weib besteige und es anschließend töte. Erst dann werde ich mich deiner annehmen." Thorstein gab einem bulligen Mann, dem das rechte Ohr fehlte, einen Wink. „Geh und hole unser kleines Vögelchen, damit wir mit der Vorstellung beginnen können!"

Der Bullige nickte und schritt davon.

Galdurs Augen verengten sich zu Schlitzen, und er musterte seine Umgebung. Von rechts und links näherten sich je zwei bewaffnete Krieger, die dänische Eskorte stand etwa zehn Schritte hinter ihm – und vor ihm, ebenfalls etwa zehn Schritte entfernt stand Thorstein mit seiner Leibwache. Er blickte Thorstein fest in die Augen, dabei aus dem Augenwinkel die sich nähernden Krieger beobachtend, und zu seiner Genugtuung entdeckte er eine gewisse Nervosität bei seinem Feind, die dieser mühsam zu verstecken suchte.

Als die Krieger nach ihm greifen wollten, reagierte Galdur blitzschnell. Er zog seinen kleinen Dolch, den er in einer Falte seiner Tunika verborgen bei sich trug, und schlitzte einem der Männer die Kehle auf. Noch ehe jemand reagieren konnte, hatte er dem fallenden Mann, der ihn ungläubig ansah, das Schwert aus der Scheide gezogen, und mit einem lauten Schlachtruf stürzte er sich auf die überrumpelten Feinde.

Alda schritt auf den Verschlag zu und lächelte der Wache verführerisch zu.

„Was willst du? Ich habe Anweisungen, jetzt niemanden zu der Gefangenen zu lassen", sagte der Wachmann barsch.

Alda blickte den Dänen verheißungsvoll an, sich über die vollen Lippen leckend. Sie legte ihm eine Hand auf die breite Brust und schmiegte sich an seinen Körper.

„Ich will doch gar nicht zu der Irin. – Ich wollte zu dir. Du bist mir vom ersten Tag an aufgefallen – du bist so stark und aufregend", raunte sie ihm zu und rieb sich an ihm.

„Für so etwas habe ich jetzt keine Zeit", murmelte der Däne, doch seine mächtige Erektion verriet seine Erregung.

„Wann hast du denn frei? Ich würde dich so gern in mir spüren. Ich will von dir richtig hart rangenommen werden und alles machen, was du von mir verlangst."

Der Däne atmete zischend ein, als Aldas Hand sich auf seinen Schwanz legte und fest darüberrieb. Er bemerkte nicht, wie Alda mit der anderen Hand einen Dolch zog, und als die Klinge in seinen

Rücken eindrang, war es schon zu spät. Ungläubig starrte er Alda an, ehe er tot zusammenbrach. Alda schaute sich rasch um und entriegelte dann die Tür zu Malines Verschlag.

Einen Moment lang sahen sich die beiden Frauen schweigend an, dann fragte Maline: „Schickt Thorstein jetzt dich, um mich kleinzukriegen? Sag ihm, dass es mir gleichgültig ist, was ihr mit mir macht.“

„Ich will dir helfen“, entgegnete Alda.

Maline schnaubte verächtlich.

„Helfen? – Willst du mir einen Dolch geben, damit ich mich selbst töten kann, ehe Thorstein seine widerlichen Gelüste an mir stillen kann? – Oder willst du mich in eine Falle locken, um mich loszuwerden, weil du nicht willst, dass er mich mit seinen dreckigen Händen anfasst?“

Alda trat einen Schritt näher und schaute sich ängstlich zur Tür um.

„Wir haben jetzt keine Zeit für Geschwätz! Ich wollte dich loswerden, ja, aber jetzt gefällt mir die ganze Sache nicht mehr. Ich werde dich hier rausbringen.“

„Und was soll ich deiner Meinung nach tun, wenn ich hier aus der Festung entkommen bin? Wie geht es dann weiter? Ich bin weit weg von Kalhar, und ich kenne mich hier nicht aus“, warf Maline ein.

„Ich werde dir den Weg zu dem Platz erklären, an dem Galdurs Schiff anlegen soll. Dort wirst du auf seine Mannschaft treffen, alles Weitere ist nicht mehr mein Problem und ist mir auch gleichgültig. Ich will lediglich nicht dafür verantwortlich sein für das, was dich erwartet, wenn du hierbleibst.“

„Und wenn Galdurs Schiff nicht kommt? Wenn er sich entschlossen hat, nicht in Thorsteins Falle zu gehen?“

„Hast du so wenig Vertrauen in deinen Gatten? Glaubst du wirklich, er würde dich einfach hier verrecken lassen?“

Maline seufzte. Sie wusste selbst nicht mehr, was sie denken sollte und wollte. Natürlich wünschte sie sich, dass sie Galdur wichtig genug war, dass er sein Leben für sie riskieren würde, andererseits wollte sie nicht, dass er sich in Gefahr begab und in Thorsteins Hände fiel. Die Vorstellung allerdings, hierzubleiben und von Thorstein missbraucht und getötet zu werden, war nicht sonderlich erbaulich, zumal sich ihr hier eine winzige Chance bot, dem Feind zu entkommen und wenigstens ihr Kind wiederzusehen, sollte auch vielleicht der Vater ihres Kindes sein Leben hier verlieren. Es war eine wirklich schwierige Entscheidung. Natürlich konnte sie hier nichts ausrichten, um Galdur zu retten, sollte er sich dem Feind stellen.

„Entscheide dich!“, drängte Alda und sah wieder nervös zur Tür.

„Gut! – Ich komme mit. Mir bleibt wohl in dieser Sache keine andere Wahl, als dir zu vertrauen“, sagte Maline schließlich und erhob sich von ihrem Strohlager.

Gemeinsam verließen die beiden Frauen den Verschlag, und Maline musste erst einmal die Augen vor dem hellen Sonnenlicht verschließen, das sie so lange hatte entbehren müssen.

Liams Herz schlug schneller, als der Kriegsschrei Galdurs zu der Gruppe von Kriegern, die im Wald verborgen warteten, herüberscholl. Die Gruppe setzte sich in Bewegung und griff unter lautem Gebrüll die Dänenfestung von hinten an. Bogenschützen schossen die wenigen Wachposten herunter, die an den rückwärtigen Palisaden Wache hielten, dann erklommen sie die hölzerne Wand mit ihren mitgebrachten Strickleitern. Auf der anderen Seite erwarteten sie einige Dänen, und von dem Kampfeslärm alarmiert, kamen weitere Krieger heran, die Angreifer abzuwehren. Die Verwirrung bei den Dänen war sehr groß, denn sie hatten diesen Überfall nicht erwartet. Die Angreifer nutzten das aus und ließen den Dänen keine Zeit, sich strategisch zu ordnen. Die ersten blutüberströmten Opfer waren bereits zu Boden gegangen, doch noch war das Verhältnis Angreifer zu Verteidiger relativ ausgewogen, und allmählich schienen sich die Dänen auch von ihrer Überraschung erholt zu haben.

Liam schwang sein Schwert und kämpfte sich durch die Menge. Das Blut rauschte in seinen Ohren, und er spürte die Aura des Todes ganz deutlich, die über den Kämpfenden lag. Es roch nach Blut, Schweiß und Angst. Die Verwundeten stöhnten, versuchten teilweise sich kriechend, robbend aus der Gefahrenzone zu begeben. Ein Däne, der von rechts auf Liam zustürzte, wurde kurz vor ihm von einem Pfeil aufgehalten und brach schreiend vor Liam zusammen. In blinder Wut stach Liam dem Verwundeten sein Schwert in die Brust und zog die blutbeschmierte Klinge wieder heraus, um sich auf den nächsten Angreifer zu stürzen. Der Däne schwang sein Schwert mit großer Kraft und Liam spürte, wie seine eigenen Kräfte beunruhigend abnahmen. Verzweifelt wehrte er die Schläge ab, die auf ihn niederprasselten, doch für einen Gegenangriff hatte er nicht mehr genügend Energie. Ein selbstsicheres Grinsen erschien auf dem Gesicht des Dänen. Er hatte bemerkt, dass seinem Gegner die Luft ausging, und es nur noch eine Frage der Zeit war, wann er nicht mehr in der Lage sein würde, die Hiebe abzuwehren. Er verdoppelte seine Anstrengungen und trieb Liam immer weiter zurück.

Liam wusste, dass nur noch ein Wunder ihn retten konnte. Konzentriert parierte er, wich aus und versuchte einen kraftlosen Gegenangriff, dann stolperte er über einen Leichnam zu seinen Füßen und landete auf der harten Erde. Reflexartig rollte er sich zur Seite und entging so knapp einem Hieb, der wohl tödlich geendet hätte. Ein Schatten fiel über ihn, dann rammte sich eine Axt in die Brust des Dänen. Brüllend ging der Mann in die Knie und fiel hart auf Liam, dem von dem Aufprall des schweren Körpers die Luft weg blieb. Das grinsende Gesicht von Olaf erschien über ihm.

„Fast hätte er dich gehabt, Kleiner."

„Danke!", keuchte Liam atemlos. „Könntest du mal ..."

„Stets zu Diensten", sagte Olaf fröhlich und schleifte den toten Dänen von Liam herunter.

Liam stöhnte und rappelte sich mühsam in eine sitzende Position. Er blickte sich um. Die Dänen zogen sich immer weiter zurück, von den Männern Kalhars gnadenlos verfolgt.

„Kannst du aufstehen?", fragte Olaf.

„Ich ... ich denke schon", schnaufte Liam und hielt sich den schmerzenden Brustkorb.

Olaf reichte ihm die Hand und zog ihn hoch. Nach einem freundschaftlichen Schulterklopfen bückte er sich zu dem toten Dänen herunter und zog seine reich verzierte Axt aus der Brust des Mannes.

„Komm. Aber halte dich ein wenig im hinteren Bereich, da bist du sicherer", sagte Olaf und schickte sich an, der kämpfenden Menge zu folgen. Noch immer etwas benommen taumelte Liam hinter ihm her.

Auch auf dem Schiff des Händlers hatte man den Schlachtruf vernommen. Die Männer griffen nach ihren Waffen und stürmten auf die Festung zu. Leif machte sich Sorgen um seinen Bruder, der noch ganz allein in der Höhle des Löwen kämpfte. Dann hörte Leif lauten Kampfeslärm aus dem Inneren der Festung. Offenbar waren die anderen Krieger aus Kalhar über die Palisaden der Rückseite hereingebrochen. Gut! Das würde Galdur ein wenig Luft verschaffen, bis auch Leifs Männer die Barrikaden überwunden hätten. Von den Wachttürmen aus wurden sie mit einem Pfeilhagel begrüßt, doch die Männer stürmten weiter, und ihre eigenen Bogenschützen holten die Wachleute nach und nach von den Türmen herunter. Brandpfeile sorgten für weitere Verwirrung im Inneren der Festung, und man konnte panische Schreie und hektische Befehle hören. Leif war einer der Ersten, die die Palisaden erklommen und sich in den Innenhof fallen ließen. Er versuchte im Kampfgetümmel seinen Bruder auszumachen, doch es war zu unübersichtlich. Dann entdeckte er Thorstein, der von seinen Wachleuten abgeschirmt Befehle erteilte. Für einen Moment trafen sich ihre Blicke, dann musste Leif sich auf einen Angreifer konzentrieren, der ihn mit seinem Schwert arg bedrängte. Nachdem Leif sein Schwert in die Brust des Gegners gerammt und wieder herausgezogen hatte, schaute er sich erneut um. Endlich entdeckte er auch Galdur. Er blutete aus einigen Wunden, hielt sich aber tadellos. Um ihn brauchte er sich erst einmal nicht zu sorgen. Wo aber mochte Maline stecken?

Maline und Alda duckten sich hinter einem Stapel Fässer. Der plötzliche Tumult, der um sie herum ausgebrochen war, hatte ihnen die Fluchtpläne vereitelt. Überall waren die Dänen in höchster Alarmbereitschaft.

„Wenn unsere Männer den Kampf gewinnen, bist du außer Gefahr“, flüsterte Alda.

Ein schwerer Körper fiel plötzlich neben sie, und die beiden Frauen stießen einen überraschten Schrei aus. Es war ein dänischer Krieger, dessen abgetrennter Kopf etwas weiter von ihnen entfernt landete. Schreckensblass starrte Maline auf den blutigen Halsstumpf. Alda reagierte wie eine ausgebildete Kriegerin und zog dem Mann das Schwert aus der Hand. Den kleinen Dolch, den er im Gürtel trug, gab sie Maline, die die Waffe zitternd entgegennahm.

„Was machen wir jetzt?“, fragte Maline.

„Wir müssen versuchen, zu den Ställen dort drüben zu kommen. Hier sind wir nicht sicher.“

Maline schaute in die angedeutete Richtung und schüttelte zweifelnd den Kopf.

„Das schaffen wir nie! Wir müssten mitten durch die Kämpfer, das ist viel zu gefährlich!“

„Wir werden erst bis zu dem Brunnen dort laufen, von da ist es nur ein kurzes Stück bis zu den Karren, und in ihrem Schutz gelangen wir bis zu dem Baum dort. Von dem Baum bis zu dem Stall sind es nur noch wenige Schritte. Es gibt eine Seitentür. Du kannst sie von hier aus nicht sehen, weil der Misthaufen davor ist. Wenn wir die Tür erreicht haben, sind wir in Sicherheit.“

Maline atmete tief durch, dann nickte sie entschlossen.

„Gut. Das könnte klappen!“

„Es muss! Hier wird in Kürze die Hölle los sein, wenn die Kämpfer vom hinteren Teil ihre Stellung aufgeben müssen, und sich der Kampf hierher verlagert“, sagte Alda.

„Also, gut. Dann los!“, stimmte Maline zu, und die beiden Frauen liefen geduckt zu dem Brunnen hinüber, um dort erneut erst einmal in Deckung zu gehen.

„Das ging doch schon ganz gut“, stellte Alda fest und warf einen vorsichtigen Blick um die Brunnenmauer herum zu den Karren, die ihre nächste Station bildeten. „Oh nein!“, flüsterte sie stöhnend.

„Was ist? Was ist los?“, fragte Maline aufgeregt.

„Thorstein! Er kommt direkt hierher. Wir müssen hier sofort weg!“

„Wohin?“ Malines Herz schlug wilde Purzelbäume.

Alda sprang auf und zog Maline mit sich. Sie rannten in die Richtung zurück, aus der sie gekommen waren.

„Wir müssen auf die andere Seite der Burg!“, schrie Alda ihr im Laufen zu.

„Da sind sie!“, ertönte Thorsteins Ruf. „Hinterher! Lasst sie nicht entkommen!“

Maline keuchte vor Anstrengung. Sie hatte schmerzhafte Seitenstiche, doch Alda zog sie gnadenlos weiter. Von links näherten sich einige Kämpfer, Alda zog kurzerhand nach rechts, doch auch dort war ihnen der Fluchtweg abgeschnitten, denn einige von Thorsteins Wachen hatten einen Bogen geschlagen, um ihnen den Weg zu blockieren. Die beiden Frauen blieben stehen und schauten sich gehetzt um. Thorstein zog einen Pfeil aus seinem Köcher und legte an. Mit einem boshaften Grinsen zielte er direkt auf Maline, die vor Schreck wie erstarrt stehen blieb. Sekunden schienen sich zu Ewigkeiten auszudehnen, und Jäger und Gejagte schauten sich fest in die Augen. Alda schaute von Maline zu Thorstein und zurück, dann stieß sie einen wilden Schrei aus und stürzte sich auf Maline. Das Surren eines Pfeils schnitt durch die Luft. Maline wurde von Alda zu Boden gerissen. Der Aufprall raubte ihr schier den Atem, und sie spürte, wie sich ein spitzer Stein schmerzhaft in ihr linkes Schulterblatt bohrte.

Ohrenbetäubendes Gebrüll ertönte. Die Kämpfer, die bisher an der Rückseite der Festung gekämpft hatten, waren nach vorne durchgebrochen, und um Maline und Alda herum herrschte das reinste Chaos.

Galdur gefror das Blut in den Adern, als er sah, wie Thorstein mit dem Bogen auf Maline zielte. Er kämpfte sich verbissen vorwärts und wusste doch, dass er wieder zu spät kommen würde. Wieder einmal war er nicht in der Lage, seine Frau zu schützen. Der Pfeil würde gnadenlos auf sein Ziel zuhalten, und nur noch ein Wunder konnte das Schlimmste verhindern. Er sah, wie Alda sich auf Maline warf, und die beiden zu Boden gingen. Dann war er bei Thorstein angelangt. Er holte mit dem Schwert aus und schlug auf den Mann ein, der so viel Unglück über seine Familie gebracht hatte. Ein Kampf um Leben und Tod entbrannte zwischen den beiden Kontrahenten. Galdur legte seine ganze Wut in die Hiebe, die er gegen Thorsteins Klinge austeilte. Das Klirren von Metall, der schwere Atem der Kämpfer, und das Rauschen des Blutes in den Ohren waren die einzigen Geräusche, die Galdur vernahm. Trotz der zahlreichen Wunden, die er sich bereits bei den Kämpfen zugezogen hatte, schien er über schier unmenschliche Kräfte zu verfügen. Langsam bereitete sich Panik auf Thorsteins Zügen aus, der erkannte, dass er diesen Kampf verlieren würde. Seine Hiebe verloren an Kraft, und er schlug blindwütig und unkontrolliert um sich, ganz im Gegensatz zu Galdurs kräftigen und wohldurchdachten Schlägen. Als die Gelegenheit günstig war, und Thorsteins Deckung offen lag, stieß Galdur seine Klinge bis zum Heft in die Brust seines Gegners. Thorstein röchelte, und Blut rann ihm aus dem Mund. Ungläubig und voller Entsetzen blickte er an sich hinab, registrierte die Klinge, die in seiner Brust steckte, fiel langsam auf die Knie, um dann mit einem tiefen Stöhnen vornüber zu fallen und leblos liegen zu bleiben. Galdur drehte den regungslosen Körper mit dem Fuß herum und starrte in die leeren Augen seines Feindes. Seltsamerweise verspürte er nur wenig Genugtuung. Er war des Kämpfens müde geworden, wollte nur noch mit seinem Weib und seinem Kind in Frieden leben. – Maline! Er musste sich sofort vergewissern, ob sie noch lebte.

Maline schob Alda von sich herunter. Ein Pfeil ragte aus dem Bauch der Wikingerin, aber sie atmete noch. Ihr Blut hatte ihre und auch Malines Tunika durchtränkt.

„Alda! – Oh mein Gott, Alda!“, flüsterte Maline entsetzt, und nach und nach erkannte sie, dass Alda ihr das Leben gerettet hatte.

„Mir ... mir ist so kalt ... ich ...“

„Nein, rede jetzt nicht. Du musst durchhalten. Bitte Alda, gib jetzt nicht auf ... Alda ... oh nein ... oh Gott, bitte hilf mir ... was soll ich tun ...“

„Maline!“

Maline hob den Kopf. Tränen benetzten ihre Wangen. Sie erblickte Galdur, der auf sie zukam und sich neben sie fallen ließ.

„Maline! Bist du wohlauf? Rede doch! Was ist mit dir? Bist du verletzt? –Oh Gott, so viel Blut ... du bist verwundet."

„Nein", flüsterte Maline tonlos. „Das ist ... nicht mein Blut." Sie schluchzte erneut und wiegte Aldas Körper wie ein kleines Kind. „Sie ... sie hat mir das Leben gerettet. Ist ... ist sie ...?"

Galdur fühlte Aldas Puls und kontrollierte die Augen.

„Ja – sie ist tot!"

„Oh nein! Oh Gott – nein!", schrie Maline auf, und Galdur nahm sie sanft in seine Arme.

„Weine nicht. Sie hat uns großes Unheil gebracht, aber sie hat es wiedergutgemacht. Die Götter werden es ihr lohnen. Sie hat jetzt ihren Frieden. Vielleicht hätte sie ihn sonst nie gefunden."

Das Kampfgetümmel um sie herum ebbte langsam ab. Die Dänen waren besiegt, wer noch am Leben war, ergab sich.

Maline befreite sich aus Galdurs Umarmung und schaute ihn an. Sie registrierte die zahlreichen Wunden, und ein besorgter Ausdruck erschien auf ihrem Gesicht.

„Du bist verwundet!"

„Es ist nichts, was nicht durch die Pflege meines geliebten Weibes wieder in Ordnung kommt", versicherte Galdur. „Ich habe mir so schreckliche Sorgen um dich gemacht, und als ich sah, wie Thorstein auf dich schoss, da habe ich gedacht, ich würde dich wirklich verlieren."

„Was ... was ist mit Thorstein?"

„Er ist tot. Ich habe ihn getötet."

„Dann sind sie also beide tot. – Ich ... ich habe mir auch Sorgen um dich gemacht. Ich befürchtete, dass du kommen würdest, um mich zu retten, und dass du hier den Tod finden würdest. Ich habe gebetet, dass du zu Hause bei unserer Tochter bleibst – in Sicherheit."

„Und dich deinem Schicksal überlasse? Niemals könnte ich das tun. Du bist mein Leben. Ich liebe dich, weißt du das denn nicht?"

„Ich liebe dich auch, deshalb wollte ich ja, dass du nicht dein Leben riskierst. Wie habt ihr das überhaupt geschafft? Du solltest doch allein und unbewaffnet kommen."

„Das erzähle ich dir später. Jetzt müssen wir erst einmal die Toten bestatten und die Verwundeten versorgen, dann segeln wir nach Hause. Nach Kalhar, wo unsere Tochter auf uns wartet."

„Unsere Tochter. Ich habe nicht geglaubt, dass ich sie noch einmal wieder sehen darf, und ich danke Gott, dass alles so ein gutes Ende genommen hat. Ich hoffe, dass ich nie wieder solche Ängste um euch ausstehen muss. Bitte versprich mir, dass du nicht mehr auf Abenteuer gehen wirst, dass du in Zukunft bei mir und unserem Kind bleibst."

„Ja. Ich verspreche es! Ich werde nur noch hin und wieder auf Handelsreisen gehen. Ich brauche keine Eroberungen mehr zu machen. Jetzt habe ich ja dich. Dich und unsere Tochter, und es werden noch viele Kinder dazukommen. Gleich, wenn wir zurück sind, werden wir dran arbeiten."

Maline lächelte. „Ja, das werden wir, mein barbarischer Ehemann – ich liebe dich!"

Epilog

Das Feuer in der Feuerstelle prasselte und warf Funken in die Luft. Es roch herrlich nach gewürztem Wein und süßem Gebäck. Maline schaute von ihrer Handarbeit auf und betrachtete die Männer, die an der Tafel saßen und würfelten. Liam hatte sich entschlossen, hier in Kalhar zu bleiben, und wohnte einstweilen bei ihnen, bis sein Haus fertiggestellt sein würde. Die Baumaßnahmen sollten erst im Frühjahr abgeschlossen sein. Zwischen Liam und Galdur war eine tiefe Freundschaft entstanden. Liam wollte die Handelsfahrten auf Galdurs Flotte übernehmen. Malines Vater war bei dem Kampf schwer verwundet worden, befand sich aber wieder auf dem Wege der Besserung und wurde von Malines Mutter gepflegt und verwöhnt. Er hatte zwei Finger seiner rechten Hand eingebüßt, und sein linkes Knie war infolge der Verwundung steif geblieben. Er trug es mit Humor und die Tatsache, dass sie es geschafft hatten, seine Tochter aus den Händen der Entführer zu retten, trug dazu bei, dass er sich mit seinem Schicksal zufrieden gab.

Leif leerte seinen Becher und wischte sich über den Mund. Langsam erhob er sich von seinem Stuhl und schlug Liam die Hand auf die Schulter.

„Ich muss jetzt aufbrechen. Mein Weib wird mir sonst das Nachtmahl über den Kopf schütten, wenn ich zu spät zum Essen komme."

Leif hatte nach ihrer Rückkehr seine Sklavin Rigana zur Frau genommen, nachdem er erfahren hatte, dass sie sein Kind unter ihrem Herzen trug.

Galdur und Liam lachten herzhaft.

„Wie gut, dass ich mich noch von keinem Weibe habe einfangen lassen“, kicherte Liam und warf Galdur einen neckenden Blick zu. „Wenn ich sehe, wie ihr beiden Helden unter der Fuchtel eurer Weiber steht, kann ich mich nur glücklich schätzen.“

Galdur und Leif sahen ihn finster an, dann grinste Galdur boshaft.

„Du wirst auch bald dran glauben müssen, mein Lieber“, prophezeite er.

„Ich? – Niemals!“, sagte Liam im Brustton der Überzeugung. „Ich gehe keinem Weibsbild in die Falle. Warum auch, es gibt genug Frauen, die auch so recht willig sind. Ich lege mir einfach ein paar hübsche Sklavinnen zu.“

„Also, wie ich deine Schwester kenne, hat sie da ganz andere Pläne“, verkündete Galdur.

Liam sah zu seiner Schwester hinüber, die seinem Blick errötend auswich.

„Schwesterherz! Was führst du im Schilde?“

Maline zuckte mit den Schultern.

„Ich habe nur bemerkt, dass Inga ein Auge auf dich geworfen zu haben scheint“, antwortete Maline mit einem leisen Schmunzeln in der Stimme.

„Inga? Du meinst, sie hat ein gewisses Interesse an mir?“

Zu Malines Genugtuung war Liam ein wenig rot geworden.

„Ganz recht. Deshalb habe ich sie für heute Abend auch zum Nachtmahl eingeladen.“

Galdur und Leif lachten dröhnend.

„Nun, dann mach ich mich besser mal dünne“, sagte Leif, und leise lachend verließ er das Haus.

Liam sah seinen Schwager böse an.

„Hey, ich hab damit nun wirklich nichts zu tun“, wehrte dieser ab, konnte sich ein schadenfrohes Grinsen jedoch nicht verkneifen. „Setz dich wieder. Wenn du meinst, dass du dich nicht einfangen lässt, hast du ja nichts zu befürchten.“

Maline erhob sich aus ihrem Sessel, um in der Küche nach dem Rechten zu sehen. Sie war sich sicher, dass ihre Verkupplungsversuche Erfolg haben würden, und ein Lächeln legte sich auf ihre Züge, als sie die Männer in der Halle zurückließ.

Samara Fraser

Samara Fraser (Jahrgang 1972) wurde in Helmstedt geboren und wuchs in den folgenden Jahren in Lauenburg an der Elbe auf. Schon früh fing sie an, sich Geschichten und Gedichte auszudenken. Diese Leidenschaft verlor sich aus Zeitmangel während ihrer Lehrzeit zur Hotelfachfrau. Nach der Ausbildung arbeitete sieh noch zwei Jahre in der Gastronomie, dann schlug sie eine Beamtenlaufbahn ein und fand auch wieder Zeit zum Schreiben, allerdings. Heute lebt sie mit ihren Kindern und ihrem Lebenspartner im schönen Hessischen Bergland.
Nach „Gefangene des Piraten“ ist „Wikingerglut“ ihre zweite Veröffentlichung im Plaisir d'Amour Verlag.

Besuchen Sie auch die Website von Samara Fraser: www.samara-fraser.de

Ebenfalls von Samara Fraser im Plaisir d'Amour Verlag erschienen:

GEFANGENE DES PIRATEN

eBook: 5,00 € (D); Download unter www.plaisirdamourbooks.com

Taschenbuch: ISBN 978-3-938281-23-9; 15,90 € (D)

Karibik 1814: Jason Whitfield brennt vor Hass auf seinen Erzfeind Elias Blackwood, der ihn ins Gefängnis werfen ließ. Dank seiner treuen Crew kann Jason der drohenden Hinrichtung entkommen, und er schwört, Rache an Elias zu nehmen! Bald ist die Gelegenheit für einen Vergeltungsschlag günstig, denn Elias plant die reiche Juliana wegen ihrer Mitgift zu heiraten. Jason entführt die Braut, verschleppt sie auf sein Schiff und segelt mit ihr nach Barbuda. Zu seiner Überraschung entpuppt sich seine Geisel jedoch als jene namenlose rothaarige Schöne, die er einst an einem Wasserfall verführen wollte, und die er seitdem nicht vergessen hat! In heißen karibischen Nächten wird Juliana Zeugin des hemmungslosen Treibens der Piraten mit leichten Mädchen und lernt von Jason aufregende Spielarten der Lust kennen ...